眠狂四郎独歩行　上

柴田錬三郎

集英社文庫

目次

眠狂四郎独歩行

上巻

黒い爪

一

「は、はっ、はっくしょいっ！」

大川をゆっくりと漕《こ》ぎのぼっている屋形船の艫《とも》で、途方もなく大きなくしゃみをした船頭が、水っ洟《ぱな》をすすりあげてから、

「旦那《だんな》――」

と、中の客へ声をかけた。

「降って来やしたぜ、白いのが……」

返辞はなかった。炬燵《こたつ》が設けてあり、それに、寝そべって、うたた寝でもしているのであろう。

年が明けて、もう初卯《はつう》が来ていた。げんに、この屋形の庇《ひさし》にも、柳の小枝に縁起品をつるした繭玉《まゆだま》が、とりつけてある。

大晦日《おおつごもり》から、ずうっと、つめたい曇空がつづいていて、江戸の人々は、畳の目ひとつ

ずつのびて来る明るい陽《ひ》ざしを、心待ちにしていたのであったが……。

旧を除き万戸あらたまった街を、おさえつけるように、ひくくさがっていた灰色の曇空が、幾日も、何もおとさずに、動かずにいるのが、ふしぎなくらいであった。

……雪片は、この屋形船を、追いかけるように、沖の方から、ひらひらと、舞って来た。

「こん畜生、どうせ銀世界にしやがるなら、明後日《あさって》の藪入《やぶい》りにしてもらいてえや……。明後日は、懸想文《けそうぶみ》をくれた石町《こくちょう》の呉服屋の女中の下紐《したひも》を、柳橋の舟宿で、解《と》いてやる約束が、できているんだ。花のおもいは雪の中、ほんのり見ゆるふくみ紅、とくらあ。あだとなさけを白梅に、恋にはめげぬ水仙も、まだ春をひと重《え》の笠《かさ》やどり——、正真正銘の処女《おぼこ》だあ。へへ……そのつぼみのひらかせ加減が、むつかしいや」

もうひとつ、くしゃみをしてから、

「相棒野郎ども、どこかで、そねんでやがる。……旦那、どっちへ、着けやす？　御《お》厩河岸《うまやがし》に来やしたぜ。東ですかい、西ですかい？」

と、訊《たず》ねた。

返辞のかわりに、屋形の障子が開かれ、彫のふかい、蒼白《そうはく》な貌《かお》が、空を仰いだ。

「……今日は、散るかな？」

ひくく、独語をもらした。

眠狂四郎は、仰臥《ぎようが》して、目蓋《まぶた》をとじているあいだ、一枚の木ノ葉のことを、想《おも》っていたのである。

冬至がすぎて、江戸へ、戻って来て、借りた家の、猫の額ほどの庭に、あまり高くない朴《ほお》の樹《き》が、一本だけ植えられていた。狂四郎が、入った時、あらかた葉がふるわれていたが、それでも、十数葉が、散りのこっていた。

それが、日に二、三葉ずつ、舞い落ちて、四、五日前から、たった一枚だけ、梢《こずえ》にのこって、ふしぎに、散ろうとしないのであった。

朝、起き出た時とか、夕にふらりと帰って来た時に、まだそこにあるのを、眺めると、なんとなしに、ほっとする――そんな無為なくらしを、狂四郎は、していたのである。

人は誰しも、独居の静かな気分で、物と向いあえば、なぜか、その物と心の通いあう思いがするものである。

朝夕、その残り葉を眺めやって、狂四郎は、おのが罪業《ざいごう》深い身にひきくらべていたのである。

御厩河岸の渡しで、屋形船をすてて、河岸道を、ゆっくりとひろい出した時、雪は、急に、はげしく舞いはじめて、視界を包んだ。

川面《かわも》も、もやい舟も、石崖《いしがけ》も、そして両岸にならんだ建物も、みるみる、音のない、白い、冷たい、無数の雪片の中に、溶け込んだ。御米蔵が、棟をならべている河岸道は、平常でも、昏《く》れかけると、人影が絶える。雪を迎えて、もうここには、辿《たど》って行く狂四郎の孤影があるばかりであった。

御米蔵の五番堀をこえて、俗謡によく出て来る首尾の松のかたわらを過ぎようとした時――。

急に、狂四郎の神経が、冴《さ》えた。

気配を感じたのでもなければ、殺気をあびたわけでもないが、無数の死地をくぐり抜けた者のみが持っている独特の本能の働きが、狂四郎の身うちにあったのである。

――来るぞ！

これは、それほど何気なく、無心の状態で、足をはこんでいたおのれに、突如として、下している霊感的な警告であり、同時に、全身に襲撃に対する備えができていた。

歩調もかえず、ふところ手のままで、静かに、濡《ぬ》れた道をふんで行く不敵さは、この男でなければ、できぬことであった。

そのまま……十歩ばかり歩いて、不意に、狂四郎の五体が、旋風《つむじ》のように翻転した。

二間を奔《はし》って、ぴたりと立ち停《ど》まった時、すでに、右手には、一颯《いっさつ》の刃風を起し了《お》えた無想正宗が、携《さ》げられていた。

冷たい双眸《そうぼう》は、霏々《ひひ》として舞い散る雪片を透《とお》して、河岸道の、遠くへ据《す》えられていた。

迫っていた者は、機先を制して襲いかえした狂四郎に、一合も白刃を交えることなく、音もなく遁《のが》れ去っていた。狂四郎の網膜に、映像ものこさぬくらいの素迅《すばや》さで——。

対手《あいて》が、襲撃して来るまで、こちらからは、絶対に先に斬《き》らぬ——それが、これまで、まもられた狂四郎の作法であった。

そのならわしを敢《あ》えてやぶったのは、十歩をあゆむあいだに、なぜか、脳裡《のうり》に、迫って来る者が、人間ではなく、奇怪な化生《けしょう》のように、ふっと、感じられたからである。

狂四郎は、視線を、一間ばかりさきの地面へおとした。そして、歩み寄って、ひろいあげてみた。

小指であった。微《かす》かな手ごたえがあったが、斬り落したのは、これであった。

——やはり、人間様であったか。

しかし、人間のものに相違はなかったが、その爪《つめ》が、漆黒であったのは、不審を起すに足りた。

のみならず、わが家に戻って、あらためて燈火《とうか》の中で検《しら》べてみると、あかりを吸って、珠玉のように、きらと、光を反射させたのである。

二

翌朝、起き出て、手水《ちょうず》を使いおわって、何気なく、顔を擡《あ》げると、あたかも、それを待っていたように、朴の梢から、その最後の一葉が、はなれて、ふっくらと白い冷たい綿を敷いた地上へ、ひらひらと、落ちて来た。

降りしきった夜のあいだ、じっと、梢にすがっていて、雪を落して雲が去った今朝、まぶしいくらい明るい陽ざしが満ちた、澄んだ空気の中を、音もなくはなれた一葉に、狂四郎は、微笑を送った。

しかし、その微笑は、すぐに、おさめられなければならなかった。

ふんわりと、雪の上に横たわったそれには、墨くろぐろと、何か書いてあるようであった。

足駄《あしだ》をつッかけて、近より、ひろいあげてみると――。

「右手円を描き、左手方《ほう》を画けば、両乍《ふたつなが》ら成る能《あた》わざるものを、放埒《ほうらつ》の所業を積みて猶《なお》その剣の衰えざるは、三嘆すべし。あらためて、雌雄を決せん。時、本日申《さる》下刻。処《ところ》、猿江村金勢明神《さるえむらこんせいみようじん》境内」

細字で、達筆にしたためてある。

昨夜の曲者《くせもの》の挑戦状であった。

狂四郎の面上を、鋭い色が掠《かす》めた。

これまで、果し状をつきつけられた経験は一再ならず持っている狂四郎であった。それだけならば、対手が何者であろうが、「またか――」と、思うだけのことである。応じてやらねばならぬ義理がなければ、すてておくまでのことであった。武士道の吟味をふんで生きてはいないのである。また、真剣の立合いをもって開眼《かいげん》をめざす兵法一途の志があるわけではなかった。卑怯《ひきょう》とののしられることには、一向に苦痛をおぼえぬ男であった。

狂四郎が対手を許せぬと、思ったのは、おのれの孤独な感慨の中に土足でふみ込んで来た無礼であった。

朴の梢に、ふるいのこされた一枚の葉に、ふと感慨を託したのを、対手は、物蔭《ものかげ》から、気配をひそめて、見とどけていたのである。

その葉に、挑戦状をしたためて、面前で散らせてみせた小細工は、断じて、許せなかった。

また、こうすれば、必ず、こちらが憤って、挑戦に応ずると、北叟笑《ほくそえ》んだ対手を悪《にく》まずにはいられなかった。

胸中に蔵する一片の氷心《ひょうしん》を、こちらからあらわす場合は別として、対手に見透され、そして、それを利用されるのは、堪え難かった。

……策に乗せられる、と知りつつ、狂四郎の心は、きまった。

猿江村のはずれの森の中にある金勢明神は、いつの頃に、建立されたものか、さだかではない。

明暦の頃とも、元禄《げんろく》の頃とも、称《い》われている。陸中岩手郡から、飢饉《ききん》のために、逃散して来た百姓が、運よく、江戸で大金持になり、故郷にある金勢明神を、移し祭ったらしい、と伝えられていた。

たしかに、岩手県巻堀《まきほり》には、今でもなお、それが在る。「東山誌」に、「巻堀村左の方松の大木八本あり。其処《そこ》の民家に惣七《そうしち》金勢明神を祭れり。この神いつの頃より祀《まつ》れるということを知らず。神体は唐金《からかね》をもって造れる男根にて、土俗伝えて謂《い》う、この村の少女十三、四歳になれば、一夜夢中におそわるる事あり、これ金勢神の淫瀆《いんとく》なすが故《ゆえ》なり、という。中古、一霊人、この犯罪を悪みて、鉄の鎖をもって繋《つな》ぎたりと雖《いえど》も、なおその淫瀆を輟《や》めず、時に遊行《ゆぎょう》をなす」とある。

一時は、この金勢明神も、大いに祭祀《さいし》をさかんにしたようであったが、近時は殆《ほとん》ど廃れて、詣《もう》でる人も稀《まれ》であった。

決闘の場所として、淫祠をえらんだ対手の意《こころ》を、怪しみながら、狂四郎は、雪の重さによろめいたように傾いた古鳥居をくぐった。陽がさしたのは朝のうちだけで、午後から、また雪空になり、狂四郎が家を出る時には、白片が、せっかく溶けかけた地上へ舞い落ちて来ていた。

人の詣でたけはいのない境内の一端に立ちどまった狂四郎は、急に、眉宇《びう》をひそめた。

微《かす》かな戦慄《せんりつ》が、ふいに、背すじを匐《は》い下りたのである。

そこに、何かをみとめた次第ではなかった。百坪あまりの境内は、ただ、いちめん、白一色に掩《おお》われているにすぎなかった。にも拘《かか》わらず、とぎすまされた狂四郎の神経が、ものさびしい雪景色の中に凄《すさ》まじい殺気が、凍りついているのを、さとったのである。自分の到着する直前に、血みどろの闘いが、演じられた！

直感したのは、そのことであった。

昏《く》れなずむたたずまいがたもっている静寂は、死の世界である。雪は、その上へ、さかんに音もなく降りつもっている。

狂四郎の視線は、白い地面を動いた。あきらかに、それは、ふみ荒された跡を、一刻小《お》やみなく降りつづいている雪が掩ったものである。足跡とおぼしい、あるかないかの凹《くぼ》みに近寄って、雪を蹴《け》ちらしてみると、はたして、黒く凝結した血潮が、その下から、あらわれた。

あらためて、ていねいに点検した狂四郎は、決闘が、数人ずつの達人たちによって、行われた、と判断した。

そのうち、二人や三人は、仆《たお》れたに相違ない。それぞれが、その屍体《したい》をかつぎ去って、何ひとつ、証拠をのこしてはいないのであった。

——おれに果し状をつきつけた徒党に、別の徒党が襲撃したというのか？　それとも、仲間割れか?

いずれにしても、わけのわからぬ事態に対して、狂四郎は、永い時間をさくことの無駄を知っていた。こちらを、おびき寄せる何かの仔細《しさい》があった以上、このまま、対手がたで、ひきさがる道理がないのである。こちらは、待って居《お》ればよいのである。

狂四郎は、立ち去ろうとしかけて、ふと、思いかえして、かたちばかり建ちのこっている社殿へ、近づいて行った。

三
唖然《あぜん》としたことであった。

祝言《しゅうげん》の夜の新牀《にいどこ》が、社殿の内に設けられてあったのである。

華やかな松竹梅の模様の褥《しとね》が、天一生万物始と表わす作法通りに北枕《きたまくら》に敷きのべられ、鴛鴦《えんおう》の屏風《びょうぶ》が、枕もとにめぐらされ、鶺鴒《せきれい》の島台、若松の肴《さかな》台が据えられ、褥の裾《すそ》には、犬張子まで置かれ、万端ととのって、これは、士分でもよほどの高い身分の家のしつらいであった。

屏風わきのぼんぼりに燧石《ひうちいし》をきって、このしつらいをあかるく浮きあげた狂四郎が、

——狂気の沙汰《さた》でない以上、これには、何か大きな陰謀がめぐらされている。

と、予感したおり——。

鳥居をくぐって来る行列があった。

花嫁の輿入《こしい》れであった。

狂四郎は、それを、大きな商家の豪気な行粧《ぎようそう》と見てとって、屏風の蔭に、身を沈めた。行列は、黙々として、社殿の前に到着すると、輿と幾棹《さお》かの長持を、雪の上に据えておいて、無言裡《り》に、あとへさがった。利運を願う婿《むこ》がわの輿請取りの式の用意がない以上、輿入れがわが、悄然《しようぜん》として、怯気《おじけ》をしめしているのは当然であったろう。

一斉に、柏手《かしわで》を打って、拝礼した一行は、一人として口をひらく者もなく、ひきかえして行った。

狂四郎は、階《きざはし》を降りて、無造作に、輿の扉をひらいた。

綿帽子を被《かぶ》り、千代重ねの白無垢《しろむく》をつけた花嫁が、その中に、いた。

狂四郎は、黙って、その片手を把《と》った。花嫁は、なんのためらいもみせず、すなおに、輿を出ると、おぼつかなげな足どりで、階をのぼった。但し、狂四郎にあずけた細い指は、絶えずわなわなと顫《ふる》えていた。

狂四郎は、花嫁を、島台わきに坐《すわ》らせると、

「そなたは、人身御供《ひとみごくう》の覚悟はできているようだな？」

と、訊《たず》ねた。

「はい――」

花嫁は、うなずいた。

青年が久しく、安逸に狎《な》れ、惰弱に傾けば傾くほど、人間の惑信は、いよいよ多きを加えるが、人身を犠牲にするような残酷な振舞いだけは、全く跡を絶ったはずであった。辺僻《へんぺき》の地ならいざ知らず、この江戸の市中に、人身御供が、ものものしく、行われていようとは！

この廃社の中に、邪神と詐《いつわ》った何者かがひそんで、この人身御供の到着を待っていた。するると、突如、これを襲撃して来た者たちがあった。凄絶《せいぜつ》の闘いののち、双方とも、仆れ、傷ついて、去った。そのあとに、おびき寄せられて、この眠狂四郎が来て、はしなくも、人身御供を渡されたのである。

ここまで、筋は読めた。

——邪神の婿になりすましてみるのも、わるくはない。ふと、冷やかな心が、うごいた。

「ここには、祝言の座は設けられておらぬ。献酬の式もない。寝所として、床《とこ》盃《さかずき》の儀のみがある」

狂四郎が言うと、花嫁は、微かにうなずいて、そろりと立った。

狂四郎は、女《むすめ》が、むこう向きになって、綿帽子をぬぎ、白無垢を肩からすべりおとして、目もあやな紅小袖《こそで》すがたになるさまを、じっと見まもっていたが、

「そなた、盲目《めしい》か？」

と、訊ねた。

「はい――」

むきなおって、坐った女の双眸《そうぼう》は、かたくとじられていた。

眉も鼻すじも唇も、あまりに繊細につくられていて、ふれれば、くだけそうな、影うすい貌であった。透るように白い、こまやかな肌理《きめ》も、むしろ儚《はか》なげであった。

狂四郎は、つと、片腕をのばして、ほっそりとしたからだを抱きとると、掛具をはねて、かるがると、仰臥《ぎようが》させた。

次《つい》で、なんのためらいもなく、その裾を剝《は》いだ。

緋縮緬《ひぢりめん》の二布《ゆもじ》を、するすると、捲《まく》りあげるや、裂くように、ぐいと、片膝《かたひざ》を立てさせて、おし拡《ひろ》げると、鋭い眸子《ひとみ》を、内腿《うちもも》へあてた。

そこに――。

物ごころついて以来、やわらかな生絹《すずし》や練絹《ねり》で掩われて、処女の羞恥《しゆうち》をその奥に秘《ひそ》かに息づかせて来た、ふっくらとした餅肌《もちはだ》に、あざやかな、小判大の朱の痣《あざ》が、浮きたっていた。

いや、それは、痣ではなく、刺青《いれずみ》であった。

のみならず、将軍家の家紋である葵《あおい》であったとは！

——これか!

狂四郎も、流石《さすが》に、息をのんで、凝視した。

狂四郎をして、この無頼の振舞いをさせたのは、女が立居のたびに、ほのかにただよわせた、えもいわれぬ香《かおり》のゆえであった。

それが、女の裳裾《もすそ》からもれ出るとさとって、容赦なく、剝いでみたのである。

香は、葵の刺青から、ただよい出ていた。

狂四郎は、裳裾を合せてやった。

盲目の哀《かな》しさで、両手を顔にあてることも知らずに、女は、堪え入りたげな風情を、白い貌に刷《は》いて、全くの無抵抗であった。

「そなた、どこの娘だ?」

狂四郎は、冷たい語気で、問うた。

女は、三十三間堂町に、大きな店を構えた材木問屋木曽屋《きそや》の養女であった。田鶴《たず》、といった。

「そなたの家に、近時、何かの祟《たた》りとしか思われぬ不幸な変事がひきつづいた。飯綱《いづな》つかいか巫女口《いちこくち》寄せのたぐいを招いて、祖先の犯した罪をあばいてみたか、それとも売卜《ばいぼく》者《しゃ》に八卦《はっけ》を見させたか。この金勢明神に、養女のそなたを人身御供に上げれば、たちどころに、運が転換する、と出た。そうだな?」

「は、はい。この金勢様を建立いたしましたのは、うちの先祖で、ございましたので……」

「ふむ。祭祀をおこたっていた祟りだ、と占われたか」

狂四郎は、冷笑した。

もとより、数百人も人足を使う大商人のことであった。たった一人の養女を、人身御供にするなど、世間ていをはばかるし、飯綱つかいも、巫女も、売卜者も、招いた連中が、ことごとく同じ占いを出しても、頑《がん》として、承知しなかった。ところが、かねて懇意にしている心学者布勢鳩翁《ふせきゆうおう》という人物に、向島の別邸を講莚《こうえん》に貸して、店の者たちに聴かせた際、このことを打ち明けたところ、

「輿入れは、ただの形式で、一夜、置いて、もらいさげてくれれば、田鶴さんの目もひらくかも知れんぞ。一石二鳥、ということも考えられるではないか」

という返答に、木曽屋も、ついに決意して、世間のものわらいを承知の上で、こうして、行列をねって来たのだ、という。

「そなたは、わたしを、まことの金勢明神の化身と、思ったのか？」

「はい――」

「からだもきれいなように、心も無垢のようだ……。股《また》のいれずみは、いつ、彫られた？」

その尋問に対して、田鶴は、当惑の表情をしめした。

「おぼえがないというのか?」

「………」

「物心がついた時には、すでに、彫られていたのか?」

「はい――」

田鶴は、木曽の山中の、木樵《きこり》の娘として生れた。十二歳の春、立木の買いつけに来た木曽屋に、その器量を愛《め》でられ、盲目をふびんがられて、思いがけぬ幸運を与えられたのであった。葵の刺青は、木樵小屋に、父と二人きりで住んでいた頃、十日あまり、神かくしに遭《あ》ったあいだに、されていたのである。どこに、どうやって、つれ去られて、すごしたか、田鶴自身も、記憶がなかった。われにかえった時には、小屋にもどされていたのである。盲目には、そのおりになっていた。

刺青は、昂奮《こうふん》して、肌が熱くなると、匂《にお》うた。

この秘密は、実父が知っているばかりで、木曽屋では、養父をはじめ、だれ一人、気づいていない、という。

その芳香をかいで、きょろついた者はいたが、よもや、田鶴の股間《こかん》から、ただよい出ようとは、想像だにしなかったのである。

四

次の朝、狂四郎は一人で、木曽屋におもむいた。

木曽屋に、重大な異変が起った、と判《わか》ったのは、その店さきに立つまでもなかった。

十数町もはなれた仙台堀を辿っている時、仕事師らしい男が二人、血相変えて、追い越して行き乍ら、

「木の葉が沈んで、石が浮く世の中よ。木曽屋の旦那が、いってえ、どんな恨みを買ったってんだ。畜生っ！」

「まったくだ。あんな立派な人柄は、お釈迦《しやか》さんと孔子様が、三年相談してつくったって、容易にできあがるものじゃねえ」

「下手人の野郎、とっ捕まえたら、獄門首にするだけじゃ、腹の虫がおさまらねえや。日本橋の晒場《さらしば》で、鋸鎌《のこぎりがま》の一寸きざみ五分だめしにしてやらざあ！」

と、言い交わしているのを、きいたのである。

行ってみると——。

十間間口の大きな構えの店の前は、荒縄がはりめぐらされ、ものものしい与力同心の捕物出役の光景であった。

木曽屋の主人夫婦をはじめ、店の者二十余人が、昨夜のうちに、無慚《むざん》にも、鏖殺《みなごろし》に

されていた、という。

いずれも、ただの一太刀で斬られていて、救いを外にもとめるいとまもなかった、と判断された。事実、近隣の家では、異変の物音らしいものを、全くきいていなかった。

狂四郎は、それだけ知れば、店の中を覗《のぞ》いてみる興味もなく、黒山に蝟集《いしゅう》した群衆から、はなれた。

盲目の養女に、その不幸を告げるべきかどうか、まよい乍ら、まっすぐに、わが家へ戻って来た狂四郎は、木戸をくぐろうとして屋内に、悲鳴をきいた。

どんな悽惨《せいさん》な修羅場《しゅらじょう》裡《り》に在っても、冷静な判断力を喪《うしな》ったことのないこの男が、珍しく、憤然となって、身を躍らせたことだった。

田鶴を拉致《らち》しようとしていたのは、下級武士の装《なり》をした、覆面の人物であった。

躍り入って来た狂四郎にむかって、田鶴をつきとばしておいて、一刀を青眼にとるまでの一動作に、なみなみならぬ腕前を示しつつ、

「待て！　眠狂四郎、話が……」

ある、とまできかずに、狂四郎は、無想正宗を、抜きつけに、対手の胴へ、送っていた。

よろめいて、床柱に凭《よ》りかかった対手は、かぶりをふって、

「ちがう！……ちがう！……敵は、ほかに、ある。……誤算だ！……お、お主でなければ、斬れぬ敵、とみて、行かせたが……お、おそかった。誤算だ——誤算……」

呟《つぶや》くように、言って、ずるずると、崩れ落ちた。狂四郎の視線は、畳へ置かれた右手の小指へ吸い寄せられた。

その小指の爪は、昨日の黄昏《たそがれ》どき、雪の中で斬り落した小指のそれと同じく、光沢のある漆黒であった。

狂四郎は、謎《なぞ》の渦の中にまき込まれた微かな不快感を、おぼえつつ、しばらく、じっと、その黒い爪を見下ろしていた。

第一の死

一

古風な燭台《しょくだい》が、ひとつ――。

黙然として端坐《たんざ》した五名の人物の正面で、ひそやかなまたたきを、つづけている。燈《とう》心《しん》が、じじ……と焼ける音が、はっきりと、ひびくくらい、部屋の静寂は、ふかいのであった。

五名の人物は、もう四半刻《とき》も、こうして、おし黙って、坐《すわ》りつづけているのであった。ささやきも交わさぬばかりか、身じろぎさえもせぬ。

燭台の乏しい灯のまたたきにつれて、うしろの壁に映った五つの巨《おお》きな影法師が、ゆらゆらとゆらめくさまが、微動だにせぬ実体と、対蹠《たいしょ》的であった。これは、いっそ、陰惨な静寂なのであった。

どの風貌《ふうぼう》も、凡庸であった。一瞥《いちべつ》しただけでは、なんの印象ものこらぬ――その特長のない、ぼやけた造作が、共通したものであった。

共通したもの、と言えば——。
その膝《ひざ》に置いている右手の、小指の爪が、ただ一人を除いて、光沢のある漆黒である
ことだった。
左端の者だけが、小指に黒い布を巻いていた。
この重苦しい沈黙は、彼らが、何かを待っているのを意味した。待たせているものが、
彼らを、そうさせているのであった。
やがて——。
遠く、廊下を近づいて来る跫音《あしおと》に、彼らの面上が、等しく、微《かす》かな色をうごかした。
入って来たのは、黒い布で、顔を包んだ武士であった。武士といっても、熨斗目《のしめ》や紋
服をつけているわけではなく、きわめて粗末な鼠色《ねずみいろ》の木綿ものを着て、たっつけをは
いていた。
上座に就く。
しかし、双方に挨拶《あいさつ》はなかった。五名は、ただ、その人物に、視線を聚《あつ》めただけであ
る。
覆面の蔭《かげ》から吐かれた声音は、ひくく、冷たかった。
「わが党の闘いは、第一の挫折《ざせつ》をみた。第二、第三の挫折も、覚悟せねばならぬ。お主
たちが、力足らぬのではない。敵が、ただの敵にあらざる所以《ゆえ》だ。……木曽屋の養女を、

金勢明神に人身御供としてさし出させ、祝言を挙行せんとする企てを、さぐりあてたのは、すでに半月も前であった。これを襲って、敵を拿捕《だほ》する手筈《てはず》に、遺漏なきを期するに充分ではあった。然《しか》るに、お主ら一騎当千の士が、八名で、襲って、捕えることはおろか、討ち取ることも叶《かな》わず、味方二名が殪《たお》された。敵は、ただの二名にすぎなかったにも拘《かか》わらず、わずかな手傷を負わせるにとどまったとは、腑甲斐《ふがい》ないと申すもおろかであろう。のみならず、敵は、木曽屋が、わが党にすがったと憤って、これを鏖殺《みなごろし》にするの凶行を敢《あ》えてした。……われら黒指党は、傾ける幕政の支柱たるべく、白河楽翁《らくおう》公によって、ひそかに組織され、隠密裡《おんみつり》に、二十余年の習練を積んだ。お主らは、旗本八万騎の子弟の間から、特にえらばれて、元服とともに組み入れられ、甲賀、伊賀の里で、十年の修業を重ねた挙句、日本全土をひと巡りした後、正式に党員に加えられた御仁たちである。党規に則《のっと》って、身を処すに、これほど厳しい組織は古今にその比を見ず、また、一糸みだれざる秩序と統率の下に、わが党が、公儀に尽したかげの働きは、ひそかに記録して、後世に伝えるに足りる。……然るに、このたび、人面獣のごとき曲者《くせもの》どもが御府内に出現し、跳梁《ちようりよう》するにおよんで、わが党は、はじめて、結集せる力をもってしてなお、およばざる敵が、この世に存在したのを思い知らされた」

ここで、覆面の人物は、いったん口をつぐんだ。五十は、殆《ほとん》どなんの感情もおもてに示さずに、統率者を、見まもっているばかりである。

黒指党。

この秘密組織を知る者は、公儀の中でもごく尠《すく》ない。いや、党員たちですらも、どれだけの頭数をもって組織されているか知らなかった。ひとつの目的を遂行するために集められる場合、常に、きわめて限られた頭数であり、互いにその姓名さえも知らず、十指のうち、同じ指の爪を黒く染めているのを看《み》て、同じ任務を命じられた、とさとるばかりであった。

すなわち。

時には、母指を染めて集まり、また別の場合には、中指を染めていた。母指を染めた者と中指を染めた者が、たまたま何処《どこ》かで行き会うたとしても、これは、なんのつながりもない、そ知らぬ他人でしかなかった。

このたび、小指の爪を染めて、集まったのは、十二名であった。

そのうち、すでに、七名が、仆されていた。

その敵とは——。

誰人もまだ、その正体を知らなかった。いわば、惑信上の化生が、堂々と市中を横行しはじめた、としか受けとれないほど、奇怪な敵であった。

幾名かが、かたく結集した徒党と推測されるが、その面貌をしかと見とどけた者はなく、また、なんの目的をもって跳梁するのか、不明であった。

あるいは、黒指党を指揮する人々には、おぼろげながら、その正体が判《わか》っているのかも知れなかったが、党員たちには知らせていなかった。

党員たちにわかっているのは、敵は、決して、二名以上では行動せぬことと、その闘いぶりが、文字通り超人的であることであった。

げんに、金勢明神境内において、八名をもって包囲しつつ、二名の敵の、目に見えぬ翼でも所有しているかのごとき飛翔《ひしょう》の術に、幻惑されて、とっさに、応変の戦法をとることさえ及ばなかったのである。（あとから来た眠狂四郎が、雪の上を点検して、数人ずつの達人によって、決闘が行われた、と判断したのは、狂四郎の未熟ではなく、敵二名が、五名とも六名ともかぞえられる飛翔の術を使ったからであった）

覆面の統率者は、再び、口をひらいた。

「わが党の結集せる力をもってしてなお、およばざる強敵が、この世に存在する、と率直にみとめることは、よい。さればと申して、これを討つに、他の力を借りようとした者が、党の内にいたことは、断じて、許し難い！」

厳然として、そう言った時、はじめて、左端の者の無表情が、崩れた。

雪の中を、眠狂四郎のあとを尾《つ》けたのが、この党士であった。もう一人の同志と、ひそかに語らって、狂四郎をして、その奇怪の敵に当らせようと、画策して失敗したのである。もう一人の同志は、木曽屋の養女を拉致《らち》しようとして、狂四郎に、斬《き》られた。

「水無月！」

覆面の統率者は、小指を喪《うしな》った者を、鋭く呼んだ。

「前へ出い！」

正面へ進ませて、頭巾《ずきん》の蔭から、刺すように、眸子《ひとみ》を据えると、「お主は、眠狂四郎を遣《や》ったおかげで、狂四郎の魔剣を知る敵がひきさがり、木曽屋の養女が犯されずに済んだ、と申したいのであろう？」

「………」

「たわけっ！」

一喝とともに、腰の脇差《わきざし》を、抜きうちに、水無月の頸根《くびね》へ送った。

のど皮一枚のこして、首は、抱き首にがくりと、膝へ落ちた。

二

眠狂四郎が、木曽屋の養女田鶴を預けたところは、西丸《にしのまる》老中《ろうじゅう》水野《みず の》越前守《えちぜんのかみ》忠邦《ただくに》の側《そば》頭《がしら》役《やく》武部《たけべ》仙十郎《せんじゅうろう》の役宅であった。

三日間を置いて、様子を見に、狂四郎がおとずれると、五尺足らずの、額と頬骨《ほおぼね》が異常に突き出した、みにくい風貌の、この老人は、例によって、意外な出来事を告げるのに、にこにこし乍ら、こともなげであった。

「あずかった娘が、昨夜、庭へさまよい出て、縊《くび》れようといたしてな」

「………」

狂四郎は、眉宇《びう》をひそめた。木曽屋が鏖殺にされたことは、まだ教えていなかったのである。

仙十郎は、皮肉な目つきで、狂四郎を見やり乍ら、

「それが、おもしろいことに、縊れようとした娘を救ったのは、当家の者ではなかった」

「……?」

「一昨夜、曲者めが、忍び込んで参ってな、娘を犯して、立ち去り居《お》った」

「それは!」

「わしを責めてもはじまらぬぞ。曲者めは、通り魔と申してよい奴《やつ》であった。この目ざとい爺《じい》さんに、気配すらも感づかせずに、すうっと忍び入って、また、すうっと、消え居った。夜明けて――つまり、昨朝じゃな、覗《のぞ》いてみると、どうも娘の様子が面妖《おか》しい。問うてみたが、返辞もせぬ。すておいたところ、宵になって、庭へさまよい出て、手ごろの松を手さぐって縊れようといたした。これを目撃して、救ったのは、いったい何者か、判るのか?」

「再び忍び入って来た、その曲者ですか」

「うまい！　図星じゃ。曲者め、娘を、部屋へ、かかえ戻すと、どうじゃ、またもや、なぐさんで、逃げうせ居った。まことに、ご念が入った痴情沙汰《ざた》と申すべきではないか」

狂四郎は、しかし、そのことにあきれるかわりに、別のことを考えていた。

――なぜ、田鶴を拉致しようとせずに、ただ犯して、去ったか？

勿論《もちろん》、再度侵入して来たことも、大きな疑問をのこす。田鶴が自害するかも知れぬ、と懸念して、これをくいとめに来た、とは受けとれぬ。

「どうも、奇妙な因縁を背負っているらしい娘をつれ込んだものだ。白状させるのに、一昼夜つぶしてしもうたぞ」

「老人！」

狂四郎は、うすら笑みをうかべて、言った。

「お目にかけたいものがある。娘のところへご案内ねがおう」

奥のその部屋に入った狂四郎は、ただならぬ怯《おび》えたそぶりをしめす田鶴へ、冷やかな眼眸《まなざし》をあてた。

――恐怖が、まだ去りやらぬ、という風情ではない。この怯えかたは、われわれに対するものだ。

そう見てとりつつ、

「そなたは、襲うた者が若かったかどうか、わかっているか？」

まず、それを訊《たず》ねてみた。

うなだれた田鶴は、狂四郎に辛抱づよく待たせる時間を置いてから、かぼそい声音で、

「若い人のように存じました」と、こたえた。

「そなたを扱う態度は、粗暴であったか、それとも、優しかったか？」

「…………」

「こちらは、無駄なことは、尋ねて居らぬ」

狂四郎は、すこし語気をつよめた。

田鶴は、哀訴するように狂四郎に顔をむけ、すぐまた、俯向《うつむ》いて、

「……やさしゅう、ございました」

「おのれを、金勢明神の化身と言ったか」

「いえ――」

「そなたは、昨夜、自害しようとしたところをさまたげられて、また、犯された。そのおり、男は、そなたを、叱《しか》ったり、なだめたりしたか？」

「は、はい――」

「なんと申した？」

「……前世から、夫婦《めおと》になるように、さだめられていた、と――」

「さむらいの言葉で、言ったか？」

「はい」

仙十郎は、遠い座に就いて、この問答をきいていたが、

「女房にする存念ならば、何故《なにゆえ》に、さらってにげなかったかの」

と、呟《つぶや》いた。

狂四郎は、別のことを考えているらしく、しばらく、じっと田鶴を見据えていたが、
不意に、すっと、迫った。

田鶴は、当て落されて、他愛なく、狂四郎の腕の中に、崩れた。

畳の上へ、仰臥《ぎようが》させておいて、狂四郎は、無造作に、裾《すそ》をはぐった。

めくりあげられる赤い下着の下から、白い脛《すね》が、膝《ひざ》が、太腿《ふともも》が、あらわになった。

片膝へ手をかけて、ぐいと、押し拡《ひろ》げた狂四郎は、仙十郎に、

「見られい」

と、促した。

「淫瀆神《いんとくしん》が犯すと、おもしろい傷痕《きずあと》でものこすかの」

言い乍ら、立って来た老人は、その内腿に、鮮《あざ》やかに浮きあがった朱色の葵《あおい》の刺青《いれずみ》を
発見して、思わず、

「ほう！」

と、窪《くぼ》んだ目を瞠《みは》った。

「これは、異なものだの！」

「血がさわいで、肌が熱くなれば、これから芳《かんば》しい香を放つしかけになっている、と思われたい」

そう告げた狂四郎は、老人のみにくい面貌《めんぼう》が、何か思いあたるふしがあるらしい表情になるのを、みとめた。

仙十郎は、猿臂《えんぴ》をのばして、その柔らかな刺青を、つまんでみてから、狂四郎を、見かえり、

「謂《いわ》れを、きいたかな？」

と、訊ねた。

「幼い頃、神かくしに遭《お》うた時、彫られたということです。当人には、なんの記憶もなく、盲目《めしい》には、その時、なった由」

「ははあ……これも、似て居る」

「似ている？」

「川越城主の松平大和守の息女のからだに、葵の御紋そっくりの朱痣《あかあざ》がある、という噂《うわさ》をきいたことがある。その息女もまた、五、六歳の頃、乳人《めのと》につれられて、向島の百花園へ遊びに参った時、千種の花の中に、すがたをかくしてしまい、供の者どもの躍起な

探索にも拘わらず、ついに、行方不明になってしまったそうな。一月後に、下屋敷の庭に、しょんぼり立っているところを、女中が見つけて、仰天した、という。……似て居るではないか。大和守の息女もまた、神かくしのあいだに、刺青をほどこされたに相違あるまい」

「いまは、芳紀ですな？」

「左様――」

「もしかすれば、いまごろは、どこかの邪神に、人身御供をねだられているかも知れぬ」

「さっそくに、大和守に、問い合せてみようかの」

三

闇《やみ》に、目をあけて、田鶴は、牀《とこ》にやすんでいた。

遠く、町から、三更――真夜中を告げる時鐘が、きこえてから、もう四半刻もすぎている。

「明夜も、子《ね》の刻に参る」

曲者は、昨夜、そう言いのこしたのである。

縊《くびく》るのをとどめられてから、もはや、田鶴には、自害する気力も失《う》せていた。

されるがままに、身をまかせている、生きている人形でしかなくなっていた。

ただ、こうして、その時刻を迎えてみると、いつとなく、恐怖はうすれて、曲者の来るのを待っているじぶんに、ふと、気がついた田鶴であった。

貞女の羞《は》ずるところは、劫《おびや》かされて、その節を虧《か》くを羞《は》ずるなり、と古人は教えている。しかし、処女というものの、ふしぎな生理が、たとえそれがおそろしい暴力によるものであっても、二夜をつづけて犯され、三夜を迎えるにおよんで、理性や意志にそむいたとしても、これは、やむを得ぬ仕儀と言わなければならなかったろう。

「夫は再娶《さいしゅ》の義あり、婦は二適の文無し」――そういう時世だったのである。

……田鶴は、襖《ふすま》が開けられ、そして閉められたのも、気づかなかった。

有明行燈《あんどん》が、しぜんにともるように、ぼうっと、赤い明りを浮かせて、闇を四方へ押しやった。

田鶴は、やはり、本能的に、恐怖で、目蓋《まぶた》をとざし、四肢《しし》をこわばらせた。

枕《まくら》もとに立ったのは、全身黒ずくめの男であった。双眸《そうぼう》だけをのぞけていたが、その双眸は、異常に切長《きれなが》で、瞳《ひとみ》に燐光《りんこう》のような青白い光を湛《たた》えていた。闇を見透《みとお》す目であった。

掛具をはねると、一刀を背負ったままで、田鶴のかたえに横臥し、無言で、その前を、しずかに、ひらかせた。

そして、懐中から、とり出した鶉《うずら》の卵ほどの金の珠《たま》で、まず、そろそろと撫《な》でたのは、その朱葵の刺青であった。

珠の中に何がひそめてあるのか、微かに、鈴虫のように、ちろちろと、鳴りつづけた。

また、これは、なにかふしぎな魔力をそなえているように、やがて、田鶴の肌に――からだぜんたいに、そこから微妙な快感が、徐々に、ひろがって来た。

こわばっていた田鶴の五体は、溶けるように、柔らかくなり、肌はあたたまり、すべての脈が、ゆるやかに息づかいはじめた。

芳香が、ひらかれた股間《こかん》から、ほのかにただよい出た。

男は、珠を、柔らかに潤った池塘《ちとう》をすべらせて、その底へ落した。

「……あ!」

思わず、ちいさな叫びをもらして、田鶴は、膝をあわせた。珠は、微かに鳴りながら、しずかに、沈み、そして、納まった。

男は、あらためて、優しく、田鶴を抱いた。

「わが妻ぞ――」

耳もとでささやいた声音は、情愛をこめて、若々しかった。

四

男が、起き上がって、はなれようとするや、田鶴は、無言で、とりすがった。つれて行って欲しい、と全身が哀願していた。

男は、かぶりをふると、そっと、田鶴の双手《もろて》をもぎはなして、

「良い子を生め！」

ひと言、言いのこした。

音もなく、廊下へ、一歩、出た——瞬間、男は、一間を跳んで、退《さが》った。

しいんの暗闇の中に、うっそりと、人が立っていたのである。

息づまる数秒間の対峙《たいじ》があったのち、待っていた者が、さきに、口をひらいた。

「勝負は、夜がよかろう。月もあり、雪中花もある。……燭に背きて共に憐《あわれ》む深夜の月、花を踏んで同じく惜しむ少年の春、か」

眠狂四郎は、部屋からもれ出る田鶴の嗚咽《おえつ》をきき乍ら、なんの闘志もおぼえていなかった。

対手《あいて》を、まだ二十歳前の若者、と看破したからである。

十六夜《いざよい》の寒月の下に——。

九尺あまりの距離を置いて、対《むか》い立つや、

「貴様が使う円月殺法とやらを、見とどけておく所存であった」

若者は、生気にみちた声音を、投げた。

「あの世へ、土産話《みやげばなし》に、か」

「おのれの方が使いじまいであろう？」

背負うた一刀を、抜きはなつや、そのまま、片手構えに、まっすぐに、さしのべた。

惚《ほ》れ惚《ぼ》れとするくらい、美しい動作であった。

狂四郎は、ふっと、その若さに、羨望《せんぼう》さえおぼえた。

ゆっくりと、無想正宗を鞘走《さやばし》らせて、切先を爪先《つまさき》より三尺前の地面に差す地摺《じず》り下段にとりつつ、

「娘に、良い子を生め、と言いのこしたな。それは、どういう意味だ？」

と、訊ねた。

「…………」

「三度《みた》び犯して去るのが、お主の、任務か？」

「…………」

「娘に、子を生ませる目的であったとすれば、お主は、任務をはたした。この世に別れを告げてもよかろう」

「…………」

狂四郎は、敵の鋭気を吸い寄せる潮合を測るために、地摺り下段を、不動のものにした。

新しい読者のために、円月殺法について述べる。

剣の道は、流派の如何《いかん》を問わず、必ず「それ兵形は水に法《かたど》る」という意味の教義を立てる。心形一致《しんぎょういっち》の水の妙形をもって「流《ながれ》」の極意とするところに、何々流「法形」が成る。この法形の神技を悟るのが、兵法者の悲願である。

孔子が曰《い》う「それ心は水の如《ごと》し、水なる哉《かな》」という理智《りち》の妙諦《みょうてい》の会得があってこそ、剣の業《わざ》は、冴《さ》える。

ところが、狂四郎の剣は、全く、その逆である。

白刃を、敵につけた刹那《せつな》、狂四郎の胸中は、一個の人命を断つ、暗然たる業念に、みちる。したがって、剣は、水を法る無念無想剣とはならぬ。依《よ》って、剣は、敵の闘魂を奪う働きを示す以外はない。すなわち、敵をして、空白の眠りに陥らしめる殺法を使う。

いま、潮合きわまって、徐々に、大きく、左から円を描きはじめた無想正宗の動きが、それであった。

刀尖《とうせん》が、完全な円を描き終るまで、能《よ》くふみこたえる敵は、きわめて稀《まれ》であった。

黒衣の若者は、すでに、その殺法に就いて心するところがあったのであろう。

刀尖が、上段——半月のかたちにまでまわった刹那、地を蹴《け》った。

不吉な夜鳥が、飛び立つに似て——月光の盈《み》ちた空に躍った黒影は、刃風を発しつつ、狂四郎の頭上を、翔《か》けぬけた。

そして、そのまま、何処《どこ》かへ、去《う》せた。

水野邸から、一里ばかりはなれた馬場はずれの林の中で、黒衣の若者は、倒れていた。飛翔の術も、円月殺法を破ることは、叶わなかったのである。

木漏れの月かげへ、視力のうすれてゆく眸子《ひとみ》を送り乍ら、さいごの喘《あえ》ぎを、つづけていたが、

「……わしの、かたきは、だれかが……必ず、討って、くれる。……わしが、死んでも、六人が……のこって、いる」

と、呟いた。

しずかに、とじた目蓋の上へ、月の雫《しずく》のように、水滴が、ぽとりと落ちた。

武芸猿

一

延びて来た陽脚《ひあし》があたたかく、梅もほころび、ささ鳴きの鶯《うぐいす》が、どこか、近くの竹《たか》叢《むら》から、声をつたえて来そうな、のどかな日であった。

愛宕《あたご》の下通り——桜川に沿うた藪小路《やぶこうじ》を、一騎、蹄《ひづめ》の音をかるやかにのこして、馳《は》せて行く。

通行人たちが、戴星《つきびたい》の駿馬《しゅんめ》の上を仰いで、斉《ひと》しく、目を瞠《みは》った。

美男だったのである。

いい、熨斗目《のしめ》に、絽《ろ》の肩衣《かたぎぬ》に茶宇《ちゃう》の袴《はかま》をはいたいでたちは、春空の下に鮮やかに浮きしじら立つ美しさであった。

「途方もねえ色男だの」

「立烏帽子《たてえぼし》に、蒔絵《まきえ》太刀をぶら下げる装束をさせてみてえや。右手に、蝙蝠《こうもり》を、こう持たせてな」

「蝙蝠たあ、なんだ？」

「無学な野郎は、これだから、なさけねえ。すそひろがりの扇のことよ。てめえの嬶《かかあ》の立小便の格好に似てらあ。同じしたたれでも、意味がちがわあ」

「くそくらえ、直垂《ひたたれ》なら、しゃもじのようなしろものを持つんだろう」

「あれは、笏《しゃく》ってんだ、おぼえておけ」

「しゃもじだから、しゃくって、よそおうんじゃねえか。へん――」

礼装の若い旗本は、愛宕山権現《ごんげん》社の総門をくぐって、一気に、本地堂前まで、駒《こま》を乗入れた。

並び茶屋の女が二、三人、走り出て、その美男ぶりに、見惚《みと》れたくらいであった。

いや、人間だけではなく、茶屋の一軒の落間の床几《しょうぎ》にいた猿舞《さるまわ》しの小猿までが、それまでおとなしく親方の膝《ひざ》に蹲《うずくま》っていたのが、急に、狂おしく叫び声をたてて、はねあがったものである。

万歳にしたがう才蔵のような服装をした、まだ若い猿舞しは、意味ありげに、にやっとして、小猿を抱くと、

「我慢せい、小影よ、畜生の身に生れたが因果じゃて――」

と、言いきかせた。

すると、すぐうしろの床几にいた者が、

「この猿は、あの若ざむらいに惚《ほ》れているのか?」

と、冷やかに訊《たず》ねた。

猿舞しは、振りかえって、暗い異相の浪人者を見た。

「へい。とんだ、畜生のあさましさでござんしてね。そんじょそこいらの娘が、お百度詣《まい》りしたぐらいじゃ、願いは叶《かな》いそうもねえ水際立った殿御に、エテ公のぶんざいで、懸想《けそう》しやがったんだから、あきれたものでございます」

「この猿は、日光の武芸猿のようだな」

眠狂四郎は、ずばりと、言いあてた。

「………」

猿舞しの狂四郎を見かえす眼眸《まなざし》に、一瞬、鋭い光が加わった。

「あの若ざむらいと試合をして、おくれをとった、というところか」

狂四郎は、うすら笑った。


日光山の門戸にあたる、例幣使《れいへいし》路と宇都宮路の相会う今市に、剣術道場をひらいている奥村光典は、常陸《ひたち》鹿島の松林左馬之助永吉を流祖とする願流を伝える妙手として、きこえていた。

松林左馬之助は、三代将軍家光の頃の兵法者で、柳生但馬守宗矩《やぎゅうたじまのかみむねのり》の依頼によって、江戸城吹上《ふきあげ》において、阿部道世入道を対手《あいて》として、その迅業《はやわざ》を台覧に入れた、という。その時、左馬之助は、道世入道が、撃ち込んで来る太刀を、無手で受けとめざま、奪い取り、手妻使いのごとく、消えうせさせたのであった。すなわち、白刃を、土中へ突き通し、柄《つか》だけ地上へのぞけて、それを袴の裾《すそ》でかくしたのである。また、ある時は、さる大名に、迅業を所望されて、坐《ざ》したまま、脇差《わきざし》を抜きつけに鞘走《さやばし》らせて、蠅《はえ》の首を斫《き》り落してみせた、という。

ある会合の席で、某が、源義経は、柳の枝をはらって、水に落ちるまでに、八片に切断したというが、今人は如何《いかが》であろうか、と故意に、眸子《ひとみ》を左馬之助にあてた。左馬之助は、黙って、立ち上がると、庭へ降りて行き、泉水に垂れたしだれ柳の一枝に、その捷《しょうじゅつ》術を試みた。人々は、水面に、十三片が浮いているのをかぞえて、舌を巻いたことであった。

奥村光典は、左馬之助の再来と称せられるまでに、捷術に秀でていた。願流の奥義を会得したのち、さらに、燕帰燕迎《えんきえんげい》の陰陽二剣の迅業を使う山口《やまぐち》流（山口右馬之亮家利《うまのすけいえとし》始祖）を学んで、これに加える工夫を成して、日光流という一派を樹《た》てていた。

光典が、中禅寺湖の奥に棲《す》む猿を、つぎつぎ生捕って来て、武芸を仕込んでいることは、江戸にまで、つたわって来ていた。猿にも、それぞれ、才能の差があり、やがて、光典は、異常なまでの天才を、一匹見つけて、これに、数年間、修業を強いたのであった。

日光の武芸猿といえば、関東においては、小児の間にも知られるようになった。光典は、遠慮して、目録猿、と言っていたが、各地からわざわざたずねて来る兵法自慢の者で、これを能《よ》く撃《う》ち据えたのは、いまだ、一人もいなかった。

小猿のことゆえ、尺にも足らぬ木太刀を持たせるのだが、瞬時の停止も示さずに、目まぐるしく前後左右に跳びまわるので、これほど間合いの測り難い対手はない。あせって、撃ち損じると、とたんに、ぱっと肩へ跳びついて、短い木太刀で、頭へ一撃をくわえて来る。

江戸城西丸大奥の女中たちの懇望によって、大納言家慶《だいなごんいえよし》の前で、この武芸猿が、日光流迅業を使うことになったのは、昨年の秋であった。

「小影」と名づけられた武芸猿は、旗本の若ざむらいを、四人まで、きわめてかんたんに、撃ち据えて、女中たちの喝采《かっさい》をあびた。五番目に、召し出されたのが、いま、駿馬を、愛宕社境内へ乗り入れた妻木源之進であった。

妻木源之進は、弱冠にして、亡父の職を継いで、御旗奉行になったばかりの、旗本布衣《ほい》中の名門であり、文武ともに群を抜いた俊髦《しゅんぼう》であった。のみならず、その美男ぶりは、大奥の女中たちの噂《うわさ》の的になっていた。

実は、武芸猿を呼んだのは、妻木源之進の颯爽《さつそう》たる姿に見惚れるのを目的とした趣向であった。

源之進は、小猿との試合を命ぜられると、美しい貌《かお》に微《かす》かな不快の色を刷《は》いて、御旗奉行として、畜生類と立ち合うのは、世間のきこえをはばかる儀と存じられる、と拒絶した。

家慶が、笑い乍《なが》ら、座興に過ぎぬゆえ、武士道の吟味はしばらく措《お》くがよい、と申付けると、源之進は、やむなく承諾して、しかし、さし出された木太刀は把《と》らずに、庭へ降りた。

小影は、白砂上で短い木太刀をしきりにふりまわして、次の対手を待っていたが、源之進が一間の距離を置いて立つや、どうしたことか、急に、身をすくませて、動かなくなった。源之進は、静かに近づくと、作りもののようにじっとしている猿貌のあたまを、白扇で、かるく叩《たた》いた。すると、小影は、まるで愛撫《あいぶ》でもされたかのように、木太刀をすてて、媚《こび》のしぐさよろしく、身をすり寄せたことであった。

妻木源之進の美男ぶりは、雌猿《めすざる》さえも、恍惚《こうこつ》たらしめた。という噂が、ひとしきり、城の内外に高かった。

奇妙なことに、小影は、爾来《じらい》どんなになだめすかしても、絶対に木太刀を把ろうとせず、武芸猿として役に立たなくなったので、ついにはこうして、猿舞しの手に渡されてしまったのである。

「旦那《だんな》——」

猿舞しは言った。

「こいつが、日光の武芸猿とおわかりになるところをみると、よほどお出来なさいますね」

狂四郎は、それに応《こた》えるかわりに、

「お前も、ただの猿舞しではあるまい。どうやら、夜盗のたぐいであろう」

言い当て乍ら、視線は、女坂をゆっくりと昇って行く妻木源之進の後ろ姿へ送っていた。

二

愛宕権現社の本地は、勝軍地蔵尊である。

したがって、むかしから、武将は、出陣にあたって、詣《もう》でて、沙門《しゃもん》に、勝軍の法を修してもらうのをならわしとしていた。

くだって、泰平の時世になってからは、兵法者たちが、随意に、吉日をえらんで、奉納試合を催すようになっていた。

この日、妻木源之進は、かねてからの好敵手である出石小四郎《いずしこしろう》と、山頂において、雌雄を決すべく、おもむいたのである。

源之進が、女坂を昇って、拝殿へ向った時、ちょうど、出石小四郎もまた、男坂を昇って来て、仁王門をくぐったところであった。小四郎は、源之進と同じ二十歳であるが、六尺を超える偉丈夫で、風貌《ふうぼう》も魁偉《かいい》であった。

ともに、一礼して、並んで拝殿に入り、法鼓を搏《う》って、勝軍地蔵尊に祈ったのち、本社左方をまわって、春日八幡《かすがはちまん》の前に出た。

社殿の階《きざはし》の中段には、両名が審判を依頼した桐野利左衛門《きりのりざえもん》が、さきに到着して、彳《たたず》んでいた。

茶店のつらなっている山の東面には、展望を愉《たの》しむ人々が、かなり見受けられたが、本殿の裏手にあたるこのあたりは、松柏《しょうはく》が地上に落す影だけが濃く、ひっそりとしているのであった。

九尺を空けて相対すると、源之進は肩衣を、小四郎は羽織を、脱いだ。ともに、すでに、なめし革の襷《たすき》を綾《あや》どっていた。

階の中段に動かずにいる桐野利左衛門は、この時、彼方《かなた》の額堂の横手に、飄然《ひょうぜん》として、ふところ手をした、黒の着流し姿が、現われるのに、気づいて、この唯一の見物人を、なんとなく、無気味な存在に、感じた。

眠狂四郎は、この奉納試合を偶然に目撃することになったのではなかった。

今朝がた、第二の風信を受けとっていたのである。

鋭い矢唸《やうな》りがして、雨戸に突き刺さるのをきいたのは、夜明けであった。そのまま、牀《とこ》で一刻《とき》をすごして、節孔《ふしあな》が赤く染まる頃、起き出て、雨戸を一枚繰ってみると、白羽の矢に、結び文があり、愛宕山頂の奉納試合を観《み》よ、と記してあった。

木曾屋の養女田鶴《たず》を三度《みた》び犯した若者を斬《き》ってから、十日あまり経《た》っている。当然、また何かが起るであろうと、予感していたところであった。

狂四郎は、謎《なぞ》の渦の中にまき込まれているだけで、まだ、どの謎ひとつも解いてはいなかった。解くかわりに、次に起るであろう奇怪な事件を、待っていただけである。

旗本大身の若ざむらいたちが、奉納試合をする。

それだけのことならば、なんの興味も湧《わ》かぬ。立ち合う当人たちが、いかに必死に技を競おうとも、こちらの足をはこばせるには足りぬ。

矢文で招くからには、必ず、その試合に、当人たちにも気づかせないような、仕掛けをほどこし、意外な結果を用意してあるに相違ない、と考えてよかった。

目に見えぬ敵が、どこかにひそんでいて、いわば、妻木源之進も出石小四郎も、自身の意志によって立ち合い乍ら、実に、みごとに、傀儡《かいらい》にされて、操《あやつ》られているのであった。

狂四郎は、矢文に、審判役として、桐野利左衛門がえらばれている、と記されてあるのを、おもしろいと思った。桐野利左衛門は、神道《しんとう》無念流の戸ヶ崎熊太郎の高弟で、岡田十松吉利と秘奥《ひおう》を分けて、さらに、無念流を無敵なものにした、という評判をとっていた。岡田十松が、師の道場を継いで、門弟一万余を擁しているのに対して、利左衛門は、門をとざして、独居をまもること、すでに二十余年におよび、そのあいだ、一度も試合をしていないので、さだめし心法無碍《むげ》の自在を得て悟るところがあろう、と兵法者間では、別格の扱いをされていた。

当人たちも夢にも知らぬ仕掛けのある試合を、桐野利左衛門が、どう審判するか——これは、狂四郎も、興味があった。

源之進と小四郎は、それぞれ携えて来た木太刀を相青眼にとって、完全な膠着《こうちやく》状態に入っていた。

立つや、いきなり、小四郎が、右斜めの構えから、猛然と正面を撃つ早船の業《わざ》に出て、源之進は、これを下段剣から掬《すく》いあげて、回転しざま、真向へきりかえす働きがあった。小四郎は、その反撃を、正面に止めて、弧を描いて、仕太刀の左小手を撃ち、源之進が、これをはずして、上段に冠《かぶ》って、一間を跳び退《の》き、そのまま、もとの相青眼にかえったのである。

こうした固く不動の対峙《たいじ》になると、半刻も、それなり、対手の眸子に見入ったままにすごすのは、めずらしくはない。

しかし、狂四郎は、目に見えぬ敵が、どこかにひそむ以上、この状態が、そう永くつづくとは、思わなかった。

はたして——。

山頂春昼の静寂を破って、東から南へ、数十羽の鳩《はと》の群が、あわただしく、中空を翔《か》けぬけた。

その羽音の下で、源之進と小四郎は、同時に、気合凄《すさ》まじく、直立相上段にふりかぶって、音高く撃ち結び、さっと、跳びはなれた。

だが、跳びはなれる刹那《せつな》に、勝敗は決した。源之進は、面を撃ち、小四郎は、足を薙《な》いだのであったが、間髪の差で、後者がおくれたのである。

小四郎は、よろめき、膝を折った。

あきらかに、源之進の勝利とみえた。

狂四郎は、しかし、皮肉な表情を、審判者に向けていた。

——どうする？

声なく、そう問うていた。

桐野利左衛門は、一瞬、白扇を挙げかけて、宙にまよわせるとみえたが、すぐに、さっと、中間にかかげた。

「勝負無し！」

その冴《さ》えた一声をきいて、狂四郎は、にやりとした。

三

桐野利左衛門は、源之進を、じっと見据えて、

「審判に異議がおありか！」

と、訊ねた。

「いえ――」

源之進は、すずやかな眸子をかえして、

「それがし、決して、卑劣の木太刀を用意いたしたわけではこれなく、昨日、何者とも知れず、寄贈があり、素振りをくれたところ、いかにも使いよく思われましたゆえ、持参つかまつりました。御寛容の程を――」

そう言って、おのれの木太刀をさし出した。

利左衛門は、受取って、調べてみたが、なんの怪しむべき仕掛けもみとめられなかった。ただ、微かな臭気がのこっていた。

二本の木太刀が、空中で撃ち合った刹那、源之進のそれから、目に見えぬなにかがほとばしって、小四郎の双眼を晦《くら》ましたことに、疑う余地はなかった。次の一瞬、源之進が面を撃ち、小四郎が足を薙いだ――その両技に、間髪の差が生じたのは、当然であっ

た。

「小四郎、ゆるせ」

盲目の手さぐりで、立ち上がった対手に、源之進は、詫《わ》びた。

「お主も知らぬことならば、やむを得ぬ」

小四郎は、いさぎよさを示した。

源之進は、鄭重《ていちょう》に一礼すると、踵《きびす》をまわした。

利左衛門は、視線を移して、唯一の見物人の姿をもとめたが、すでに、消えうせていた。

利左衛門は、つかつかと、石塔に近づくと、無言の気合を発して、その笠《かさ》を、発止と、撃った。木太刀は、二つに折れた。折れ口を看《み》て、利左衛門は、眉宇《びう》をひそめた。小さな虚《うろ》が刳《く》ってあり、毒気はその中にしこんであったのである。

源之進は、割りきれぬ重い不快な気分で、男坂の六十八級の石磴《いしだん》を降りて、戴星《つきびたい》の愛馬に乗った。

——切通しのむこうの馬場で、ひと責めして、帰ることにするか。

そう思い乍ら、鐙《あぶみ》を踵で打った。馬はまっしぐらに、駆けた。

卑劣な仕掛けをほどこした木太刀を渡して、勝たせようと企てた者がいるからには、帰途を待伏せされているかも知れぬ、と思慮をはたらかせなかったのは、二十歳の若者の軽率であったろう。

藪小路《やぶこうじ》をまっすぐに、増上寺門前へ向って、疾駆して行こうとした時、左手の竹叢《たけやぶ》から、投じられた白い球が、桜川の流れを越えて、奔馬の前で、地面を打って、大きくはずみ、濛《もう》っと白煙を噴いた。

駒《こま》は棹立《さおだ》って、烈《はげ》しく嘶《いなな》くや、いきなり、馬首をめぐらして、右側の、かなりな構えを備えた屋敷の正門の内へ、めくら狂いに、だだっと躍り込んで行った。

源之進は、たづなをひきしぼるいとまもなく、鐙を踏み張って、馬上にかろうじて上体を保ったものの、大玄関さきで、愛馬が、あきらかに主人を乗せていることに堪え得ぬ苦しみを断いて、再び棹立つや、もはや抗しかねて、目くるめく眩暈《めまい》の中に、どうっと、地上へ落ちた。

そして、それきり、文目《あやめ》もわからぬ闇《やみ》の底に、身が沈むのを最後の記憶とした。

……ふっ、と。

源之進に、意識を甦《よみがえ》らせたのは、四肢をぎりぎりに細引で縛った痛さであった。

咄嗟《とっさ》に、身におぼえのない理由で、何かの奸計《かんけい》に陥《お》ちた憤りが、若い血をたぎらせた。

しかし、目をひらくには、なお、努力が要った。眼球が痛んでいたからである。

ようやく、細目をひらいた源之進は、五体は、大文字柱にくくりつけられ乍ら、奇怪にも、柔らかな厚い褥《しとね》の中に横たえられているのを知った。

――どういうのであろう?

痛む眸子を、あたりに配ってみると――。

これは、豪奢《ごうしゃ》といえる広い座敷であった。

いくつかの丸行燈《まるあんどん》がまたたいて、もう、夜なのであった。

廊下を、遠くから裾を引く衣ずれの音がひびいて来たのは、この屋敷が占める無人同様の深い静寂を教えた。

入って来たのは、けんらんたる御簾《みす》模様の打掛をまとうた上臈《じょうろう》であった。まだ、二十歳にとどくまい。眦《まなじり》がするどく切れて、凄艶《せいえん》な美貌《びぼう》であった。

源之進は、そのあざやかさに怯《お》じず、

「それがしを、なんとするのだ?」

と、叫んだ。

上臈は、氷のように冷たい無表情で、こたえた。

「そなたの種をもろうて、身籠《みご》ります」

「なに?!」

源之進は、唖然《あぜん》として、上臈を仰いだ。

「何様の息女か存ぜぬが……ち、血迷われたか!」

「血迷いませぬ。そなたとちぎるのは、前世からの、赤縄《せきじょう》で足を繋《つな》ぐ宿運《さだめ》と存じます」

「いわれもなく、なんの、たわ言を！」

「たわ言ではありませぬ。それが証拠に、そなたの内股《うちまた》に、葵《あおい》のいれずみがほどこしてありましょう」

「…………」

おのれの秘密を言い当てられて、源之進は、声をのんだ。

上臈は、ためらうことなく、緋縮緬《ひぢりめん》の掛具を剝《は》いだ。

大文字柱にくくりつけられた源之進は、股間《こかん》を曝《さら》される屈辱に、面《おもて》を朱にして、目蓋《まぶた》をふさいだ。

上臈は、若者の勁《つよ》く張った腿《もも》の内がわに、鮮やかに浮いた朱の葵の刺青《いれずみ》を見出《みいだ》すと、みじんも嬌羞《きょうしゅう》の色を浮べずに、すっと、朱唇を吸いつかせた。

「むっ……！」

ひくく呻《うめ》いて、源之進は、もがこうとしたが、いたずらに、細引を、肉に食い込ませるばかりだった。

上臈の貌《かお》を、股間からひきはなしたのは、突如、影のごとくに躍り込んで来た小さな生きものであった。

短い木太刀をふりかざして、二間を跳んで、上臈に襲いかかった。

その一撃をはずして、斜横に躱《かわ》した上臈の動きも、習練を経たものであった。

「小影！」

意外な者の侵入に、上臈は、おどろきの声音で、その名を呼んだ。

小猿は、ききき……と白い歯をむいて、旧知の女性《にょしょう》に対して、満身からの敵意をあらせつつ、第二撃を搏《う》たんとかまえた。

だが、急に、得物をすてると、両手で頭をかかえ込み、ひと跳びして、源之進の股間に蹲《うずくま》った。そして、さも恍惚に堪え得ぬ風情を、その身ぶりに示した。

葵の刺青から漂い出る芳香に、小影は、酔うたのである。

すなわち——。

小影が、吹上の試合において、源之進の前に、木太刀をすてたのは、その美貌に魅せられたのではなく、股間からただよい出る芳香をかぎとったためであった。

上臈は、いとわしげに、小影の様子を見戍《まも》っていたが、不意に、屹《きっ》となって、鋭い視線を、廊下へ移した。

「何者じゃ？」

誰何《すいか》されて、障子の蔭《かげ》から、ゆっくりと歩み出た眠狂四郎は、

「処女が、一片の羞恥《しゅうち》もなく、身籠るさまを見物に参った、と思って頂こう」

と、言ってのけた。

狂四郎は、猿舞しに、小影の頸《くび》をつないだ綱をはなさせて、馬で駆け去った源之進のあとを追わせたのである。小影は、喜々として、往還を奔《はし》って、と見こう見することなく、この屋敷へ、飛び込んだのであった。

源之進が路上にのこした芳香を慕って、その行方をあやまたずに、つきとめたのである。

「さあ、やって頂こうか。処女が、美男を犯す。これは、前代未聞のことだ。こちらも、威儀を正して、見とどけて、男女の作法についての偏見を是正つかまつりたい。たとえ、憑依《ひようい》妄想《もうそう》によるさかしま行為であろうとも、この目で見とどけるからには、爾今《じこん》、決して、処女の羞恥などは、信用いたさぬと、誓いをたて申す。やって頂こう」

無頼の素浪人は、そう言って、悠然と、褥の裾に端坐《たんざ》したことであった。

夢買い

一

路地でさわぐ子供たちの声で、目がさめた。

起き出て、何かをしなければならぬというくらしではなかった。うつらうつらと、牀《とこ》の中で、むだな時間を追いやっていると、庭の霜を踏む跫音《あしおと》がした。

「旦那《だんな》――」

日光の武芸猿をつれていた猿舞《さるまわ》しの声であった。ただの猿舞しではなく、因果小僧と異名をとった盗賊であることを、正直に白状して以来、家来にでもなったような積りで、殆《ほと》ど毎日たずねて来るようになっていた。

本名は、七之助といい、神田生れの江戸っ子であった。

武芸猿の方は、狂四郎が、盲目《めしい》娘の田鶴《たず》のお守りに、武部仙十郎の家へ預けていた。

小猿は、田鶴の股間《こかん》の葵《あおい》の刺青《いれずみ》の匂《にお》いを慕って、忠実な僕《しもべ》になっている模様であった。

「旦那、もう四つ（十時）になりやす。雨戸を開けてもようござんすか」

「うむ――」

眩《まぶ》しくさし込んで来た陽《ひ》ざしの中で、起き上がった狂四郎は、子供たちの遊び声をきき乍《なが》ら、ふと、昔の今様の文句を思い出した。

遊びをせんとや、生れけん、戯《たわぶ》れせんとや、生れけん。遊ぶこどもの声きけば、
わが身さえこそゆるがるる。

戦国の世の頃の、侘《わび》しい遊女がつくった歌と、伝えられている。

――おれには、あのような無心な愉《たの》しい遊びの時代がなかったな。

湿った感慨がわいた。

「旦那、やっぱり、見当もつきませんや。まるで、お化けでさ」

七之助は、そう告げて、かぶりをふった。

妻木源之進を犯そうとした上臈《じょうろう》の正体を、狂四郎は、七之助につきとめさせようとしていたのである。

あの屋敷は、将軍家が、愛宕山参詣の際に休憩するお成り館《やかた》であった。平常は、小役人が三人ばかり、起居しているだけであったが、あの日、役人たちは、突如として押入って来た数名の曲者《くせもの》から、当て落され、手足をしばられ、猿ぐつわをかまされて、炭小屋へ抛《ほう》り込まれたのであった。

あの上臈が、妻木源之進を犯すために、一日だけ、屋敷を占領したのである。

狂四郎は、当然乍ら、上﨟をとりおさえて、正体をあばくつもりであった。

ところが、付け人らしい五名の男が、走り込んで来て、丸行燈《まるあんどん》のあかりを消して、狂四郎を襲うすきに、上﨟は、何処《どこ》かへのがれ去った。

こちらに油断があったわけではなく、付け人たちが、一人対一人でも容易に殪《たお》し難い使い手ぞろいであったことである。狂四郎は、一人を斬《き》り伏せ、二人を手負わせるにとどまった。ふたたび、あかりをつけて、畳に俯伏《うつぶ》した者の覆面を剝《は》いでみると、意外にも、六十あまりの皺貌《しゅうぼう》があらわれたのである。

謎《なぞ》を解く手がかりは、そこでもまた、全く得られなかった。ただ、判《わか》ったのは妻木源之進の股間の刺青もまた、幼年時代に、十日あまり、神かくしに遭《お》うたあいだに、彫られたということだけであった。その十日間の記憶が、中断しているのも、田鶴と同じであった。

「あの女、猿と、旧知の仲のようであったな」

と、狂四郎が呟《つぶや》いた時、塀をよじのぼって、家の中を覗《のぞ》いていた子供の一人が、

「おさむらいさんは起きているよ」

と、仲間に告げた。

それから、どすんと、地面へとび降りると、

「みんな、はじめるぞ」

と、叫んだ。

すぐに、声をそろえて、うたい出したのは、手鞠唄《てまりうた》であった。

ひとつとや、人目わびしき雪の暮、雪の暮、みそかい橋で、夢買うた
ふたつとや、吹き来る風も肌さむく、肌さむく、みそかい橋で、夢買うた
みっつとや、蓑笠《みのかさ》ささえて青柳の、青柳の、みそかい橋で、夢買うた
…………

…………

なんとなく、耳をかたむけていた狂四郎は、七之助を見かえって、

「妙な手鞠唄だな」

「へい。むすびの文句が、みな同じとは、解《げ》せませんね。人目わびしき雪の暮、につづくのに、群れ居る鷗《かもめ》も千波浦。吹き来る風も肌さむく、につづくのは村松あられの音《おと》時雨《しぐれ》。蓑笠ささえて青柳の、につづくのは、雨の夜毎《よごと》の渡し守、でさあ。そいつが、みんな、みそかい橋で、夢買うた、になってやがる」

「…………」

狂四郎の蒼《あお》い相貌が、急に、冴《さ》えた。

「おい、あの子供たちに、何者が教えたか、きいてみてくれ」

七之助は、合点して、路地へ出て行ったが、すぐに、戻って来た。

「白い髯《ひげ》のあるお爺《じい》さんが、きれいな手鞠と、小銭をくれて、この家の前で、旦那が起きた頃合いを見はからって、うたうように、とたのんで行った、ということでさ。変てこらいな話でござんすねえ」

――そうか、これが三度目の風信か。

狂四郎は、苦笑した。

最初は、朴《ほお》の梢《こずえ》にのこったさいごの一葉に、挑戦状をしたためて、目の前に落してみせた。

二回目は、夜明けに、結び文の白羽の矢を、雨戸に、射立ててみせた。

そして、三度目は、子供たちに、手鞠唄をうたわせたのである。

二

「七之助、みそかい橋と称《よ》ばれている橋が、どこにあるか、知っているか？」

「みそかい橋ねえ？」

七之助は、腕を拱《こまぬ》いて、首をひねった。

「諸国噺《ばなし》の中にある味噌《みそ》買い橋なら、有名だが……」

むかし、同じ夢を三晩つづけてみた男があった。白装束の人物が枕元《まくらもと》に現われて、「味噌買い橋へ行け」と告げたのである。男は、これは、正夢に相違ない、と信じて、その橋まで行ってみたが、べつに、なんの変ったこともない。うろうろと、行ったり来たりしていると、近所の老爺《ろうや》が近づいて来て、

「何をしているのだ」

と、訊《たず》ねた。

男が、三度同じ夢をみたことを伝えると、老爺は、声をたてて笑って、

「夢を信じるなどとは、お前さんは、よほどのお人好《よ》しだ。夢は、五臓の疲れで、みるものだよ。わたしなど、先祖の墓地から黄金の壺《つぼ》を掘れ、という夢を七度もみたが、そんな骨折り損のくたびれ儲《もう》けは、まっぴらだから、これから、九十九度みたって、信用しないね」

と、言った。

男は、老爺から、その墓地の在処《ありか》をきいて、出かけて行き、せっせと掘りかえしてみた。すると、ひとかかえもある壺があらわれて、中には、大判小判が、びっしりと、詰っていた。

そんな民話があったのである。

「待てよ、こいつは、ひょっとすると、みそかい橋じゃなくて、晦日橋《みそか》のことかも知れねえ」

七之助が、言った。

「それは、どこにある？」

「滝野川の岩屋弁天から、王子権現《おうじごんげん》に参詣する道すじで、音無川に架《かか》った橋でさ。王子村の名主の女房と、こっそり通じていた滝野川村の密男《みそか》が、その橋の上でとっ捕まったんで、密橋と称ばれているとか、一説では、晦日の集金人を、橋袂《たもと》で待ち伏せて、斬り殺した奴《やつ》がいたから、と伝えられていまさあ。どっちが、ほんとうか知らねえが、ともかく、みそか橋と称ばれていることは、まちがいありやせんや」

「行こう——」

狂四郎は、立ち上がった。


王子権現の麓《ふもと》を流れている音無川は、本名を石神井川《しやくじいがわ》といい、武州石神井村三宝寺の池より発して、下流は、荒川に入る。

ふしぎに、この川は、うねって行く途中に、さまざまの縁起を生んで、人々の足をとめさせている。

殊に、みそか橋の架ったあたりは、両岸が高く、桜と楓《かえで》が交互に枝を交えて、眺めのいい勝地であるとともに、王子権現社をはじめ、稲荷《いなり》、松橋弁財天、滝不動尊など、それぞれ清冽《せいれつ》な流れを称《たた》える伝説をもっている。

衣裳榎《いしようえのき》とよばれている巨樹がある。そのまわりを、装束畠《ばたけ》という。毎年、大晦日になると、夜に入って、諸方の狐《きつね》がおびただしく集まって来る。その燈《とも》す火影《ほかげ》が、音無川の水面に映るのを眺めて、土民は、明年の豊凶をトう《うらな》、という。

したがって、このあたりに、やって来ると、善男善女は、きれいな自然の山水から、霊気の感得を期待することになる。

もとより、因果小僧をつれた眠狂四郎に、そんな殊勝な心掛けがあった次第ではない。橋板がところどころ腐って、穴があいているみそか橋の上に立った狂四郎は、「味噌買い橋」の民話にならって、近くに、老爺の姿をもとめた。

いたのである。

北岸にある茶屋の店さきの床几《しょうぎ》に、宗匠頭巾《そうしょうずきん》をかぶった、白髯《はくぜん》の隠居が、甘酒の茶碗《ちゃわん》を膝《ひざ》にのせて、美しい風趣に、のどかな微笑を送っていた。

狂四郎は、近づいて、そのかたわらの床几に就いた。七之助の方は、橋の上にのこって、しゃがみ込むと、流れに見とれるふりをしていた。

小女が、お茶をはこんで来て、

「奥に、枕も用意してございます」

と、告げた。

夢見茶屋と、曝板《しゃれ》の看板をかかげている店であった。

「いや、わたしは、夢を見に来たのではない。夢を売りに来た男だ」

狂四郎は、言った。

すると、打てばひびくように、となりの老人が、

「お売りなさる夢というのを、うかがおうか」

と、応《こた》えた。

「虎《とら》は嘯《うそぶ》いて風を冽《はげ》まし、竜は興《おこ》りて雲を致す――」

まず、狂四郎は、中鑑の時事の一句を口にしてから、老人へ、冷やかな眸子《ひとみ》をあて、

「但《ただ》し、竜虎《りゅうこ》相与《とも》にたたかい、駑犬《どけん》がその弊《ついえ》を受く場面まで見とどけましたが、お買い下さるか」

狂四郎に判っているのは、世間の全く知らぬところで、ふたつの徒党が、生死をかけた凄《すさ》まじい争闘を演じていることであった。

この白髯の老人が、いずれの側に属するか不明だが、たとえ、虎であろうと竜であろうと、闘って疲れはてた隙《すき》に、乗じて、その秘密をあばくのは、第三者であるこちらだ、と高言してみせたのである。

老人は、平然として、受けて、

「その夢は、いい値になり申そう。お世話いたそう。……竜虎の闘いをとくと審判なされい」

そう言ってから、甘酒をすすった。

「ご案内ねがおう」

狂四郎が、立とうとすると、老人は、かぶりをふって、

「いや、しばらくお待ちねがわねばならぬ。やがて、われわれを案内してくれる一行が参ろう程に――」

狂四郎は、この老人の重々しい口のききかたが、傲慢《ごうまん》であるとともに、ひどく古めかしいのを、訝《いぶか》った。

三

四半刻《とき》あまり、殆ど言葉も交わさずに、待ってから、老人と狂四郎が迎えたのは、意外にも、葬送の鹵簿《ろぼ》であった。

前駆は徒士《かち》であった。高張提灯《ぢようちん》、香炉、紙華《しか》、幡《のぼり》、天蓋《てんがい》、位牌《いはい》、棺《ひつぎ》を中央にして左右に無紋の箱提灯をさしかけ、挾箱《はさみばこ》、鎗《やり》が、つづいていた。武士のうちでも、かなりの格式をもった家の葬列であった。

狂四郎の眸子を光らせたのは、位牌が白木のままであること、棺が、あまりにかるがるとかつがれていることであった。すなわち、棺は空《から》と看《み》た。士人たちの羽織の紋も、挾箱の家紋も、すべて、三剣葵であった。

将軍家及び三家のほかに、葵紋を用いる大名はない。まして、これに三本の剣をあし

らった紋など、堂々と用いる家があろうなどとは考えられないことであった。

まことに、奇怪な葬送の鹵簿というべきであった。

狂四郎は、棺の後につらなっている二十数名の武士たちが、いずれも一癖ありげな面《つら》魂《だましい》を現わしているのを見やりつつ、

「あの棺の中に、竜虎のうち、どちらかを納めるというご趣向か？」

と、老人に、訊ねた。

「左様、そして、勝った方が、その場で、婚礼の儀をとり行うことに相成る。輿入《こしい》れの行列もまた、やがて、ここを通り申そう」

やおら、腰をあげた老人は、

「鳥は山を以《も》って卑《ひく》しと為《な》して、巣をその上につくる、魚は淵《ふち》を以って浅しと為して穴をその中にうがつ、ついに、之《これ》を得る所以《ゆえん》の者は、餌《じ》なり、かの。ははは……どれ、参ろうか」

歩き出し乍ら、老人は、独語するように、言葉をつづけた。

「本日の勝者にめあわす花嫁は、玉の輿と申せる。三年が程まえに、ある貧窮の浪士の娘にすすめて、この隠居が、良い夢をみさせてやった、と思い召され。高貴の若君に見そめられた夢をな。するとふしぎにも、その若君の紋どころが、娘のからだに、美しい痣《あざ》となって、浮き出したではないか。正夢であった証拠は、その日よりはじまった。爾《じ》

来《らい》、毎月晦日になると、夜半のうちに、多額の金子が投げ込まれ、三年間欠かされなかったのでござるわ。……で、いよいよ、今日が婚儀挙行と相成った」

「痣というのは、葵の紋か――」

狂四郎は――狂四郎もまた、独語するように、言った。

老人は、それにこたえるかわりに、

「眉目《びもく》うるわしく、気品があって、心やさしいむすめは、さがしても、なかなか見あたらぬものじゃ」

と、言った。

七之助の姿は、いつとなく消えていた。


花も人影もない飛鳥山《あすかやま》の麓《ふもと》を過ぎると、ぼうぼうたる平塚城跡に出る。

平塚明神寄りの、松の疎林《そりん》が、曽《かつ》て、豊島平右衛門 尉《としまへいえもんのじよう》が、太田道灌《おおたどうかん》と戦って、壮烈な討死をとげたところ。

そこに、方十間に三剣葵の幔幕《まんまく》が張りめぐらされてあり、葬送の鹵簿は、その前で停った。

「お手前の席は、設けてある」

老人は、そう告げて、狂四郎に、幔幕の内に入るように促した。

入ってみると、中央に、直径五尺ばかりの土俵場が設けてあった。

東西に、床几が一脚ずつ。

老人は、狂四郎を西方に就かせ、おのれは、東方に腰を下ろした。

幔幕の外に、行列の人々が控え乍ら、しわぶきひとつもらさず、正午の陽ざしが明るすぎると感じられるばかりだった。空に風があって、木立は、この試合場をかこんでゆれていたが、この無気味な静寂とは、かかわりない。

やがて、南北の幕が、同時に割られて、戦う者たちが、姿をあらわした。

——これは！

狂四郎を唖然《あぜん》とさせたのは、双方すんぶんちがわぬ容貌《ようぼう》、衣服の、十四、五歳の少年であったことである。

——双生児をたたかわせるのか。

観《み》くらべた狂四郎は、そのきりりとしまった貌《かお》が、葵の紋の熨斗目《のしめ》をつけるにふさわしいものと受けとったものの、

——この双生児は、たしかに、貴尊の相かも知れぬが、三世相《さんぜそう》の三停三才六府の論をあてはめると、どうやら、残忍酷薄の気性を現わしている、というところか。

一尺の高さの一本歯の足駄をはいて、するすると滑るように進む身ごなしを看ただけで、なみなみならぬ兵法修業ができていると、頷《うなず》けた。

土俵の前に立つや、懐中から、かなり大きな独楽《こま》をとり出して、一礼を交わして、身構えた。

——遊戯ならば、おれに審判させることはあるまいに……。

狂四郎は、ばからしさをおぼえた。

しかし、双方の身構えに、みじんの隙もなく、尋常ならぬ冴えた技術が、それぞれの腕にたくわえられていることは、注目するに足りた。

幔幕の蔭《かげ》で、どん、と太鼓が打鳴らされた。それを合図に、少年たちが、鋭い唸《うな》りを起して、独楽を、土俵上に投ずる動作に、間髪の差もなかった。

にも拘《かか》わらず、北側から投げられた独楽は、ぱっと、はじきとばされて、少年の手もとにかえった。

とみえたが、これは卑劣な詐術《さじゅつ》であった。すなわち、少年は、その独楽に、普通より倍も長い紐《ひも》を巻きつけておき、合図と同時に、土へ投じざま、ぐんと、ひきもどしたのである。

そして、それを右手に受けとめるや、土俵上中央で、澄みきった回転をしている対手《あいて》の独楽めがけて、発止《はっし》と、投げた。

南側の少年の独楽は、これは、ほんとうに、あっけなく、土俵外へ、はじきとばされて、ころがった。

――狡猾《こうかつ》も、程がすぎる。

狂四郎は、眉宇《びう》をひそめて、北側の少年を眺めた。しかし、その詐術を叱《しか》って、再試合をさせるわけにはいかなかった。真剣の立合いにおいて、相撃ちとみせて、身を翻しざま、二の太刀で対手を斬り下げる兵法はあるのだ。

敗れた南側の少年も、対手へ憎悪《ぞうお》の視線を射込みつつも、異議を申立てようとせず、老人もまた、一語も発しなかった。

試合は終ったものと思い、床几から立とうとした狂四郎は、数名の者によって、大凧《おおだこ》がはこび込まれて来たのに、

――こんどは、なんの遊戯か。

と、疑った。

……人々は、無言裡《り》に、敗れた少年を、大凧へ、大の字に、くくりつけたのであった。

四

生きている人間を貼《は》りつけた大凧は、十数間の凧糸に送りあげられて、中空を渡るかなり強い春風に乗って、ゆるやかな弧を描きはじめた。

地上では――。

土俵上に立った勝者の少年に、半弓と二本の矢が渡されていた。

ただの遊戯ではなかったのである。

無慚《むざん》ともいえる奇怪な試合であった。

狂四郎は、事態を納得した。

太古の神事にも似て、世の常ならぬこの儀式のもつ意味は、ある血統を尊ぶ人物に、双生児が生れたため、その一人を殺して、後日の争いを未然に断とうとするものに相違なかった。

残酷といえば、まさしく面をそむけなければならぬ行事だが、元服の年齢まで修業させ、堂々と試合をさせて、一人をのこすのは、観かたによっては、まことに公平な処置といわなければならぬ。

独楽争いで勝った方が、射手となるのだが、もし射損じれば、その立場は逆転して、おそらく、第三段に用意された試合に、不利な条件を与えられるであろう。

狂四郎は、大凧を仰いで、射られる少年の方にも、充分の修業ができていることを知った。

地上の少年が、半弓と矢を受けとるのを見てとるや、たちまち、四肢《しし》を張って、思うままに、大凧をあやつりはじめたのである。

上下に、左右に……ひろびろとした空中を、わがものにして、不規則に、激しい迅《はや》さで、狂ったとみせるがごとく舞った。

この一瞬の静止もない的は、尋常の射手の手に負えるものではなかった。

犬追物《いぬおうもの》や狩の場合とは、おのずから、ちがっている。大凧を舞わす少年には、すでに、矢をはずす修業が成っていたのである。

——これは、射手の方に、分がわるい。

狂四郎は、微笑した。

兵法に秀《すぐ》れた者なら判ることである。受身の強さ、というものがある。

対手の攻撃の前に、全身を露呈するときの強さこそ、兵法の極意といえる。

のみならず、大凧上の行動は、強い凧力を方六尺の翼面に受け、これを利用して、自由自在に変化を生むのであってみれば、地上の跳躍よりもはるかに迅速であることが可能である。人力の上に、さらに凧力を加えた強みであった。

だが——地上の少年も、また、充分の自信があるもののごとく、悠々と弓構《ゆがまえ》を起した。

狂四郎は、七道の法に則《のっと》り、五重十文字の姿勢をととのえた少年の、狙《ねら》うところを看て、

——あ、そうか！

と、合点した。

一瞬、矢は、弓をはなれた。

その第一の矢は、小面憎《こづらにく》くも、大凧を狙わずして、それをつないでいる凧糸を、二間上の空間で、ぷっつりと切断したのである。

何条たまろう、大凧は、大きく、くるっと回転してから、目に見えぬ軌道に乗ったように、すうっと、落下して来た。すでに風力の利用は不可能となり、ただ、宙をななめに、無事に、滑り降りるのが、精いっぱいであった。

地上の射手は、おちつきはらって、二の矢をつがえた。

弦の音とともに、宙を縫った矢は、みごとに、大凧上の少年の額を、射抜いた。

花嫁の輿入れ行列が、しずしずと到着したのは、折もよく、その直後であった。


幔幕の中は、婚礼の式場にかわった。

葬送の鹵簿は、こんどこそ、白木の位牌に戒名を記し、棺に、いまだ肌のぬくもりもさめやらぬ遺骸《いがい》を納めて、粛々として、何処かへ、去った。

そして――。

眠狂四郎と宗匠頭巾の老人は、何事もなかったように、肩をならべて、音無川に沿うた王子道を、ひきかえしていた。

永い沈黙ののちに、狂四郎は、口をひらいた。

「わたしを、婚礼の場所へ、三度も招かれたのは、なぜであろう?」

「はじめに、金勢明神《こんせいみようじん》へ、お主をおびいたのは、当方のかかわり知らぬところであった。当方の当面の敵にまわっている黒指党のしわざであった」

「黒指党？」

「左様、公儀御用党と心得て置くがよかろう。……おかげで、われらは、噂《うわさ》にきくお主の腕前の程を知った。われら風魔一族のうちでも、最も手練者《てだれ》として、自他とも許した七人組の一人を、お主は、斬った。また、般若姫《はんにゃひめ》が妻木源之進と契ろうとした寝所に侵入して、一騎当千の付け人を対手にして、一人を斬り、二人を手負わせた。まことに、見事に、業は冴えて居《お》る」

自ら、風魔一族、と名のりをあげた老人へ、狂四郎は、一瞥《べつ》をくれて、

「そのわたしを、どうして、無事に帰そうとされる？」

と、訊《き》いた。

老人は、すぐには、こたえず、とある辻に来て、足を停めると、

「技倆《ぎりょう》に差があって、斬りすてられたのは、自明の理《ことわり》であろう。……般若姫は、お主を、慕うて居る。お主の股間に、葵の紋を彫りたいと申して居るが……」

それを、別れの言葉とした。

風魔三郎

一

髪結床《かみゆいどこ》――一名、浮世床、ともいう。

暖簾《のれん》には、青竜を刺青《いれずみ》した史進が描いてあり、襖《ふすま》の絵は、紅炬《たいまつ》を持った忠常の赤っ面である。

剃出《すりだし》（弟子）が三人、客をならべて、いそがしく、働いている。

てっぺんから剃りおろすのと、頤《あご》から剃りあげるのと、ふた通りある。剃出の勝手で、客には、文句を言わせない。

剃りおわると、目のこまかい櫛《くし》で、力をこめて、垢《あか》をおこし、糸索《いとなわ》で、ふけをしぼりあげ、さらに髪の根を爪《つめ》で掻《か》いて、かゆ味をとる。これがなんともいえない、いい気持である。

ここまでが剃出の仕事で、

「へい、一丁あがり」

と声があって、隅で煙管《きせる》をくわえていた親方が、やおら立って来て、清剃《きよずり》をし、びん、つけをぬって、上等の櫛で、梳《す》きかえす。

それがすむと、疎《あら》い目の櫛で、髪ぜんたいをひとまとめにして、仮糸でくくって、仮結をする。それから、もとゆいで、髷《まげ》というのをつくる。それを前にかがめて、一寸ばかり引いて、うしろへ出す。これを髷《ざ》、という。これは、年期の入ったコツを要する。

「へい、お待ちどお――」

さま、まで言わせず、さっと立って、二十八文、ぽんと、道具台の金盥《かなだらい》へ、抛《ほう》り込む呼吸が、客の心得というものである。

夜明けがたに戸を開けて、戌夜《いつつ》（午後八時）に店を締める。いったい幾人の頭を結うか、かぞえきれない。剃出の腕は、ぬけそうになる。

巳時《よつ》（午前十時）前後が、いちばん、こむ。

待ち客は、いっぱいになり、いねむりしている者、草本を読んでいる者、碁をかこんでいる者、吉原の女郎や夜鷹《よたか》や町内の女房娘などの品さだめをしている者、無精髭《ぶしょうひげ》を抜いて、艶鏡《うぬぼれ》に一本一本植えつけている者など……。

「えっへん、そも――時はいつなんめりか。師匠、ひとつ、時間つぶしに三国志のぬき読みをやっちゃ、どうだい？」

若い衆から、声をかけられたのは、読本作者であり、講釈師である立川談亭であった。

高座の芸は、近頃とみに円熟して、客に固唾《かたず》をのませたり、爆笑させたり、思うがままであった。

談亭は、それに応《こた》えず、若い衆の膝《ひざ》の猫を見て、

「いい毛なみだの。どこからひろって来たな?」

「とんでもねえや。新道の常磐津《ときわず》の女師匠が、間夫《まぶ》の浮気を心配して、見張り役だあ」

「はは……付け馬ならぬ付け猫か」

かたわらから、仕事師らしい男が、

「あの女師匠は、化け性で、この猫を玄関に据えて、こう片手で招かせてやがったんだ。夜な夜な油をなめさせて、おぼえさせたというぜ。いまに、おめえ、骨と皮だ」

「くそくらえ! へへ、おれがあんまり処々方々でもてるもんだから、そねんでやがら」

「さきが見通せるから、忠告してやってるんじゃねえか。猫っかぶりの猫撫《な》で声で、ねこそぎ、てめえのふところをなめとろうとしているのが、わからねえんだから、なさけねえや」

「うるせい! ねえ、師匠、どうして、猫ってやつは、こう悪たいの文句につかわれるんですかい。猫ばばとか、猫背とか、猫綱とか、猫も杓子《しやくし》もとか、猫に小判とか——」

「そうそう、囲炉裏端の、いちばん下座の、嫁座敷のことを猫の横座といい、お前さん

が鼻毛をぬかれる光景を、新猫といい、浅草のお寺が飼っている淫売《いんばい》を山猫といい、女師匠は、昼間から、裾《すそ》をひらいて、ねころぶ、という——。はは……しかし、猫に小判ということわざの由来は、大層感心な猫の話でな」

「どんな猫だい？」

「時はいつなんめり——」

「そら、出た」

「頃は文化十三年、春末つかた、神田川辺にすまいなす、清右衛門という肴屋《さかなや》があったな。女房は、おいくといって、心やさしい色年増《いろどしま》で、亭主に猫っ可愛《かわい》がりに可愛がられるので、ついでに、自分も三毛を飼うた」

「へへん、猫がころべば、にゃんと啼《な》く、おいくがころべば、なんと泣く、ああ、もう、いく、と泣くわいな、か」

「ところが、好事魔多《こうずまお》しで、清右衛門が、労咳《ろうがい》で倒れて、枕《まくら》から頭も上がらなくなった。店を閉じて、赤貧洗うがごとしに相成っては、おいくの泣きかたも意味がちがって来る。泣く泣く、猫を膝にのせ——」

「ねこんだ主の代りに化けて、閨《ねや》で、妾《あたし》をねころばせ、とくらあ」

「にはこれあらで、そこは、貞女だ。これ、三毛や、ようくききわけてたもれ、あるじの病気ゆえ、お前に、うなぎも鰹節《かつおぶし》も食わせられなくなり、もう世話もしてやれなくなったから、ふびんなれども、どうぞ、どこかへ、行っておくれ、と言いきかせたな。猫は、小さな声でひと啼きしてから、しおしおと、家を出て行き、それきり、行方知れずに相成った。……それから、四、五日すぎて、ひょっこり、もどって来たのを、見てあれば、あアららふしぎ、おどろくべし、口に小判をくわえて居《お》るではないか」

「へえ。ほんとですかい、師匠」

「街談文々集要に、ちゃんと出ている。夫婦は、道ならぬ事と思ったが、貧窮にはかえられず、両がえして、二朱ばかり使ったな。猫は、また、その夜のうちに、何処《どこ》かへ消え去ってしまった。何処へ行ったと思う？」

「さあ、また、猫ばばしに行きやがったに相違ねえが――」

「忍び入ったのは、隣の町の伊勢屋という両替屋さ。物蔭《ものかげ》から、金色のまなこをらんらんと光らして、番頭が小判をかぞえているのを窺《うかが》っていたが、やがて、矢の如《ごと》く飛んで、その一枚をくわえ盗《と》ったな。これを見つけた小僧たちが、おのれ昨日一枚足らなんだのは、この畜生めのしわざかと、てんでに得物《えもの》をおっ取って、追いまわし、滅多打ちに擲《なぐ》り殺した、と思うべし。この噂《うわさ》を、次の日きいた清右衛門は、二朱使ったのこりの三分二朱をおいくにもたせて、伊勢屋に詫《わ》びにやった。

　伊勢屋のあるじは、事情をきいて、あわれふびんな忠義猫よ、と猫がくわえてにげようとした小判に三分二朱を添えて、おいくに、見舞金としておくった、猫に小判の由来は、かくの通り、悪たいの意味にはこれあらず、恩をかえした美談にて候《そうろう》」

語りおわったところで、番がまわって来て、談亭が床几《しょうぎ》から腰をあげたとたん、もの凄《すご》い地震が、来た。

あわをくらって、往来へとび出した時、眠狂四郎のふところ手の、黒の着流し姿が、前に在った。

二

路地奥の、古ぼけた談亭の家に入った狂四郎は、

「おれは、世間へ流布されている儒者の番付は、反古《ほご》と思っているが、お主の書いた読本は、意外に、史実をふまえていると観《み》ている」

めずらしく、ほめた。

「いやどうも——全く、もって、なかなか、苦心の要するところで、志すところの文章たるや、春秋の謹厳、左伝の華麗を兼ねあわせ、唐宋《とうそう》の八大家をひとのみにし、杜甫《とほ》、李白《りはく》の詩魂を咀嚼《そしやく》し——咳唾《がいだ》まさに珠玉たり——えっへん、えへん」

談亭は、てれくささを、自分でまぜかえした。

狂四郎は、笑わず、じっと、談亭を見据えて、

「実録の読本がさかんになったのは、大岡越前守《おおおかえちぜんのかみ》が、徳川家に関する一切の事跡を書

くのを禁じてからだ、ときいているがそうか？」

「その通り——公儀の禁圧を、巧みにのがれるためには、そうするよりほかはなかったのでござんしょうね。その写本を、講釈師が講談にしたんだから、まんざら根も葉もないことじゃありません」

「お主ら講釈師が、高座で、絶対に、口にしてはならぬ——つまり、徳川家とはべつになんの関係もないと思われるが、避けておかなければならぬ事柄はないか？」

「さて、その儀にて候。実は、大あり——これは、徳川家のために大いに働いた一党が、史籍から抹殺《まっさつ》され、講釈師に知らん顔をさせている奇怪な事実がありますぜ。すなわち、草兵——これなり」

「草兵？　忍びのことか」

「左様です。越後軍記にも奥羽永慶《おううえいけい》軍記にも大友興廃記にも最上義光《もがみよしあき》物語にも、ちゃあんと、忍び目付の話は出て居《お》りますし、北条五代記には、これを〝草〟と称《よ》んで居りますわい。……されば、大将、出馬し対陣を張る時は、敵も味方も先手の役として、夜に入れば、足軽ども、境目に行き、草に臥《ふ》し敵を窺《うかが》い、あかつきに帰る。これを草とも忍びとも、名づけたり。これを知らず、物見の武者、境目を過ぐる時、かの草、蜂《はち》のごとくわき起って帰路を取りきり、討たんとす。かくなれば、馬達者を力とし、野へも山へも乗りあげ、はせ過ぐること、かねて案内なくては叶《かな》いがたし、といったあんばいでござんしてね。徳川の御世になってからは、ちゃんと、正忍記という、もったいらしい本も出ているし、塙保己一《はなわほきいち》だって、武家名目抄に書いて居りますがね、どっこい、肝心の、家康公が興廃をかけた合戦で、幻のごとく出現して、勝利をもたらした草兵があった事実は、ひたかくしにされているんだから、全くの話、解《げ》せませんね」

「徳川が使ったのは、甲賀衆、伊賀衆だけではないのか？」

「なんの——甲賀や伊賀の忍者は、徒党を組んでは居りませんや。第一、忍者どもを率いて、これを自由自在に働かせる頭領なんざ、一人も見当りません。服部半蔵《はっとりはんぞう》だって、御時世がおさまってから、頭領に任じられたんで、それだって、やがて、配下どもから裏切られているしまつでね。……ほかにいたんですよ。ほかに頭数の程は知れませんが、どうもあっしのつらつら臆測《おくそく》するところ、千人はくだって居りませんね。しかも、この頭領たるや、よほどの大物で、天狗《てんぐ》の化身みたいな野郎だったらしい」

「きこうか、ひとつ、高座にかけられぬ軍談を——」

そう言って、狂四郎は、はじめて、微笑した。

その第一の合戦は——。

元亀《げんき》三年十二月下旬、武田信玄は、小田原北条氏と盟《ちかい》をむすんで、兵およそ二万五千を率いて西上し来《きた》り、徳川家康は、織田信長の援将佐久間信盛《さくまのぶもり》、滝川一益《たきがわかずます》、平手汎秀《ひらてひろひで》らを加えて、八千余の軍をもって、これを、三方原《みかたがはら》の原頭に迎撃した。

結果は徳川勢の、惨たる敗走におわった。

白雪が霏々《ひひ》として舞い狂う申《さる》の刻（午後四時）まず織田勢が総崩れになり、佐久間信盛が潰《つい》え、滝川一益が退き、ふみとどまった平手汎秀は討死した。酒井《さかい》左《さ》衛門尉《えもんのじょう》忠次《ただつぐ》が、奮戦激闘して、武田勢の先鋒《せんぽう》小山田《おやまだ》信茂《のぶしげ》の隊を、数町ばかり撃退したが、たちまち二陣にいた馬場《ばば》美濃守《みののかみ》信春《のぶはる》の隊に、押しかえされた。一方、石川《いしかわ》数正《かずまさ》勢は、大文字の旗を押立てて潮のごとく殺到した武田勝頼の軍勢を邀《むか》えて、悪戦苦闘した。

信玄は、機を見て、押太鼓を搏《う》って、全軍に、総攻撃を命じた。

家康が、形勢不利と察して、全軍に退却を命じた時には、すでに、武田の先鋒は、目前に肉薄していた。

主人を討たれてはならじと、奔駆して浜松城へ向う家康をまもって、ふせぎ闘うた三河武士たちは——本多忠真が、鳥居《とりい》忠広《ただひろ》が、成瀬《なるせ》正義《まさよし》が、米津《よねきつ》政信《まさのぶ》が、つぎつぎと、身代りとなって、果てた。

それでもなお、家康の生命の危機は去らなかった。夏目次郎左衛門吉信は、意を決して、家康の愛馬の臀部《でんぶ》を、槍《やり》で、ぐさりと突いて、

「八幡《はちまん》！」

と、絶叫した。

疲労していた馬は、この一撃に遭《お》うて、狂ったごとく、飛んだ。夏目吉信は、馬首をかえして、追い来る敵中へ突入し、従士二十五名もろとも、討死した。

家康は、浜松城に二町余の距離まで馳《は》せ戻って来て、愕然《がくぜん》となった。

武田信玄の知謀は、それを予期して、二千の手勢を、先廻りさせていたのである。

――万事休す矣！

いさぎよく討死を覚悟した時、突如として、敵勢の林立させた旌旗《せいき》が、烈風をあびたように、乱れて、散った。

舞い散る雪片がことごとく、変化《へんげ》したように、無数の白装束の武者が、幻のごとく出現して武田勢に襲いかかったのである。その闘いぶりは、まさに、魔性の化身に似て、神速をきわめ、またたくうちに、二千余の敵兵を、突き伏せ、斬《き》り仆《たお》した。

家康は、悠々《ゆうゆう》と、城内へ入るを得た。しかし、何故《なぜ》か、家康は、この白い武者たちに就いて、一言も口にはしなかった。家臣たちもまた、その意《こころ》を汲《く》んで、そ知らぬふりをした。

その第二の合戦は――。

天正十二年四月上旬、家康は、織田信雄《おだのぶかつ》を援《たす》けて、豊臣秀吉と雌雄を決すべく、小牧山《こまきやま》で対陣した。

池田勝入《しょうにゅう》信輝は、秀吉に進言して、家康の全軍が小牧に集まって来ているからには、参州はおそらく空虚になっている故、その隙《すき》に乗じて、密《ひそ》かに兵を率いて、三河に侵入して、岡崎城を攻略せん、と乞《こ》うて、ゆるされた。勝入信輝は、おのれが先鋒となり兵六千を率い、二軍に森武蔵守長可《もりむさしのかみながよし》（兵三千）、三軍に堀秀政（兵三千）、四軍に三好秀次（兵八千）を備えて、六日深更、秀吉の本陣から出発した。

その侵入軍が、岩崎城に至るや、そこに籠《こも》っていた丹波次郎助氏重は、年齢わずかに十六歳であったが、いまこそ、功名を天下にとどろかすべしと、銃火を放って、その通過をさえぎった。勝入信輝は、この小城に対しては、わずかの押えの兵をのこしておいて、前進をつづける予定であった。

たまたま、弾丸が、馬の鬣《たてがみ》に中《あた》り、馬が棹立《さおだ》って、勝入を堕《おと》したので、憤怒《ふんぬ》した勝入は、この小城を踏み潰《つぶ》さんと、猛攻撃に出た。城兵三百は、若い城主の下知のもとに、血みどろになって闘い、全員戦死した。

この小城の悲壮な玉砕は、侵入軍の前進を阻むとともに、徳川勢の士気を鼓舞した。

家康は、矢田川《やだがわ》と香流川《かなれがわ》の中間にある白山林に陣を敷いている豊臣秀次の軍を、二面から奇襲して、潰走《かいそう》させた。

次いで、本隊を、富士ヶ根に進め、さらに仏ヶ根に進め、岩崎城を奪った池田勝入信輝、森長可に決戦を挑み、総崩れにさせた。勝入信輝は、永井伝八郎直勝のために討たれ、森長可は、本多八茂のために、首を刎《は》ねられた。

この長久手《ながくて》の敗報を、楽田の本陣できいた豊臣秀吉は、憤激して、軍二万余を率いて、楽田を発し、春日井原に出でて関田村の北方より庄内川に沿うて、下津尾にいた《い》った。

そのおり、秀吉は、対岸において、ただ一騎、悠然として、水ぎわへ降りて来て、馬に水飼わせている武者を看た。

「あれは、何者だ？」

と、かたわらの稲葉伊予守に訊《たず》ねた。

伊予守は、その鹿《しか》の角の兜《かぶと》と、真紅の長槍をみとめて、

「家康の旗本にて、本多平八郎忠勝と申す者にございます」

と、こたえた。

「あっぱれ、大胆不敵の者よ」

秀吉は、苦笑した。

しかし、次の瞬間、秀吉は、本多平八郎が、ただ示威してみせているのではないことを知らされたのである。

平八郎は、ぐいと馬首を擡《もた》げさせるとともに、その真紅の長槍を、天を突き刺すように、たかだか、とさしのばした。それを合図として、平八郎の背後に、ぼうぼうとひろがっている原野の叢中《そうちゅう》から、咲きほこる春の野花が一斉に真紅の長槍と化したごとく、およそ数千本も、さっと林立したのであった。

ただの伏兵ではなかった。

秀吉は、慄然《りつぜん》として、身顫《みぶる》いせずにはいられなかった。秀吉が、軍を収めて、楽田に還《かえ》ったのは、そのためであった。

三

そこまできいた狂四郎は、

「談亭。その草兵を、風魔一族と称した、ときいてはいないか？」

と、問うた。

談亭、目を瞠《みは》った。

「ご存じで――？」

「うむ。おれの想像は、当ったようだ。……どういうのだ、風魔一族というのは？」

「真偽の程は、わかりませんよ。講釈師が、口伝でのこしている話でございますからね。講釈師、見て来たような嘘《うそ》をつき――」

「お主が、先刻、床屋で話していた、猫が小判をくわえてきた話よりは、信憑《しんぴょう》するに足りるだろう」

「おそれ入ります」

風魔一族——というのは、足柄から箱根の山中に徒党を組み、山野の草木を自在に使う術にたけて、妖異《ようい》を行うために、はじめは、風麻とも風間ともいわれていたのが、いつとなく、風魔と呼ばれるようになった、という。

信長記《しんちょうき》や甲陽軍鑑や北条五代記に記されている乱波《らっぱ》あるいは透波《すっぱ》、と称されるたぐいの草賊であった。独自の忍びの法をつぎつぎと発明する天才家系であったに相違ない。

徳川家康は、他の大名と同じく、甲賀、伊賀の地侍を、間諜《かんちょう》としてやとうとともに、この草賊に目をつけて、これは、旗本たちにも知らさぬほどの隠密裡《おんみつり》に、蔭の忍《しのび》目付隊として、おのがかたちに添う影として存在せしめた、と想像される。

孫子の兵法に、次のような言葉がある。

「三軍のこと、間《かん》より親しきはなし。賞、間より厚きはなく、事、間より密なるはなし。聖知に非《あら》ざれば、間を用うること能《あた》わず。仁義に非ざれば、間を使うこと能わず。微妙に非ざれば、間の実を得ること能わず。微なるかな、微なるかな、間を用いざるところなきなり」

間とは、すなわち、間諜の間である。

将帥《しょうすい》は、いかなる股肱《ここう》よりも、間諜と密接な間柄となり、この使用は注意周到、且《か》つ機密を厳にして、敵に対しては勿論《もちろん》、味方にも知らしてはならない。そのためには、聡明《そうめい》英知であらねばならず、仁と義と断の三つをもって、これを結ぶに重賞の恩をもってする。ここにはじめて、間諜は、献身する。

家康は、能《よ》く、草賊風魔一族をして、この地位に置いたに相違なく、それ故に、徳川家の実史にも記載されずにおわったのであろう。いわば、これは、家康と風魔一族の関係が、微妙で密接であった証左とするに足りよう。

風魔一族の頭領とおぼしい人物が、姿をあらわしているのは、ただ一度である。

慶長五年六月、家康は、上杉景勝を伐《う》つべく、七万余の軍を率いて、江戸を出発して、下野《しもつけ》小山に到《いた》った時、石田三成挙兵の急報に接した。

家康は、急遽《きゆうきよ》軍をめぐらして、上方《かみがた》へ上らなければならなかった。

この時、家康の胸中に、恐れている一人の武将がいた。上杉家の謀臣直江山城守兼続《やましろのかみかねつぐ》であった。陪臣とはいえ、米沢三十万石の城主であり、石田三成とともに、東西にならぶ知将である直江山城守が、この機に乗じて、追撃して来たならば、これをふせぐことは容易ではない。

家康は、上杉勢に備えて、わが子結城秀康をして、宇都宮城に拠《よ》らしめた時、ひとつの方略をめぐらしておいた。

直江山城守は、家康の諸営が動き、兵を旋《めぐ》らして、西上しはじめるや、はたして、機と時を失う可《べ》からずとして、単騎鞭《むち》をあげて、主君上杉景勝が本陣を敷く長沼に、疾駆した。

その途中、地からわき出たごとく、山城守の行手を遮った一隊があった。

いずれも、草色の布で顔を包み、草色の具足をつけていた。

さっと、扇の陣形をとり、その要《かなめ》の位置に立った頭領とおぼしい人物だけが、雀色時《たそがれ》の微光に、その面貌《めんぼう》を曝《さら》していた。

双眼は、異常に左右にはなれ、高い鼻梁《びりょう》は猛禽《もうきん》のくちばしのごとく曲って尖《とが》っていた、という。炯々《けいけい》たる眼光もまた、えじきを狙《ねら》う鷹《たか》のそれに似ていた。

巨軀《きょく》六尺を超えていたが、その身には、太刀すらも帯びていなかったそうである。

「風魔三郎秀忠、直江山城殿に物申す。貴殿、いま、主君を説いて、徳川勢を追撃せんとの意気虹《にじ》の如《ごと》し、とみた。追撃せば、おそらく、戦場は、鬼怒川と相成るべし。はたして、川を渡って、能く徳川勢を潰走《かいそう》せしめ得るやいなや。よし、潰走せしめたとしても、内府（家康）の首級を挙げ得るやいなや。たとえ一時の勝利をおさめたとしても、徳川勢が大阪方と戦って、これを討ち滅ぼしたあかつきは、上杉家の興廃は推して知るべきなり。この際、兵をおさめて、徳川の西上を見送るならば、内府の心中に、おのずから、後日上杉家に対する処方は定るべし……。戦って一時の勝利に酔うよりも、自重して、百年万全の計をえらぶことこそ、英明の武将にあらずや！」

朗々たる説得を受けて、山城守は、即座に心をひるがえして、馬首をめぐらしたのであった。

この時、この草兵の出現がなかったならば、上杉勢は、徳川勢を追撃していたであろうし、その罪によって、上杉家は、徳川の時世まで残らなかったであろう。

風魔三郎秀忠なる者に出会うた秘密に関しては、直江山城守は、生前ついに一言も人に語らなかったが、没後、その日誌に書きとめてあった、という。


ききおわった狂四郎は、しばらく沈思していたが、やがて、

「風魔三郎秀忠……秀忠か——」

と、呟《つぶや》いた。

もし、その人物が実在したのであれば、奇怪にも、二代将軍秀忠と同名であった、ということになる。

「直江山城守の日記には、ちゃんと、そう記してあった、とまことしやかに、つたえられては居りますがね」

「ふむふむ」

狂四郎は、また、ちょっと沈黙を置いてから、口をひらいた。

「お主の博学なところを、もうひとつ、きこう」

「なんでございます？」

「公儀の領地で、天領とよばず、間領《かんりよう》といわれているところはあるか？」

「それは日光一円のことじゃありませんかね」

「そうか」

思いあたったらしく、狂四郎は、微笑した。

「風魔三郎秀忠は、日光を拝領した、ということになる」

「へえ、なるほどね」

「談亭。……その風魔一族の末裔《まつえい》たちが、今日なお、徒党を組んでいるとしたら、どうだ？」

「そんな事実が、ございますかい？」

「ある。しかも、堂々と、葵《あおい》の紋を用いているのだから、おもしろいではないか」

そう言ってから、狂四郎は、宙へ冷たい眼眸《まなざし》を据えて、胸の裡《うち》で、呟いた。

——頭領が、秀忠と名のっていた。そのあたりに、葵の紋を用いる秘密があるようだ。

湯殿異変

一

至急の使者が来て、眠狂四郎が、西丸老中水野越前守《みずのえちぜんのかみ》の上屋敷内にある側頭役《そばがしらやく》の役宅をおとずれると、武部仙十郎は、風邪《かぜ》気味らしく、猫背をますます曲げて、しきりに咳《せき》込み乍《なが》ら、座に就いた。

「お主は、このあいだ、川越城主の松平大和守《やまとのかみ》の息女に、葵《あおい》の御紋そっくりの朱痣《しゅあざ》があると、わしが申したら、もしかすれば、その息女を、どこかの邪神が、人身御供《ひとみごくう》にねだるかも知れぬ、と言って居《お》ったな」

「ねだられましたか」

狂四郎は、冷やかな微笑を、口辺に刷《は》いた。

「ねだられたよ。その脅迫ぶりが、おもしろい。堂々として、しかも鮮やかな——まことに、あっぱれなねだりかたをやって居る」

昨朝、大和守登城の行列が、桜田御門をくぐろうとしたおり、なんの怪しい気配もないのに、一通の封書が、その乗物の中へ、胡蝶《こちょう》のように、ひらりと、舞い込んで来た。

不審のままに、乗物の中で披《ひら》いてみると、脅迫状であった。

「これじゃよ」

仙十郎は、狂四郎の膝《ひざ》の前へ、封書を投げた。

まず、朱箋を用いるのが、変っていた。狂四郎は、読む前に、その朱箋を、花頭窓の陽《ひ》ざしに、かざしてみた。葵の紋の透《すかし》が入っていた。

——若い手跡だな。

そう看《み》てとりつつ、読んでみると、
一筆啓上つかまつり候。御当家御息女綾《あや》どの、当方へ頂戴《ちょうだい》つかまつり度《た》く、この儀御納得願い上げ候。頂戴に参上つかまつる日時は、明後日、陽のある内にて御座候。もとより、この儀、一方よりのお願いに御座候えば、かまえて段々の厳重なる御警戒御座これあるべく、人数何百人、弓矢鉄砲のたぐいを御用意下さるとも、一向にかまい申さず、当方は、単身をもって参上つかまつり候。然《しか》のみならず、美しき姫君を頂戴つかまつる儀なれば、当方は、身に刀槍《とうそう》を所持いたさず、一管の横笛を携える風流の心得に御座候。されば、綾どのには、この儀については耳に入れたまわず、何も知らぬがままに、日常の作法をいたされるべく、当方が条件は、これあるのみ。もし、綾どのをして恐怖させ、一間にとじこもらせて、おののかせることあらんか、当方の風流心もおのずから変るべしと御心得下され度く、御警戒厳重とは別の事にて候。猶《なお》、警備の士のうちに、公儀御用党なる黒指党の面々をお加え下さるとも、さらに苦しからず、かえって、欣懐《きんかい》に存じ候。

松平大和守殿御披露

風魔七郎太敬白

「どうじゃ、おもしろいではないか。横笛一本を持って、侵入して来ると明言して居るわい。……脅迫を受けた対手《あいて》が、当代の明君主たる大和守だから、いよいよ、おもしろかろう。大和守は、わがあるじに、笑い乍ら、曲者《くせもの》めが首尾よく、女《むすめ》を手中にしたら、いさぎよく、呉《く》れてつかわそうと存ずる、と言ったそうな」

狂四郎は、しばらく、沈黙して、朱篓へ視線を落していたが、

「黒指党——というのは？」

と、訊《たず》ねた。

この公儀御用党の存在は、自ら風魔一族と名のった夢買いの老人の口から、すでにきいていたが、ただの隠密《おんみつ》組ではないようであった。

「白河楽翁《しらかわらくおう》が組織した徒党でな、いずれも、剣法に加えるに、忍びの術について、十年の修業を積んでいる由。公儀のために、どのような働きをしているか、一切、評定所にさえも、知らされては居らぬ。一騎当千の者がそろっていることはたしかであろう

な。……警備陣に、この黒指党を加えて苦しからず、とうそぶくのじゃから、相当の曲者ではないか。……さて、風魔七郎太とは、いったい、何者であろうかの？」

老人は、風魔一族に関する知識は、持たぬようであった。

「わたしに、警備の中に加われ、と言われるのか？」

「大和守は、お主の噂《うわさ》をきいて居ってな、わがあるじに、たのまれた」

ちょっと考えていた狂四郎は、

「わたしは、自身一個の力で、姫を渡さぬように計るのなら、やってもよい。わたしの出番があるかどうか、それは、その場で、きめることにいたそう」

不遜《ふそん》とひびく返辞をして、もう腰をあげていた。

二

街には、きさらぎの空が美しく晴れわたって、もう初午《はつうま》が来ていた。町内の木戸外には、一対《つい》の染幟《そめのぼり》が立てられていたし、木戸の屋根には、稚拙な武者絵を描いた大行燈《おおあんどん》が、かかげられてあった。

当時——江戸の町内で、稲荷社《いなりしゃ》のないところはなく、これは地所の守り神とされていただけに、初午は、大いに賑《にぎ》わったのである。

子供たちが、社前で打鳴らしている太鼓の音が、どこの町内からも、ひびいて来て、春は、この音で、さそわれて来たようである。
　ひと夜明ければ、また気も変る
　花のさかりは梅屋敷
　初音ひと声うぐいすの
　ほう法華《ほけ》きょうの約束は
　うれしいことでは、ないかいな
今日は、いなせな仕事師のいでたちで、因果小僧の七之助は、年齢に似合わぬしぶいのどをきかせ乍ら、鎌倉河岸《かまくらがし》を、とっとといそいでいたが、
「おや?」
急に、目を光らせて、足をとめた。
これから、どこかの梅林に杖《つえ》でも曳《ひ》くらしい様子で、前を歩いて行く宗匠頭巾《そうしょうずきん》の老人の後ろ姿を、みとめたのである。
――夢買いの爺《じじ》いだ!
七之助は、上唇をひとなめして、
――よおし!
どこへ行くのか尾《つ》けてやろう、とほぞをきめた。
この鎌倉河岸には、酒屋、米屋、金物屋、荒物屋など、大きな店構えがつらなってい

るが、これは、豊島屋十右衛門《としまやじゅうえもん》という酒屋の一家で、いずれも、鉤《かぎ》の手に十の字を印に染め出した暖簾《のれん》をかかげていた。豊島屋河岸と、異称されているくらいである。

三月雛《ひな》まつりに用いる白酒は、この豊島屋特色の醸造が無類のあじわいという評判で、大奥をはじめ、諸侯や旗本大身の殆《ほとん》どが、購《あがの》うていた。白酒の売出し当日など、店頭に桟敷《さじき》をかまえて、長蛇の行列をさばく。

白酒の空樽《あきだる》は、堀端へ積みかさねて、店の前から神田御門へかけて、樽の堤をきずいた。

七之助は、老人が、その豊島屋本店の暖簾を、くぐって行ったので、なんだ白酒の注文か、と舌うちして、樽蔭《たるかげ》にしゃがむと、待つことにした。

すると、小僧が一人、出て来て、すぐ七之助をみとめると、走り寄った。

「御隠居さんが、お前様をおつれするように申しました。どうぞ、おいで下さいまし」

――畜生！　ちゃあんと、感づいていやがった。

七之助は、度胸をきめると、腰を上げて、小僧のあとに跟《つ》いて行った。

意外なことに、小僧がみちびいたのは、店を通り抜けて、小庭に面した奥の一間であった。

七之助は、わるびれずに、膝をそろえて、ぺこんと頭を下げると、

「御隠居が、この豊島屋の大旦那《おおだんな》とは存じ上げねえで、どうも……」

「いや、わしは、ただ、この店の知りあいでな。ちょっと、座敷を借りたまでじゃ」

老人は、にこにこし乍ら、

「早速乍ら、お前さんを呼んだのは、ほかでもない。昨夜、お前さんは、眠狂四郎殿をたずねたかな？」

「へい――ちょっとね」

「なんの話をしたな？」

「べつに……」

「かくさんでもよい。今日は松平大和守の屋敷へ行く、と申してはいなかったかな？」

「…………」

七之助は、昨夜、狂四郎から、大名屋敷に忍び入ったことがあるか、と訊《き》かれて、もういくたびも荒したことがあるとこたえると、十万石の大名の長局《ながつぼね》を描いてみてくれ、とたのまれたのであった。

狂四郎は、しばらく、その見取図を眺めていたが、筆を把《と》ると、要所要所に、点を入れて、

「これだけの箇処を、腕の立つ者たちが、かためたら、どうする？」

と、訊ねた。

「いけませんや。あの小影（武芸猿）だって、忍び込めませんや」

七之助は、かぶりをふった。

狂四郎は、それきり、仰臥《ぎようが》して、目蓋《まぶた》をとじてしまったことであった。

もとより、七之助は、このことを、舌がちぎれても、老人に、言うわけがない。

老人の方も、七之助のふてぶてしい面構えを、じっと見戍《まも》っただけで、こたえようとしないものを、強いて口を割らせようとはしなかった。

老人は、七之助が、初造りの白酒を、ひとくち飲んで意識を喪《うしな》うのを眺めてから、やおら、立ち上がっていた。

やがて、老人が、歩いて行ったのは、河岸道から、すぐ折れた路地の十軒一長屋の裏《うら》店《だな》であった。

その一軒へ、案内も乞《こ》わずに入った老人は、几《つくえ》に倚《よ》って読書していた二十歳あまりの若者が、まわした視線へ、鋭く眸子《ひとみ》を合せて、

「七郎太、自ら窮鼠《きゆうそ》となるつもりか？」

と、言った。

異常なまでに、細目と細目の間隔がひらき、巨《おお》きな耳朶《じだ》をもった若者は、肉の厚い唇をひらいて、

「窮寇《きゆうこう》とはなりませぬ。ただ、奇策をもって、敵の虚を衝《つ》くのみ。奇正の変は、勝《あ》げて、窮《きわ》む可《べ》からざるなり、とはお手前様が、それがしに教えられた」

昂然《こうぜん》として、こたえた。

孫子の兵勢にある。五声、五色、五味の変である。声は宮、商、角、徴《ち》、羽の五つにすぎない。この五声は、人はいつも耳にしている。しかし、その変化した声にいたっては、数が多くて弁別しがたい。色は、青、黄、赤、白、黒の五つだが、これが文采錯襍《ぶんさいさくざつ》するにおよんでは、見わけるのはむつかしい。味もまた同じである。甘、酸、鹹《かん》、苦、辛の五つの味も、無数に変化させると、どんな味覚になるかわからないのである。

戦いというものは正攻か奇襲か、二つしかないが、その変化にいたっては、予想も推理も計算も出来ない。運用の妙は、変化させるその人の心ひとつに存するばかりである。

若者の自信は、満々としていた。

老人、その不敵な態度をなかばあわれむように眺めて、

「眠狂四郎が、一役買って居るぞ」

「それこそ、それがしの、のぞむところです」

「五郎太ですら、あの男に、斬《き》られて居る」

「五郎太は五郎太、それがしはそれがし！　眠狂四郎ごとき痩浪人《やせろうにん》をおそれて、何事が為《な》せましょうか。それがしの奇策を、眠狂四郎に、見せてやるのも、また、一興とするところです」

「さあ、これは、どういうものであろうかな。そなたの若さが、狂四郎の応変の処置に

敗れねばよいが――」
老人は、そう言いすてて、しずかに、踵《きびす》をまわして、出て行った。

三

大名の息女のくらしは、甚だ窮屈なものであった。じぶんが、為《し》たいと思うことは、一切ゆるされなかった。むかしからきめられたならわしにしたがって、きちんと、作法しなければならなかった。

しかも、松平家ともなると、千代田城大奥の生活に準じなければならなかった。

朝は卯刻《うのこく》（六時）の時鐘とともに、起きる。

「姫様、お目ざめになって、お宜《よろ》しゅうございます」

中﨟《ちゅうろう》の声で、すっと起きなければならない。すぐに、嗽《すす》ぎがはこばれる。中﨟が、お櫛《くし》をあげているあいだに、配膳《はいぜん》がされる。すなわち、姫は、髪を結ってもらい乍ら、食事をするのであった。

髪は、毎朝結い、夜、褥《しとね》に就いてから、中﨟から、お寝梳《ねす》きといって、髪を梳き上げて櫛巻きにしてもらうのであった。

食事は、懸盤を中に、両方へ三方を据える。椀《わん》の汁も、黒塗蒔絵《まきえ》の紋付の行器《おはち》からよそおわれる御飯も、すでに、一刻《いっとき》前につくられ、長い廊下をはこばれて来ているので、冷えている。御飯は、かるく二杯であった。

食後、うがいをし、お顔なおしといって、化粧室《おしまいどころ》に入り、小盥《こだらい》で、洗面をして、おしろいをつける。奥方ならば、鉄漿《かね》をつける。

化粧は、じぶんでする。そのあいだ、中年寄が、正面に鏡を持っているが、これが揺れてはならない。化粧は玉屋製の花の露というのを用い、紅は京の小町紅であった。紅猪口《ちょく》に刷いておいて、くすり指で、唇へぬり、ぬってから、上唇は、帛《きぬ》できれいに拭《ふ》いた。

化粧がすむと、便所に立つ。

入側《いりがわ》に、湯桶《ゆおけ》小盥を置いた手洗い場があり、次が二畳で、戸棚が設けられ、下裳《こしまき》や足袋や不浄日の道具が置いてある。

姫君は、ここで草履をはきかえて、奥の二畳の御用所に入る。練香が焚《た》かれている。ここは、万年と称《よ》ばれて、大変な深さに掘られて、汲《く》みとることはない。下に鉄の格子が張ってある。

お付き中臈は、この中へ一緒に入って来て、落し口に姫君がまたがると、うしろから、裳裾《もすそ》を捲《まく》りあげ、それが済むと、よく揉《も》んだ美濃紙で、拭く。物心ついた時からのならわしで、姫君に、羞恥《しゅうち》はない。

次の二畳に出て、下裳と足袋をとりかえ、入側で手洗いをすませ、再び、化粧室へ戻って、衣裳《いしょう》をつける。

衣裳のいろいろについては、あまり煩瑣《はんさ》にわたるのではぶくが、正月元日から若菜までは綸子地《りんずじ》白、八日より十三日までは、ふくさ小袖《こそで》、緋縮緬《ひぢりめん》、但し十日の具足開きには紅大紋綸子をまとうとか、一年間、殆ど毎日のように、召替えなければならぬ大変面倒な規則があった。

爪《つめ》をきるのは、辰《たつ》の日にきめられていた。

また、下裳は、白羽二重を用い、不浄日のみ桃色の縮緬をまとうた。

衣裳がおわると、手習いで、手本は、公卿《くげ》衆が書いたのが、京都から送られて来ていた。御家流は、下品とされていた。歌の好きな姫君は、手習いをし乍ら、つくる。

巳刻《みのこく》（十時）になると、干菓子と餡《あん》ものが、菓子盆ではこばれる。これも、吉日や忌《いみ》日《び》によって種類がちがい、初雷の時には、紙の船に梅干がのせられて、さし出されるといったあんばいであった。

昼食は、午下刻《うま》。季節の魚のさしみや、海老《えび》、蛤《はまぐり》、鮑《あわび》など。いわしとか秋刀魚《さんま》とか、浅蜊《あさり》や蜆《しじみ》は、下品として、さし出されなかった。土器に玉子焼きをのせ、香の物は大根の味噌漬《みそづけ》か瓜《うり》の粕漬《かすづけ》が極《き》まりであった。揚げ物は、法度《はっと》であったから、食物の種類は貧しかった。

食後に、庭へ出る。姫君が、父や兄と挨拶《あいさつ》を交わすのは、この時刻であった。妻折傘や台傘を、お次の者からさしかけられ乍ら、庭の四季の花を見に出て、もし、父や兄が、四阿《あずまや》にいるときけば、今朝つくった歌などを披露しに行く。縁談などが、相談されるのは、おおむね、この時である。

未《ひつじ》下刻（三時）になると、入浴する。これは冬のあいだだけで、夏は、朝であった。

大名屋敷の湯殿は、町家のように、浴槽の下を焚いて、湯を沸かさず、女中が、大きな玄蕃《げんば》（桶《おけ》）で熱湯を運び、浴槽に移し、加減を整える。湯の掛りの者は中臈の中でも、筆上でも筆下でもない、中位の者が勤め、別の着物にきかえ、裾を高く執り、手襷《たすき》をかけて、甲斐甲斐《かいがい》しい仕度《したく》をした。

湯殿は、高麗縁の八畳敷につづいて、四坪ばかりの板敷き（流し場）になる。

姫君が、脱ぐと、お付きの中臈が持って下がり、入浴のあいだに、別の衣裳を持参する。

姫君は、巷間《こうかん》で噂されるように、下裳はつけず、やはり一糸まとわぬはだかで、浴槽に入る。お湯掛りが、外で待っていて、あがって来た裸身を、白い真岡の糠《ぬか》袋で、あらうのである。

ところで――。

大和守の息女の綾姫は、きわめて従順な女《むすめ》であったが、湯殿にだけは、お湯掛りの者を入れず、ひとりで、糠袋をつかい、これは少女の頃から、ずうっとつづけていたのである。

四

この日、綾姫にとっても、女中たちにとっても、ふだんとなんの変化もない、しきたり通りの時刻が、迎えられ、送られた。

午食の後に、庭へ出て、四阿にいる父の大和守に、会いに行き、綾姫が、ひさしぶりにつくった歌を三首ばかりしめして、おだやかな笑い声を交わしたことなど、むしろ、美しく晴れた早春の日にふさわしい光景であった。

四阿のうしろの、木立の蔭に、黒指党の手練《てだれ》者をはじめ、家中の屈強の若ざむらいたちが、気配をひそめて忍び、じぶんの周辺に警戒の目を配っていようなどとは、夢にも気がつかなかったことである。

……綾姫は、やがて、湯殿に入った。

恰度《ちようど》、その時刻であった。

ようやく、陽が傾いて、樹木や置石の影がながくのびた苑路《えんろ》を——中奥の建物の前から、長局のある広敷へ通ずる路地をひろって行く者があった。

紫の布で顔をつつみ、熨斗目《のしめ》をつけていた。紋は、三剣葵であった。

腰には、脇差《わきざし》も帯びず、右手に、一管の横笛を携えていた。

すでに――。

樹木や燈籠《とうろう》の蔭で、忽然《こつぜん》と出現した自分めがけて、凄《すさ》まじい殺気が放射されて来るのを感じ、建物の中を、奥へむかって奔《はし》る跫音《あしおと》もきいてい乍ら、若者の眸子は、すずしく、前方に据えられて、野をひろっているような無心の色を湛《たた》えていた。

若者が、長局の建物の前にある白砂を敷きつめた百坪あまりの壺庭《つぼにわ》の中央に立つまで、ついに、警備の士に襲われなかったのは、直ちに黒指党の面々によって、湯殿の周囲がかためられ、これをふみやぶって侵入するのは不可能となったためであった。

若者が、そこに立ちどまると同時に、物蔭から、数十名の士が、姿をあらわし、刀の鯉口《こいぐち》をきった。

「大和守殿は、いずれか！」

若者の口から発しられたのは、この問であった。

ゆっくりと、広縁を歩いて来た大和守は、若者の正面に立つと、じっと、若者を見据えて、

「三剣葵を着す身分がまことならば、姫の婿には、ふさわしかろうが……」

と、微笑した。

しかし、微笑は、次の瞬間、不安の表情にかえられなければならなかった。

奥から、鋭い悲鳴が、つらぬいたからである。

さっと、色めき立つ家中一統を、

「うろたえるな！」

若者の一声が、圧した。

黒指党の一人が、走り出て来て、湯殿に異変が起ったことを、大和守に告げるのを、見守り乍ら、若者は、悠々《ゆうゆう》と、横笛を挙げて、歌口へ、唇をふれさせると、

「大和守殿、毒蛇を狂わせる一曲をおきかせつかまつろうか」

と、冷やかに、言った。

湯殿には、四匹の蝮《まむし》が現われて、綾姫に、躍りかかり、一匹は頸《くび》を巻き、二匹は、双の乳房の上にとぐろを巻き、さらに一匹は、濡《ぬ》ればんだ春草をわけて、未《いま》だ波痕《けがれ》を知らぬ池塘《ちとう》を窺《うかが》っている、という。

「ひと吹きすれば、それがしの飼いならした忠実なしもべどもは、姫の頸を締め、乳首を嚙《か》み、恥部にもぐって尾を振り申すぞ！　いかに？」

大和守は、そうあびせられて、憤怒《ふんぬ》を制《おさ》えるために、おそろしい努力を払わねばならなかった。

湯殿から、湯を落す溝は、地下をくぐって、屋敷の裏手の掘割に築いた石垣で、口をあけている。四匹の蝮は、そこから、追い込まれたのである。誰人も、予測しなかったことであった。

「大和守殿！　厳重の警備が水泡に帰して、なんのためらいか！」

奇策を誇る若者の声は、りんりんとして高かった。

大和守は、侍臣をかえりみて、

「姫を、くれて、つかわせ」

押し出すように、言った。

若者は家臣たちの動揺をしりめにかけて、

「そのまま……裸身のまま、つれて来て頂こう。笛の音をきかぬかぎり、それがしのしもべは、蚯蚓《みみず》同然と思われるがよい」

と、言った。

大和守は、わが娘《こ》の無慚《むざん》な姿を見るに堪え得ず、足早やに、奥へ姿を消した。それにならって、家臣たちも、のこらず、ひきさがって行った。

気絶した綾姫の裸身は、打掛で掩《おお》われて、黒指党の人々によって広縁まで運ばれて来た。

黒指党の人々もまた、黙って、身をしりぞけた。大和守自身が敗北をみとめた以上、もはや、なすすべもなかったのである。

一梃《ちょう》の乗物が、かつぎ込まれて来た。陸尺《ろくしやく》に化けてはいるが、いずれも、眼光の鋭い者たちであった。

若者は、なお油断なく、横笛の歌口へ、唇をあてたままで、贋《にせ》陸尺たちへ、目で合図した。

その時、広縁のかなたに、黒の着流しの浪人姿が、あらわれて、しずかな足どりで、近づいて来た。

——彼奴《きやつ》が、狂四郎か！

若者は、たとえ眠狂四郎であろうと、何ができる、と冷笑した。

狂四郎は、無表情で、広縁上に横たえられた綾姫のそばへ来ると、無造作に、打掛をはらった。

絖《ぬめ》のように白い柔肌に、斜陽が落ちて、これは、溶けて、消えはてそうな美しさであった。その頸にまつわり、胸の隆起にとぐろを巻き、恥毛を匐《は》うている、尺にも足らぬいまわしい毒蛇たちは、この美しさに酔うたように、じっと動かぬ。

「眠狂四郎殿、お主自身の手で、姫を、乗物まで運んで頂こうか」

若者は皮肉をあびせた。

狂四郎は、若者を、じっと見かえして、

「お主は、この姫を、つれては行かぬだろう」

そう言った。

「なに？　なんの理由による？」

「理由は――」

狂四郎は、一歩退《さが》った。

刹那《せつな》――その腰間から、白刃が閃《ひらめ》いた。とみえた時には、もう、ぴたっと鞘《さや》に納まっていた。

綾姫の股間《こかん》から、血が噴いて、刎《は》ねられた一片の柔肉は、若者の足もとへ落ちた。

「お主が持って行くのは、その葵の刺青《いれずみ》だけでよかろう」

狂四郎の声音は、むしろ、美しい、清純なものを傷つけた罪で、沈んでいた。

狂四郎は、風魔一族の若者たちが、葵の刺青のないからだは、絶対に犯さないという不文憲法にしばられているのを、看破していたのである。

人斬り地蔵

一

——変ったおひとだ。

そう思う。

——何を考えておいでなんだか、さっぱり、見当がつかねえ。

一歩おくれて歩き乍《なが》ら、因果小僧の七之助は、眠狂四郎の後ろ姿へ、目をあてて、胸の裡《うち》で呟《つぶや》いている。

これまで、出会った人々とは、どこか、まったくちがったところがある。こちらは、いつの間にか、家来気どりになっているのだが、そちらは、初対面の時からの態度を、みじんも変えてはいない。冷たいといえば、こんな冷たい人間はいない、といえるかも知れぬ。それでいて、こちらは、三日も会わずにいると、妙におちつかなくなって、何か、おもしろい報《しら》せを持って、たずねたくなる。

暗い異相は、殆《ほとん》ど常に無表情だが、持参した話の内容によって、急に冴《さ》える瞬間があった。それが、七之助にとって、たまらなく魅力のあるものに感じられた。われ乍ら、ふしぎな気分であった。

これまで、七之助は、数多くの女をだまして来ている。往来で、男たちをはっとさせる程の美人も、幾月か、独占したこともある。しかし、その女に対しても、三日も会わずにいると、そわそわする、というようなことはなかったし、そのなまめいた姿態から、われをわすれる快感をそそられたおぼえもなかった。まして、この女のためなら、生命《いのち》もいらぬ、と思いつめたことなど一度もない。

ところが、この浪人者に会って以来、七之助は、その暗い異相を冴えさせるためならば、文字通り水火もいとわぬ危険を冒す料簡《りょうけん》になっていたのである。

自ら因果小僧と称するからには、そのような陰惨な生立《おいた》ちをしたのであろうし、また、残忍な悪事も積んで来たに相違ない。その男が、眠狂四郎に対してだけは、すすんで、正直で忠実無二の家来になって、それを、ひそかに誇っているのであった。

この十日あまり、血眼になって、夢買いの老人の姿をさがしもとめ、ついに、発見して、その隠れ家をつきとめたのも、そして、一太刀くらうのを覚悟で、天井裏に忍んだのも、その報せが、狂四郎の異相を冴えさせるであろうからであった。

いわば——。

因果小僧らしい、人には語れぬ因果な気持であった。

はたして、狂四郎は、報せをきくと、

「出かけるか」

そう言って、腰を上げていたのである。

二

今戸橋の袂《たもと》をまわって、山谷堀を過ぎ、まっすぐに、吉原がよいの日本堤を辿《たど》って、廓《くるわ》を彼方《かなた》にのぞむ地点で、左折する。俗に謂《い》う、編笠茶屋通《あみがさぢゃやどお》りである。

浅草寺《せんそうじ》の裏手へ出る道すじであったが、途中に、非人溜《ひにんだめ》があるので、白昼も、人影は稀《まれ》である。

左右とも、ひろびろとまだ枯れたままの田圃《たんぼ》がひろがり、早春の風は冷たく、耕す農夫のすがたも見あたらない。

やがて、非人溜の手前に、こんもりとしげった林の前にさしかかると、七之助は、

「旦那《だんな》、それでさ、人斬り地蔵は――」

と、指さした。

林をせおうて、六尺あまりの地蔵尊が、ひっそりと立っていた。

「…………」

黙視した狂四郎は、名もない石工の作であろうが、これは、入魂というに足りる、と

観《み》た。慈悲を湛《たた》えた温容は、明るい陽《ひ》ざしをあびて、美しかったのである。

〝人斬り地蔵〟などという、おそろしげな俗称を冠《かぶ》せられるには、およそふさわしくない石仏であった。

一月あまり前の話である。

武州高麗郡《こまごおり》の豪族の末裔《まつえい》と称する浪人で、甲源一刀流を以《も》って、都下有数の道場を破って歩く武市半九郎という者がいた。六尺三寸の巨軀《きよく》が備えた膂力《りよりよく》を利して、五尺の長木太刀を使った。

業は、猛然たる突きの一手のみであったが、これは咽喉《のど》を狙《ねら》うだけではなく、額でも、胸でも、腹でも、対手《あいて》の構えに応じた。構えに応ずる石火の迅《はや》さは、なみなみならぬ習練ぶりとみえた。

当時、ようやく、撓《しない》の短いのは、敵に当って、勝負が覚束《おぼつか》なく、長い竹刀で突きを入れるのは、畢竟《ひつきよう》有利の働きになる、という見解が、各道場のあいだで論じられるようになっていた。

この趨勢《すうせい》を否む剣師は、流行に遅れざるを得ないので、胸中ではその非を嘲《あざけ》っても、表面ではこれを黙許する道場主が、多くなっていた。

武市半九郎の長木太刀は、この世論を、急にかまびすしいものにする絶大な効果があった。

たしかに、半九郎は、どの道場に現われても、殆ど二の太刀の突きを必要としない鮮やかな勝ちぶりを示したのである。

その噂《うわさ》が頂点に達した今春――、ある朝、半九郎は、この地蔵尊の前に、仆《たお》れていたのである。

右肩から、鳩尾《みぞおち》まで、袈裟《けさ》がけに、一太刀に斬られていた。三尺二寸の差料は、なかば抜きかけたままであった。

地蔵尊は、全身に返り血をあびて温容の湛える微笑も、蘇芳色《すおういろ》に染まって、かえって、無気味であった、という。

その光景は、不遜《ふそん》にも、抜きつけに、飛電の突きをくれようとした半九郎を、石仏が、一閃《せん》のもとに斬り伏せたとしか判断しようがなかった。両脇《わき》も後も、灌木《かんぼく》のしげみが厚く、その枝葉はすこしもそこなわれて居《お》らず、何者かが、ひそんでいた形迹《けいせき》はみとめられなかったのである。

世人は、酒乱の半九郎が、酔いにまかせて、地蔵尊の咽喉を、ひと突きにしてくれんと、試みようとして、仏罰を蒙《こうむ》ったのだ、と取沙汰《とりざた》したが、役人の依頼で検屍《けんし》した一流道場主たちの目には、解き難い謎《なぞ》として、映った。

「旦那なら、この謎を、どうお解きになります」

七之助が、興味の目を光らせて、訊《たず》ねた。

「べつに、謎という程のことでもあるまい」

　狂四郎は、薄ら笑った。

「と、仰言《おつしや》いますと？」

「武市半九郎は、呼び出されて、この地蔵の前に立って、待ち受けていたのであろう。そこへ、挑戦者が、やって来て、半九郎と、ある間隔をとって、相対した。二、三の問答はあったろう。突如、挑戦者は、躍りあがって、半九郎の頭上を飛び越えた。半九郎は、躰《からだ》を回転させて、差料を抜こうとした。すでに、地蔵の頭上に飛び移っていた挑戦者は、半九郎に、抜刀のいとまさえも与えずに、これを、袈裟がけに、斬った」

「なるほど」

　七之助は、唸《うな》った。

「それでは、やっぱり、武市半九郎を斬ったのは、風魔一族のしわざでござんすね」

「彼らには、飛翔《ひしよう》の術がある。いかにも、その秘技を誇る血気の若者が、好んで用いそうなはかりごとだ。このおれでも、うっかりして、ここで、その奇計にひっかかったら、結果は、予断を許さないだろう」

　風魔一族の中には、奇策と秘技を誇示しあっている若者たちが、何人かいることは、明らかであった。孰《いず》れも、異常なまでの冷酷な性情を有《も》ち、ひとたび計画したことは、断じて決行する獰猛《どうもう》な気魄《きはく》をみなぎらせている。

「……そいじゃ、明日の決闘も、半九郎が殺《や》られたと、同じでんで、風魔の小わっぱは、やる積りでござんしょうかねえ」

七之助が、言った。

「いや、たぶん、同じ業は、用いまい。ほかに意外の手段をえらぶだろう」

狂四郎は、こたえた。

実は、七之助は、夢買いの老人の隠れ家の天井裏に辛抱づよく一昼夜ひそんで、ついに、一人の少年がおとずれて、老人と対坐《たいざ》するのを見下ろすことに成功したのであった。その少年は、七之助の知らぬところであったが、平塚城跡の松林の中で、独楽《こま》の試合を、卑劣の計略をもって勝ち、大凧《おおだこ》上の敗者を半弓で射落した双生児のかたわれであった。

七之助がぬすみ聴いた老人と少年の会話は、次のような内容であった。

「お手前様は、元服され、勝負にも勝ち、うるわしい乙女との婚儀も挙げられ、ここに、めでたく、十一代風魔三郎秀忠公となられた」

老人は、少年を上座に据《しま》えて、まず、そう言ったそうである。

少年はきりりとひき緊った風貌《ふうぼう》を、まっすぐに、老人に向けて、まばたきもしなかった。

「さり乍ら、われら一族の掟《おきて》として、頭領の座に坐《すわ》る者は、初代秀忠公の遺《のこ》された日輪の書を、武将の箴戒《しんかい》とするのみならず、さらにすすんで、その神妙の術を、ことごとく会得つかまつらねばならぬ。その及ばざるところは、明法の神に祈念して、心裡《しんり》の神舎を開く。初代公もまた、鬼神の感応によって、天下無敵の術を自得された。もとより、神仏の化身が現われて、あるいは巫覡《ふげき》などに託して教えるなどと申すのは、迷信に過ぎ申さず、あるいは、禅理を学びて剣法を悟ると申すのも、これまた小児の戯言《ざれごと》に異ならず、天狗野狐《てんぐやこ》のたぐいにたよって、術を学ぶなどというにいたっては笑止の沙汰にて、神妙の術は、あくまで、おのれ一個の心力の修業のみ。……何事も、先《ま》ず、おのれを第一とし、おのれが在ることによって、森羅万象《しんらばんしょう》もまた在ると心得、万物の霊たるおのれは、一切のものに勝ると誇らねば相成り申さず、鳥が空を翔《かけ》り、魚が水に遊ぶのも、禽獣虫魚《きんじゅうちゅうぎょ》の生れ乍らの業と知れば、これを奪う意気を抱いてこそ……。

支那《しな》の古《いにしえ》、貨狄《かてき》は、蜘蛛《くも》が木の葉に乗り水上を流れるのを見て、舟を発明いたした。正阿弥専斎《しょうあみせんさい》は、蜘蛛を師としたけれども、蜘蛛はおのれの教えに依《よ》ったとは知らざるべし。近世、正阿弥専斎は、家に飼いたる猫の四足を摑《つか》んで、屋上より地に墜《おと》し見るに、百度ひっくりかえしても、なお、猫は背骨を撲《う》たず。ついに、専斎もまた、屋上より跳んで、地に立つことを覚えて、名誉の達人になることを得たと申す。これまた、猫は、おのれの習性が、主《あるじ》を奮起せしめたとは、もとより知るところにあらず。

さらに、頭領たる者、兵家権謀を、とくと心得申さねば相成らぬ。敵をあざむく前に、味方をあざむく。楠木正成《くすのきまさしげ》は、弱年の時、八尾《やお》の別当を夜襲するにあたり、わずか百五十騎の手勢のみ。士卒らが、あまりの寡勢《かせい》に、士気沮喪《そそう》し、夜襲を欲せざる様子を見た正成は、信貴八幡《しぎはちまん》の社前に詣《もう》でて、勝敗を神慮に問わんと——乃《すなわ》ち、しばらく祈誓したのち、自ら青銭百五十文を握って、配下をかえり見るや、これを社殿に散じて、もし文字の方が上に現われたならば大吉、一枚でも裏面がかえれば凶とする、と口上した。そして、一投に散らして、炬火《きょか》を把《と》って、衆に、いでや、能《よ》く見よ、と照らしたところ、青銭ことごとく、おもてをあらわして居った。士卒は、武者ぶるいして鯨波《ときのこえ》をあげて、敵の館《やかた》に攻め入って、たちまち、大将顕幸をとらえて、降した、と申す。すなわち、正成は、あらかじめ、青銭を二枚貼《は》り合せて、どちらへころがっても、おもてが出るようにいたして置いたのでござる。

一心万剣の妙理をさとって、さらに敵をも味方をもあざむく神変の知をものせば、まさに天下に敵なく、われら一族の頭領たる資格あり。お手前様は、この覚悟を、ゆめ、お忘れではあるまいな」

老人は、別人かと思われる凄《すさ》まじい形相で、少年を、睨《にら》み据えた。

少年は、聊《いささ》かも怯《お》じる気色もなく、瞶《みつ》めかえして、

「忘れては居らぬ」

と、こたえた。

「されば、お手前様の剣気が、鬼神の感応を受けるに足るものかどうか、試されい」

「立ち合う相手を、お許《こと》の方が、えらんでくれい」

少年は、昂然《こうぜん》として、言った。

すると、老人は、冷たい微笑を泛《うか》べて、

「すでに、えらんで居り申す。浅草寺奥山にて、おのが刀法を売りものにいたして居る浪人寄居なにがしを、明後日夕刻、編笠茶屋通りの人斬り地蔵の前に、おびき寄せ申す。充分に心して、これを斬り召されい」

そう言ったのである。

老人は、おのが一族の頭領の地位につく少年に、その剣気を試させる相手として、奇妙にも、一流道場の主をえらばずに、盛り場に刀法を売る名も知れぬ素浪人をえらんだのである。

三

今日も、浅草寺は、織るような参詣人《さんけいにん》の群で、ごったがえしている。

十二の末寺が、東西にならび、廡下《ひさし》に、櫛《くし》の歯のように、雑多な店が並んでいる。数珠《じゅず》、太鼓、仮面、錦絵、金竜山餅《きんりゅうざんもち》、銘茶など……。

並び茶店がきれると、濡《ぬ》れ仏《ほとけ》がふたつに天女廟《てんにょびょう》。仁王門をくぐると、東寄りに絵馬堂と浄水所《みたらし》、そこから斜めむかいに輪堂と五重塔、西に神厩《しんきゅう》。

高さ数丈の太い楹《はしら》がささえる本堂の宏壮華麗《こうそうかれい》は、江戸見物の田舎者たちを、仰天させ、有難がらせる。

本殿に仕えるように、左に鐘楼と随身門《ずいじん》、右に淡島《あわしま》神社の三社十社の両殿、念仏堂、涅槃《ねはん》堂、その他。

そこを抜けると、矢場が並び、奥山になる。江戸の繁華を両国と二分する観場である。軽業、女相撲、曲独楽《きょくごま》、百面相、南京《ナンキン》あやつり、蛇娘、目出小僧、水豹《あざらし》、白鹿《はくしか》、駱駝《らくだ》、猿芝居、細工人形など……。

「さあさあ、さあさあ、やっさのさ……奥山こえて今日こえて、あさき夢みし吉原で、酔いもせなんだうさばらし、――え、どうだ、そこの旦那、ゆうべの首尾は？」

小屋の前で、呼び込みの男が、拍子木を打ち乍ら、まくしたてている。

「首尾は上々、敵娼《あいかた》め、膝《ひざ》にすがって、目に泪《なみだ》――たとえこがれて死のともままよ、いずれ未来で添うつもり」

「この世で添われりゃ、この上もない」

「人のいのちの惜しくもあるかな」

「うめえ！　その調子で、ひとつ、入って、謎を解いて頂きやしょう」

この小屋は、前座として即席謎解き坊主が出ているのであった。

二十四文払って小屋に入ると、台のひくい高座が設けられ、二十歳あまりの色白な小《こ》座頭《ざとう》が、緋毛氈《ひもうせん》の上にきちんと、坐っている。その両脇には、米俵や炭俵や蛇目傘などが、おびただしく積まれている。謎が解けなかった時に客へ渡す景物である。

もったいらしい口上があって、合図の鈴が鳴らされると、すかさず、聴衆の中から、

「晦日《みそか》の月」と声がかかる。

小座頭は、すぐに、顔を擡《もた》げて、「律儀な息子と解く、その心はついぞ、出たことがない」

つづいて、「火の無い炬燵《こたつ》とかけて？」と、声がかかる。

「片輪の娘と解く、その心は——誰も手を出さぬ」

打てばひびくように、こたえてみせる。

「比丘尼《びくに》の簪《かんざし》とかけて？」

「一人飲みの酒と解く、その心は——さすところがない」

こうして、次第に、かける謎も、解き文句も、猥褻《わいせつ》になったところで、小座頭がさがった。

代って、米俵を投げ上げて、腹へ落す力持ちが演じられて、さいごに、黒羽二重に、緋《ひ》の襷《たすき》を綾《あや》どり、白の鉢巻をした浪人者が、一刀を携えて出て来た。

もう四十の坂をこえていよう、どこといって目立つ特徴のない風貌《ふうぼう》だが、なんとなく、

いやしからざる素姓をにおわせる気品らしいものを刷《は》いている。

見物人の中に交った狂四郎は、この武士を、五年ぶりに、見た。

寄居甚兵衛というこの浪人者を見たのは、直心影流《じきしんかげ》十二世の藤川整斎貞近の道場においてであった。

時世とともに、剣術もまた花法に流れる中にあって、頑強に古習を確守して、一歩も風潮にゆずらぬ数すくない剣客の一人である藤川整斎は、路上で、みすぼらしい浪人者が、無頼の博徒数人を対手《あいて》として争い、棒きれをふるって、一撃ずつで一人一人を倒している鮮やかな働きを目撃し、道場へつれて来て、あらためて、その剣を観たのである。たまたま、そこに、狂四郎が、所用あって、居合せたのであった。

寄居甚兵衛の剣は、三人の高弟と立ち合い乍ら、ついに、一人をも撃ち据えなかった。しかし、同時にまた、対手からも、撃たれなかった。つまり、甚兵衛は、対手が襲いかかる刹那《せつな》に、すっと、後へ、あるいは右か左へ、にげていたのである。対手が襲おうとしなければ、甚兵衛の方から、絶対に攻撃には出なかったのである。整斎が「それまで——」と声をかけなければ、その状態は、はてしなくつづくように思われた。

あとで、整斎は、甚兵衛の剣について、どう考えるか、と狂四郎に訊ねた。

「もし、真剣をもって、立ち合ったならば、御門弟は、三士とも、あの仁に斬《き》られたに相違ありますまい」

狂四郎のこたえに、整斎は、即座に同感した。観るところは、同じだったのである。

寄居甚兵衛は、天性の怯懦者《きょうだもの》であった。そのために、撃たれるたびに、にげたのである。しかし、撃たれるたびに、にげる——この間髪に躱《かわ》す敏感さは、異常な天稟《てんぴん》とみることができた。古来、達人と称される兵法者の中には、天性の怯懦者がすくなくない。そして、その怯懦ゆえに、対手の太刀すじを看破する直感力をきたえて、いかなる迅業《はやわざ》にも応じ得る独妙の剣法を生んだ例をいくらも挙げ得るのである。

対手が撃ち込んで来るや、その刃風を、けものの本能に似た敏感さで受けるばかりでは、ただにげるよりすべはないが、自ら会得するところがあれば、対手の剣が襲って来る一刹那さきに、——来るな、と直感すると同時におのが剣をふるっておいて、にげることが可能となる。これは、相撃ちとみえて、常に、彼自身の勝利となろう。

狂四郎も整斎も、甚兵衛が、わざとおのが技をかくして、にげた、と観てとったのである。技を示せば、対手は相撃ちと思うであろうし、意地から真剣勝負を所望されれば、面倒になる、と考えたに相違ない。

とはいえ、あくまでにげた以上、怯懦者であることに、疑う余地はなかった。

いま——。

のっそりと、小屋内のまん中に立って、銀箔《ぎんぱく》を貼《は》った竹光を携《さ》げている甚兵衛を、人《ひと》蔭《かげ》から見戍《まも》り乍ら、狂四郎は、やはり怯懦者ゆえに、道場では対手にされず、ついに、見世物にまで身を堕《おと》したのか、とあわれんだ。

客には、真剣を抜きはらって、撃って頂きたい、という口上があって、早速に、どこかの藩の勤番らしい若い武士が、応じた。

これは相当の腕自慢らしく、構えも隙《すき》がなく、懸声を小屋外までつんざかせて、撃ち込む一閃《いっせん》の太刀すじには、気合がこもっていた。瞬間、甚兵衛の五体は、はじかれたようにに、跳び退《すさ》っていた。第二撃に対しては、ほんのわずかに、すっと滑るように左方へにげた。第三撃に対しては、かんまんともみえる動作で、右へ躰をかわした。そして、第四撃を受けるや、その位置を動かずに、上半身をのけぞらした。しかし、その時、勤番ざむらいは、「呀《あ》っ」と唸《うな》って、白刃を、ぽろっと、とりおとしていたのである。

竹光が、小手を搏《う》ったのを、見とどけたのは、見物人のうちで、狂四郎だけであった。

四

雀色《たそがれ》が来て、路上から陽脚《ひあし》が去った頃あい、寄居甚兵衛は、うそ寒げに、とがった肩をおとして、北馬道の往還を、ゆっくりと辿っていた。

「寄居殿——」

ふいに、呼ばれて、甚兵衛は、われにかえったように、頭を擡《あ》げた。

末社の土塀にはさまれて、白馬の暖簾《のれん》をかけた茶屋が一軒、すねたように、ぽつんと建っていたが、その落間《おちま》の床几《しょうぎ》に、眠狂四郎は、腰かけていたのである。

「お手前は、これから、人斬り地蔵の前に行かれるのか？」

「…………」

甚兵衛は、黙って、見かえした。

「さしでがましいことだが、春氷を渉《わた》る愚は、避けられてはいかがであろう。お手前に挑んだ対手は、剣法でも忍法でもなく、しいて申せば、間法とでも称すべき奸知《かんち》の秘法を使い申すぞ」

すると、甚兵衛は、妙にさびしげな微笑を泛《うか》べて、

「糟糠《そうこう》だにも飽かぬまでに貧が窮《きわ》まれば、たとえ虎口《ここう》であろうとも、えさが置いてあれば、手をのばさぬわけには参らぬ。地蔵の前には、慶長大判が供えてあるゆえ、それをひろえ、とそそのかされましたからには――」

そうこたえておいて、遠ざかって行った。狂四郎は、それ以上、押してとどめなければならぬ理由はなかった。

――死神をせおうているようだ。

興味は、怯懦の本能から生んだ目にもとまらぬ一颯《さつ》の剣を、風魔三郎秀忠が、いかに流して、斬るかに、かけられた。

寄居甚兵衛は、五年前よりも、さらに、敵の殺気に対して、敏感になっていた。文字

通り、紙一重で、敵の切先を躱《かわ》す見事な動きを五体に備えていた。

ところで、いかに手練《てだれ》者と雖《いえど》も、殺気を、長時間にわたって連続させることは不可能である。殊に、凄《すさ》まじい巻き撃ちをやれば、必ずそのあいだに、殺気に切れ目を生ずる。人間であるからには、長く呼吸を絶っていられないのと、同じ理《ことわり》である。

甚兵衛は、その殺気の切れ目を、神のように見のがさなかった。敵の殺気が消えれば、おのれの怯懦も去る。迅業は、天稟に加えるに修業が積んである。甚兵衛が、撃つ刹那は、敵は土偶《でく》にひとしかったのである。


「お——」

人斬り地蔵の前に近づいた甚兵衛は、供物石の上に、約束通り、慶長大判が一枚、のせてあるのを見出《いだ》した。

もとより——。

これを、手に把る刹那が、勝敗の決するところである。

視線は、昏《く》れなずむ夕靄《ゆうもや》の中に、山吹色をのこしている大判へそそぎ乍ら、全神経は、油断なく、左右と背後へ配って、しばし、甚兵衛は、微動だにしなかった。

武市半九郎が斬られた謎については、すでに合点するところのあった甚兵衛は、地蔵尊に背中を向けてはならぬと、自らをいましめていた。

気配もなく、背後に忍び寄られて、突如の一撃を受けても、これを躱すのは、薬籠中《やくろう》の物であった。いや、その一瞬には、大判をつかんでにげる余裕さえ示す自信があった。

……およそ、四半刻《とき》、甚兵衛は、そのままに、大判を眺めつづけた。

日はようやく昏れた。

——頂こう。

甚兵衛は、おのれに呟《つぶや》いて、やおら、左手をのばした。

瞬間——。

石である筈《はず》の地蔵尊の温容から、凄まじい殺気が迸《ほとばし》った。甚兵衛は、驚愕《きようがく》とともに、一間を跳び退った。

そこを——いつの間にか、気配もなく背後に出現していた風魔三郎秀忠が、満身からの気合とともに、斬り下げた。

少年は、鋭い殺気を、地蔵尊の顔に放射し、それを、反射させて、甚兵衛にあびせたのである。まさしく、狂四郎が看破した〝間法〟であった。

因果小僧

一

月が落ちて、二番鶏《どり》が啼《な》いた時刻であった。町はまだねむっている。まして、夜のおそい一郭《かく》である。路上を白く刷《は》いた霜には、まだ、人の足跡は捺《お》されていない。

ここ——本所長岡町の、切肆《きりみせ》のひしめきあっている一郭は、江戸の華街のうちでも、最も下等な部類に属する。

人二人がやっと肩をならべられるような狭い道が、迷路のようにうねって、四通八達して、二度や三度足を運んだだけでは、容易に、めざす家には行きつけなかった。殆《ほとん》ど三畳三間の家で娼妓《しょうぎ》も一人か二人しかいなかった。

因果小僧の七之助は、その一軒のうちの、牀《とこ》の中で、はっきりとめざめた眸子《ひとみ》を、汚《し》染《み》だらけの天井にあてていた。かたわらでは、みにくい狸面《たぬきづら》の娼妓が、いぎたなく、睡《ねむ》りこけている。

れんじ窓の破れ障子から夜あけの冷気とともに入って来た明りの中で、七之助の貌《かお》は、黝《くろ》く目隈《めぐま》をつくって、憔悴《しょうすい》の色が濃かった。牛のようにねばり強い娼妓に応《こた》えた数回の営みのためではなく、ひさしく絶っていた博奕《ばくち》を、三日間も、殆ど睡らずにつづけたためであった。そして、一文無しになった挙句、古着市で、廉価《やす》い着物にきかえてつくった鐚銭《びたせん》で、この淫売宿《いんばい》へ上ったのである。

だが、五体は綿のように疲労し果てているにも拘《かか》わらず、その大きな眸子には、何かに憑《つ》かれたような鋭い光があった。

ひとつの夢で、目をさまし、その夢が、七之助の神経をにわかに、冴《さ》えかえらせたのである。

未来が判《わか》る——ということが、そうやすやすと、凡夫の心に起っていいものではない。一寸さきは闇《やみ》、というのが、まず世間の常識である。既往を彰《あきらか》にして未来を察す、という易の繫辞《けいじ》があるが、これは処世上のいましめで、善男善女が、お寺詣《もう》での途中、橋が落ちて溺死《できし》するていの不測の災難は、これを予感するわけにはいかぬ。かりに、家を出がけに、草履の鼻緒が切れたので、このことを予感したと、家族が、仏前で、神妙に語ってみたところで、溺死した人々すべてが、不吉の予感をおぼえていた筈《はず》もない以上、これを、災厄の決定的な前兆とするわけにもいかないであろう。

ところが——。

因果小僧という双《ふた》つ名を持ったこの男の場合は、ふとしたはずみで、自分の明日が、絵巻でも見るように、はっきりと判って来るのであった。ふしぎな前知能力が、自身の未来に対してのみ、正確に働いたのである。

名僧善知識の間では、しばしばこうした能力者がいたことは、その徳行記に録《しる》されている。日蓮《にちれん》滅後百二十五年めに、現われた日蓮再生を想《おも》わしめるなべかぶり日親は、足利六代将軍義教《よしのり》から、無慚《むざん》な拷問を加えられ乍《なが》ら聊《いささ》かも屈せず、「法華経《ほけきょう》の行者を虐ぐる者は、必ず現罰を受くべし」とうそぶき、使者から問われて、百日以内に、とこたえた。はたして、爾後《じご》九十九日目に、義教は赤松満祐《あかまつみつすけ》の邸《やしき》で刺殺された。日親はさらに、次代将軍もまた、三カ年うちに、災厄に遭《あ》うであろうと予言した。まさしく、その通りに、義教の後を継いだ長子義勝が、二年後に、室町の馬場で落馬して歿《ぼっ》した。

また、禅門中興の偉業を成した白隠は、松蔭寺《しょういんじ》に病臥《びょうが》している時、医師古郡なにがしから、診察してみたところ呼吸脈搏《みゃくはく》に変りはなく、間もなく恢復《かいふく》されるであろう、と告げられると、笑って、

「三日後に死ぬ者を、こういう診察をするとは、良医と申せぬ」

と、言った。はたして、白隠は、それから三日後、示寂《じじゃく》した、という。

生死解脱出塵求道《しょうじげだつしゅつじんぐどう》の生涯を送った仁《ひと》が、よく未来を看透《みとお》したのは、べつだんの奇異とはしないであろう。

人には語れぬ因果な生育《おい》ちをして、三悪道をいそしんで来た下賤《げせん》の盗賊に、こうした現象が起ったのは、やはり一種の精神分裂としておくよりほかはないかも知れぬ。

尤《もつと》も、遺伝因子はある。七之助の母親は、十八歳の処女の時、虚無僧《ぼろんじ》に犯される夢を、まざまざとみて、覚めても、そこに激しい疼痛《とうつう》がのこっていた。そして、それから数日後、その悪夢は現実となった。路上で、一人の虚無僧に出会い、いきなり襲われたのである。対手《あいて》が、天蓋《てんがい》で顔をかくしたまま、犯し去ったのも、夢と現実は全く同じであった。七之助は、このただ一度の凌辱《りようじよく》によって、この世に送り出されて来た男であった。

二

因果小僧に、この能力が顕《あら》われたのは、一年ばかり前であった。

これには、博奕と関係がある。七之助は、博奕の誘惑には、ひどくもろい男であった。衝動にかられると、居ても立ってもいられなくなる。といって、賭《か》けの才能を、そなえていた次第ではない。勝ったり負けたり、無我夢中になっているうちに、いつか、すってんてんになっているのが、落であった。

たまには、バカつきにつく、という日もないではなかった。その快感たるや、この世のいかなる悦楽もおよぶものではない。魂が宙に舞っているようなものである。丁目も半目も、思うがままなのだから、こたえられない。

尤も、こういう日は、半年に一度もやって来はしないが、去年の四月八日の灌仏会《かんぶつえ》に、両国回向院《えこういん》の花御堂の唯為我独尊《ゆいがどくそん》様にあまちゃを灌《そそ》いだ御利益かどうか、その宵、さる西国大名の上屋敷の中間部屋で開かれた賭場《とば》で、七之助は、つきについた。

ずっしりと懐中を重くしてから、馴染《なじみ》の深川新地の船宿に登楼した。世話やきの軽子(仲居)に、佳《い》い妓《こ》をつれて来い、と多分にはずんだところ、しばらく経《た》って入って来たのは、船宿の女あるじであった。

辰巳《たつみ》でも、羽振りのいいこの店は、女あるじの妖艶《ようえん》な器量のおかげだといわれていた。名うての売れっ妓が、ずらりと綺羅《きら》を飾って並んでも、女あるじが、すっと座敷に入って来ると、たちまち色があせてみえる、と通人たちに言われている。

おえん、というその女は、もう三十を越えた大年増《おおどしま》でい乍ら、ふしぎに、男の噂《うわさ》がなかった。

七之助が、ちょいちょい、かよっていたのは、女あるじに野心を抱いたわけではなく、身につかぬ悪銭を気前よく使う店として、格好だったからである。

「七さん、今夜は、あたしに対手をさせて下さいな」

にっこりして、銚子《ちょうし》を把《と》りあげるおえんを、眩《まぶ》しいものに眺めて、七之助は、どうした風の吹きまわしだろう、と首をひねったことだった。

さしで献酬する客をえらぶのなら、大大名のお留守居や、江戸で屈指の札差や、後世にまで名をのこしそうな通人や、いくらでもいる筈ではないか。えたいの知れぬ無職《ぶしょく》者《もの》を、わざわざ、客色扱いにしようというのは、どうしたわけか。

「おかみさん、おりゃア、七両二分の柄じゃねえぜ」

当時、間夫《まぶ》の前に据えられるのを、七両二分の膳《ぜん》、といった。間男の内済金が七両二分の相場だったからである。

「野暮なことをお言いでないよ。あたしに、下紐《したひも》を解かせる旦那《だんな》なんか、ありゃしないやね。これから、お前さんに、情夫《いろ》になってもらおう、と思いたったのさ。といって、あたしを、裾《すそ》っ張りだなんて、思っちゃ、いやですよ」

媚《こび》をこめた流眄《ながしめ》を受けて、七之助は、思わず、ぶるっと武者ぶるいせずにはいられなかった。

「からかわれているだけでも、男冥利《みょうり》につきらあ」

「からかっているのか、どうか、いまに、お前さんを納得させてあげますよ。……初手から、女に、今夜の首尾を口説かせるものじゃないやね」

勿論《もちろん》、七之助は、信じないままに、盃《さかずき》をかさねた。

小半刻《とき》過ぎて、おえんは、七之助を誘って、立った。

そっと、忍び出て、裏手の石垣につけられた屋形船に乗った時、七之助は、おえんの言葉が嘘《うそ》でなかったのを知って、さらに戸惑った。屋形船には、華やかな夜具が敷かれてあったのである。

船が、大川へ漕《こ》ぎ出された時、おえんは、燃えるような緋《ひ》の長襦袢《ながじゅばん》すがたを、褥《しとね》に横たえていた。

凪《な》いでいても、江戸湾の孤島佃島《つくだじま》のそとに出ると、波浪は高くうねって、船体をはげしくゆさぶった。その動揺にあわせて、男と女は、いつか全裸になって、喘《あえ》ぎも凄《すさ》まじく、もみあい、すりあい、締めあっていた。

……七之助は、女が大きく拡《ひろ》げた白い下肢の中で、ほんのしばらくのあいだ、とろとろと、まどろんだ。

その仮睡の裡《うち》に、妙に鮮やかな夢をみた。

鶴丸《つるのまる》の紋どころをうった大名屋敷の正門が見え、ひろい庭園が望まれ、そして、その奥御殿の天井裏に潜伏している自分自身の忍び姿が、はっきりと、七之助の目に映った。やがて、その忍び姿は、局《つぼね》の一室へ、すばやく降りて、飾りの手文庫から百両の金《きん》子《す》を盗みとると、悠々《ゆうゆう》と、長廊下へ出て、庭園へ抜けた。その手順の巧妙さは、夢の中でも、はっきりと、合点されたことである。

目がさめると、七之助のほぞは、きまった。

船が、宿の石垣に横づけになると、七之助は、おえんに、別れを告げて、夜明け前の河岸道へ、姿を消したものであった。

別れぎわに、なぜおれを情夫にえらんだのだ、と訊《き》いたが、それに対するおえんの言葉が、また奇妙であった。

「ゆうべ、お前さんと、こうなる夢をみましたのさ。すると、お前さんは、約束したように、お出《いで》じゃないか。そこで、その夢を、そっくり、写してみた、というわけでござんす。だから、互いに、未練をあとにのこさないことにしようよ」

——こいつは、上出来だ。

七之助は、笑って、頷《うなず》いて、重い財布をおえんに渡したのであった。夢の通りに事がはこべば、今夜のうちに百両を手に入れることが確実だったからである。

夢は、まさしく、正夢であった。陸奥《むつ》南部家の上屋敷に忍び込んだ七之助は、なんの危険もおぼえずに、やすやすと、百両盗むことに、成功したのであった。

その後——。

七之助は、このふしぎな経験を、三度ばかり、あじわっている。両国の並び茶屋で、ぼんやりしている時、半目一点ばりにはって、大儲《おおもう》けをする光景が、ふっと、目の前に泛《うか》んで来て、早速、賭場《とば》へ出かけて行くと、その通りであったし、吉原《なか》で、格子女郎《こうしじょろう》の膝《ひざ》を枕《まくら》にして、小唄《こうた》を口ずさんでいる折、急に、不吉な予感に襲われた。日本堤をもどって行こうとすると、突如として、むかしの悪党仲間三人が、匕首《あいくち》をひらめかして、とびかかって来る光景であった。殺される理由は充分あった。

——よし、来やがれ！

度胸をすえて、日本堤をひろって行くと、はたして、全く同じ修羅場を演ずることになった。肩にひと刺し、くらうのも、予感通りであった。七之助が、眠狂四郎の家来になる肚《はら》をきめたのも、その予感があったからといえる。

偶然、日光街道のある場所で、道祖神の祠《ほこら》の上にひょこんと蹲《しゃが》んでいる一匹の小猿を発見し、なんとなく見合っているうちに、むこうから、ぴょんと肩に乗って来た。とたんに、この小猿をつれているうちに、女にも惚《ほ》れなかった自分が、生命をすてても惜しくない人物に出会うような予感がしたものであった。小猿が、日光流の達人奥村光典によってきたえられた武芸猿「小影」であることが判った時、七之助は、自分の主人になる人物は、おそろしいまでの使い手に相違ない、と思い込むようになっていたのである。事実、その通りであった。

ところが、このふしぎな、未然を告示する能力が自分にあることは、まだ、狂四郎には、告げていない。

——ひとつ、眠の旦那に、きいてもらおうか。

この薄汚ない淫売宿で、ひさしぶりにみた正夢を、七之助は、狂四郎に告げて、見とどけてもらいたかった。

夢というのは——。

全身白ずくめの目も鼻も口もない幽霊とも妖怪《ようかい》ともつかぬ者から、慶長大判を五枚、貰《もら》ったのである。それだけならまことに他愛ない話であったが、七之助が、これを正夢と信じたのは、夢の中にあらわれた場所が、まことにはっきりしていたことである。

千住から日光街道を二里八町、草加《そうか》の宿はずれに、江戸川から岐《わか》れる元荒川が横切る九右衛門新田というところがある。松並木の美しいその街道上が、怪異の人物の出現する場所であった。

——ままよ、こんどは、ちイとばかり、子供だましめいてやがるから、あたってくだけて、あとで、眠の旦那にご注進としようぜ。

七之助は、遠くから駄馬の鈴の音と馬子の歌が、きこえて来たのをしおに、起きあがった。

妓《おんな》が、寝がえって、ねむそうに、

「もう、行くのかえ」

「ああ、行くぜ」

「どこへ、かえるのさ」

「千住だ」

「こんな昏《くら》いうちかえっちゃ、小塚っ原ののざらしが化けて出るよ」

「へへ……、その幽霊に会いに行くんだ。主が無理をば幽霊なれど、わたしゃ柳に受けている、ときた。あばよ」

三

外に明るい午《ひる》の陽があり乍ら、空屋敷とみせて、雨戸をたてきった屋内の一室で、古風な燭台《しょくだい》の乏しい灯の中に、黙然として、五名の人物が端坐《たんざ》している光景は、すでに、前に紹介したことがある。

黒指党の面々が、統率者に、呼ばれて、集まったのである。そのいずれの右手の小指も、黒く染められていた。

やがて、粗末な鼠色《ねずみいろ》の木綿ものを着てたっつけをはいた統率者が、入って来た。

「お主らを、かりに、右から仁・義・礼・智《ち》・信と呼ぼう」

統率者は、まず、そう言った。

党士たちは、任務を与えられるそのときになって、称号を与えられる。干支《えと》とか、九星とか、十二カ月の称とか、二十四節気とか、国の名とか――。

「……すでに、時刻はない。日光よりの急報によって、一梃《ちょう》の早駕籠《はやかご》が、江戸へ近づいて居る。乗り手は、風魔一族中でも、軍師の地位にある人物であることは、疑う余地を入れぬ。江戸へ参る目的が何かは、不明である。明らかなのは、江戸に在る風魔一族が、この軍師を迎えて、さらに、傍若無人の横行をほしいままにいたすであろうことである。……わが党は、断じて、その早駕籠が、江戸に入るのを、はばまねばならぬ！」

統率者は、懐中から、地図をとり出して、ひろげると扇子で、襲撃する地点を指した。

「これまで、しばしば例にあるごとく、早駕籠の上を、太口（嘴《くちばし》）の鴉《からす》が、先行いたして居ると想像される。飼いならした鴉ゆえ、異変の兆を感ずるのが聡《さと》い。この鴉は、仁が、射落す。それを合図に、義は前面から、礼は右側から、智は左側から、そして信は後方から、駕籠へ向って、手槍《てやり》を投ずる。……申すまでもないが、敵を、ただの人間と思うてはならぬ。事前にさとられては、かえって、お主らの最期となろう。かまえて、油断なきよう、くれぐれも心されい！」

四

陽が沈んで、つかの間の明るさがのこっている時刻、七之助は草加の宿はずれの松並木の蔭《かげ》に自分も木か石になったように、渡世人めかした旅姿を蹲《うずくま》らせていた。

街道に沿うた、元荒川の流れが、徐々に光を失おうとしている。夕風は、その水面を遠くから渡って来たように、冷たく鳴って、松の梢《こずえ》をそよがせている。

——もう、そろそろ、むこうの森の中の寺から、鳴るぜ。

七之助が、胸の裡で呟《つぶや》いたとたん、ごおうん、と梵鐘《ぼんしょう》の音が、昏《く》れなずむ空にひびいた。

七之助はすっと立って、街道へ出た。

すたすたと、ものの一町も歩いてから、ふと、三度笠《さんどがさ》を擡《もた》げた。

——来た！

夢でみた通り、一羽の夜鴉が、飛んでいる。

視線を街道上に移した七之助は、にやりとした。一梃の早駕籠が、えいほ、えいほ、と掛声とともに、かけて来るのが、見わけられた。

——あれだ！　あの中に、まっ白けの、のっぺらぼうが乗ってやがる。

合羽をひきまわし、傾けた笠の蔭から鋭く、近づく駕籠を睨《にら》みつけ乍ら、とっとと、距離をせばめて行った七之助が、二間にせまって、ぴたっと足を停めた——その時。

空から、夜鴉が、落下して来た。

と同時に、薄闇を縫って、四方から、手槍が飛び来って、駕籠の四面へ、ぐさと、突き刺さった。駕籠舁《か》きたちは、悲鳴をあげて、地べたに匐《は》った。

「な、なんでえ！」

仰天したのは七之助であった。夢の中には、こんな光景はなかったのである。

松並木の蔭から、四個の黒影が躍り出て来るのと、駕籠わきに、すっと、まっ白な姿が出現するのが、全く同時であった。

それは、まさに、幽霊というにふさわしい人物であった。白い頭巾《ずきん》をすっぽり被《かぶ》っているのだが、それには、目をのぞかせる孔《あな》もなかった。白衣に白袴《しろばかま》をはき、白い手甲に、白足袋、そして、大刀は帯びず、白柄白鞘《しろつかしろざや》の脇差《わきざし》をさした——全身白ずくめのいでたちであった。

幽霊でない証拠は、その立姿が、いかにも高貴な身分の士らしい、厳然とした威風をそなえていたことである。

四方から肉薄して来る黒指党の猛者《もさ》たちの凄まじい殺気に対して、応える鋭気をまったく持ち合さぬごとく、もの静かな容子で、駕籠舁きがすてた息杖《いきづえ》を、左手に持って、すらりと彳《たたず》んでいるばかりであった。

黒指党の四士は、それぞれ、白刃を、上段に、中段に、八相に、下段に構えて、包囲の間隔を、じりじりとせばめた。

一瞬——。

宙を唸《うな》って、一矢が、白装束の胸を襲った。

幽姿は、妖しく、ひらりと跳んで、並木と並木のあいだに遁《のが》れた。しかし、その後方には、元荒川の流れが、ひろびろとひろがっていた。

四士は、その背水の敵にむかって、切先を、揃《そろ》えた。

息をのんで見まもる七之助は、人物がどうして、目孔のない頭巾を脱ごうとしないのか、判らなかった。目孔のない頭巾を被っているのは、盲目ということなのか。いずれにしても、視《み》えぬ身で、この危機を、どうやってまぬがれようとするものであろう。

当人は、おちつきはらって、

「お主らは、黒指党の御仁たちか?」

と、訊《たず》ねる余裕をしめした。

それに応えるように、第二矢が、飛び来った。

刹那《せつな》――白装の長身は、幻影のように、ぱっと後方へ跳《は》ねた。

「あっ!」

七之助は、当然、そこに、高い水飛沫《しぶき》があがるものと、思った。

あがらなかった。

白い迅影は、水面を蹴《け》って躍るかに見えてまた並木の間へ、跳び返って来たのであった。(実は、水を蹴ったのではなく、目にもとまらぬ迅《はや》さで、細い綱を、松の枝にひっかけておいて、後方へ跳ね退き、五体を振子にして、飛び戻ったのである)

しかも、迅影は、虚を衝《つ》かれた四士の頭上を、翔《か》け抜けて、街道上に、降り立つや、

「お主らこそ、濡《ぬ》れい!」

凛乎《りんこ》としてあびせておいて、息杖に石火の働きをさせた。

あっけないくらい、腕前の差は、はなはだしかった。四士は、ことごとく、流れに、

音たてて、沈んだ。

数秒にも足らぬ闘いがおわると、生きている幽鬼は、息杖のさきで、地面をさぐって、そろりそろりと、七之助へむかって、進んできた。

「下郎、その方のおかげで、生命をひろうた」

「……？」

七之助は、礼を言われるおぼえはなかった。こっちも、敵意をむき出して、迫っていたのである。

その敵意が、駕籠の中へつたわって、この人物の神経を油断のないものにしたのである。おかげで、四本の手槍の穂先から、身をまもることができたのである。

七之助は、自分の足もとへ、五枚の大判が、ちゃりんと心地よい音たてて、散らばるのを見た。

「下郎、ついでのことだ。千住大橋のあたりまで、案内せい」

相手にそう命じられて、七之助は、思わず「へい——」と、頭を下げた。

ところで、そこから数間へだてた並木の蔭には、半弓と矢を摑《つか》んだ黒影が、仆《たお》れていた。いつの間に投じられたものか、その胸には、白い柄の脇差が、ふかぶかと、突き刺さっていた。

次の日の朝、たずねてきた七之助から、一部始終をきいた眠狂四郎は、その前知能力に対しては、「お前は幾歳だ?」と訊き、三十になったというこたえに、笑って、

「孔子は三十にして立ち、釈迦《しやか》は三十にして成道《じようどう》し、ぜすす・きりすとは、三十にして救世主となって居る。偶合ということはあるだろう。……人間というやつは、一人のこらず、ちがった性根を持って、いるのだ。一人ぐらい、自分の明日の振舞いを、夢で見る男がいてもいいだろう」

あっさりとみとめておいて、さて、その白装束の人物に就《つ》いては、

「風魔一族は、癩《らい》によって滅亡したという説がある。おそらく、幾人かの癩者を、いまでも出しているだろう。全身を白ずくめに包んでいるのは、その一人だからに相違あるまい。目もつぶれているのだろう。……問題は、視力を喪《うしな》っても、それだけの業《わざ》をしめす風魔一族のおそるべき秘術だ。それを破るには……」

そこまで言いかけて、仰臥《ぎようが》すると、目蓋《まぶた》をとじた。

その寝顔を、瞶《みつ》め乍ら、七之助は、言った。

「そいつを破るのは、旦那を措《お》いて、ほかには、いませんや」

狂四郎は、しかし、しばらく沈黙をまもっていてから、やがて、ぽつりと、もらした。

「おれには、あいにく、明日のことはわからぬ」

時雨女

一

孤独な人間の常で、人の群れ集《つど》う場所に、わが身を置き、自分と関《かか》わりない世界として眺めることで、おのが孤独感を清冷にしようとする——。

春風の中を歩いて、渋谷の、とある丘陵にのぼり、三本の櫨《はぜ》の木の根かたにねむる三人の不幸な女性——母と妻と従妹《いとこ》と——に祈った狂四郎が、帰途ふと思いたって、目黒へむかったのは、今日が、涅槃会《ねはんえ》であることに気がついたからである。

この日は、一向宗門を除くほかの諸宗は、すべて、涅槃像を画いた幅を本堂の正面へかかげて、供養をする。これを拝むために、朝から善男善女の参詣《さんけい》が、引きも切らぬ。

尤《もっと》も、その賑《にぎ》わいの中へ行く用件が、狂四郎にはあった。

目黒の行人坂《ぎょうにんざか》をのぼると、夕日岡《ゆうひがおか》をせおうて、松樹山明王院《しょうじゅさんみょうおういん》がある。ここにまつられてある子安観世音は、弘法大師の作で、長州壇浦《ちょうしゅうだんのうら》出現の霊像であった。女人難産を救う秘符を出して、大層有難がられている。

狂四郎は、柄にもなく、その秘符をもらう気になったのである。

武部仙十郎に預けてある盲女田鶴《たず》が、最近、熱を出して床に臥《ふ》したので、狂四郎は、かねて懇意の変り者の蘭学医師曽田良介に、来診をもとめたところ、労咳《ろうがい》らしい、と告げられたばかりか、

「懐妊しているが、生むことはむつかしかろう」

と、首をひねられたのである。

風魔一族の若者に、三度《た》び犯されて、田鶴はみごもったのである。その若者は、狂四郎が、斬《き》っている。

田鶴は、しかし、どうしてもこどもを生みたい、とのぞみ、松樹山明王院の子安観世音の秘符を頂いて来てほしい、と狂四郎に願った。

もとより、そんなしろものが何の利益にもならぬと知っている狂四郎は、その時は、返辞をしなかった。

今日、ふと思いたって、自分のために、つぎつぎと不幸な短い生涯を了《お》えた三人の女性の墓に詣《もう》でてから、狂四郎の胸中に、菩提心《ぼだいしん》じみた感慨が起ったのである。妻の美保代を、胸の病いで喪《うしな》っている狂四郎であった。

秘符が、いささかでも、田鶴の気力を起させるものなら、と考えたのである。

彼岸詣でから涅槃会の供養のあいだに、春は来る、といわれていて、きさらぎの空が麗《うら》らかに晴れわたったこの日など、梅見や摘草を兼ねた寺詣での人々で、どこの往還も、賑やかである。

目黒川に架けられた太鼓橋を渡った狂四郎は、橋袂《はしたもと》にしゃがんでいた一人の少年が、杖《つえ》をついた老婆をみとめて、いそいで近より、「しり押しをつかまつる」と言いかけるのを眺めて、微笑した。

少年は、棒のさきに、一尺四方ぐらいの板を打ちつけていた。それで、年寄りの臀《しり》を押して、行人坂をのぼると、いくばくかの喜捨を受けるのであった。

装《なり》はみすぼらしいが、眉目《びもく》や言葉づかいは、武士の子息にまぎれもなかった。

「たのみましょうかの」

老婆は、押しあげてもらうことにした。

押しあげてもらい乍《なが》ら、老婆は、感心な少年に、その境遇の不幸に就いて、いろいろと訊《たず》ねはじめる。しかし、少年の方は、これは過重な労力を要したし、毎度の質問であるらしく、ほんの一言ずつの返辞をし乍ら、息をはずませる。

狂四郎は、そのあとを、ゆっくりとのぼって行った。

少年は、山門で、老婆から三文ばかり鳥目をもらうと、次の足弱をもとめて、いっさんに、坂をかけ下って行った。

秘符をもらった狂四郎は、裏道を辿《たど》って、五百阿羅漢《ごひやくあらかん》石像の前へぬけ出ると、夕日岡に立った。

むかしは、楓樹《ふうじゆ》がいちめんにしげって、晩秋の頃は、紅葉が夕日に映じて、美しかったという。いまは、楓樹は枯れて、ただ名のみをのこしている。

狂四郎は、楓樹の代りに、一基の碑をそこに見出《みいだ》した。それは、据物斬りの競技を記念したものであった。参加した武芸者の名が、ずらりと刻んである。そして、それぞれ為《な》した特技を記してあったが、なかには、明珍鍛えの南蛮鉄鍬形《くわがた》の兜《かぶと》を、五寸も割った達人もいた。眼《がん》思流《しりゆう》五島《ごとう》久右衛門《きゆうえもん》為政《ためまさ》、という人物であった。

二

やがて、狂四郎が、富士見茶屋の床几《しようぎ》に腰を下ろした時、また、一人の隠居の臀を押して、件《くだん》の少年が、坂をのぼって来た。

「や――ご苦労、ご苦労。どうじゃな、甘いものでもおごって進ぜようかな」

「臀すけの代は頂戴《ちようだい》いたしますが、慈悲は受けませぬ」

きっぱりとことわった少年は、鳥目を受けとると、すぐに、駆け下りて行こうとして、ふと、竹垣と空駕籠《からかご》のあいだに、目を落した。

財布が、落ちていたのである。

少年は、すばやく、寄って、ひろいあげると、ふところへ入れた。しかし、次の瞬間、苦しげに眉《まゆ》をしかめて俯向《うつむ》いた。

狂四郎は、良心が悪心とたたかっている様子を、見ぬふりをして、眺めていた。財布を、そこへわざとすてたのは、狂四郎のしわざであった。

やっと、良心を勝たせた少年は、茶屋の内外で憩うている客たちにむかって、

「みなさんの中に、この財布を落されたおひとは居《お》られませぬか？」

と、たかく、かかげてみせた。

人々は、いそいで懐中をさぐった。狂四郎は、そ知らぬふりで、彼方《かなた》に、すっきりと、青空を截《き》りぬいている白い富岳へ、目をあてていた。

「居られませぬか！」

かさねて問うた少年は、誰も申出ないとみて、赤い前掛の茶屋女に、

「お姐《ねえ》さん、面倒乍ら、おやじ殿に、これを暫《しばら》く預かってくれるようにたのんで下され。失《な》くした人が、捜しにもどって参られると存じますゆえ――」

と、たのんだ。

この時、ようやく、狂四郎は、頭をまわして、

「それは、わたしのかも知れぬ」

と、言った。

「なぜ、はよう申されぬ」

少年は、慍《おこ》った眼眸《まなざし》をかえした。

「富士に見とれていた」

「中に、いかほど金子が入っているか、申されい」

「小判で二十両と、小粒が二分ばかり。ほかに、明王院の子安観世音の安産札が一枚」

少年は、ほかの客たちに見えるように、床几の上へ、財布の中身をならべて、まちがいないとたしかめるや、

「どうぞ、お受けとり下されい」

と、狂四郎に渡しておいて、さっさと、立ち去ろうとした。

「待ちなさい。礼をせねばならぬ」

狂四郎は、とどめたが、ふり向きもせずに、かぶりをふっておいて、坂を駆け下って行ってしまった。

狂四郎は、茶屋のあるじを呼ぶと、一両渡して、少年に呉《く》れてやって欲しい、とたのんだ。

承知したあるじは、

「まことに、よくできたお子でございます。やはり、おさむらいの——しかも、剣道の達人のご子息ともなれば、そこいらの餓鬼どもとは、まるで月とすっぽんの相違でござ

いますわい」

「臀すけをし乍らの問答をきいていたが、父親は、太鼓橋の近くで、町道場をひらいていたそうだな？」

「左様でございます。お父上は、三年前の、据物斬りの催しでは、兜を五寸もお斬りなされて、それは評判でございました」

西国浪人五島久右衛門が、二歳の幼児をつれて、江戸へ出て来たのは、十年前であった。

三年あまりは、粥《かゆ》ばかり啜《すす》る極貧の裏店《うらだな》ぐらしをつづけていたが、たまたま、隣家の夜明し店のおやじが病いで倒れたのにかわって、その屋台をかついで、大伝馬町《おおでんまちょう》の大店《おおだな》の檐下《のきした》を借りてあきないをしている深更、七、八名の浪人者が党を組んで、むかいの大店へ押し入るのを目撃するや、素手でとび込みざま、一人の刀を奪いとり、またたく間に斬り伏せたのであった。これが縁となって、その大店の主人が、太鼓橋近くにある別荘を提供してくれて、町道場をひらき、かなりの数の門弟を擁するようになった。

眼思流というのは、江戸では殆《ほとん》ど知られていない剣法であったが、久右衛門の片身青眼から左胴へ撃ち込む迅業《はやわざ》は、他流試合に来た剣客を悉《ことごと》く、しりぞけたので、門弟たちは、いまに、眼思流は神道無念流《しんとうむねんりゅう》や直心影流《じきしんかげ》と比肩せられるようになるだろうと、勇んだものであった。

久右衛門は、また抜刀術にも秀《すぐ》れ、夕日岡の据物斬りの競技では、明珍鍛えの南蛮鉄鍬形の兜を、もののみごとに、五寸も断ち割ってみせたのであった。その頃が、久右衛門の生涯における最盛期であった、といえる。

両国の並び茶屋で、器量と愛嬌《あいきょう》で、一枚絵にもなったおつたという女が、兜斬りの颯爽《さっそう》たる久右衛門の姿に、すっかり惚《ほ》れ込んで、辰巳《たつみ》生れの一途《いちず》な気性をむき出して、道場へしげしげとおとずれて来ているうちに、ついに、後妻の座に就くのぞみを叶《かな》えられた。

まだ二十歳を出たばかりであったが、苦労して来た女で、道場の折目正しい生活にもすぐに順応したし、息子の久太郎を、弟のように可愛《かわい》がったので、久右衛門のひそかな杞憂《きゆう》は消えて、それから一年あまりは、まことに申し分のない幸福な日々であった。

仕合せが過ぎると寿命が短い、という俗説がある。好事《こうず》魔多《まお》し、と同じ意味である。突然、久右衛門が、病いを発するや、道場から、幸福は、足早やに遠のいた。病いは、労咳であったが、ただの労咳ではなく、一月も経《た》たないうちに、秀れた武芸者を、骨と皮にしてしまった。

久右衛門は妻のおつたに、他人のめぐみを受けることをかたく禁じたので、貧苦も、急速に加わって来た。

たまたま、久右衛門の旧知の間柄の蘭医が、長崎から出府して来て、たずねてくると、そのまま、しばらく泊り込んで診《み》てくれたものの、さらに、処方はない様子であった。

蘭医が、匙《さじ》を投げて、この上は、朝鮮人参《ちょうせんにんじん》でも手に入れるよりほかにすべはあるまい、と言いのこして、去るや、おつたは、決意した。

身を売って、高価な朝鮮人参を手に入れることは、病人には知らせずに、おつたは、久太郎に送られて、吉原へ行った。

その夜、久太郎が、一本の朝鮮人参を胸に抱いて、息せききって、道場へ帰って来た時――。

無慙《むざん》にも、久右衛門は、道場のまん中で、おのれの吐いた血潮へ顔を浸して、ことされていた。

ふみ込んで来た非情な道場荒しの、嘲罵《ちょうば》に堪えかねて立ち合い、一合と交えずして、喀血《かっけつ》して果てたのである。

「お亡くなりになったお方の不運はともかくとして、せっかく、義理のおっ母さんが身を売った金で、手に入れた朝鮮人参を、大切にかかえて、戻って来たあのお子の、胸のうちを察して、てまえどもも、もらい泣きをしたものでございますよ」

茶屋のあるじは、いたましげに、首をふってみせた。

この時、狂四郎は、遠くへ目を据えて、ある蘭医の惨めな末期の話を、思い泛《うか》べていた。以前に曽田良介からきいた話であった。

――あの話の蘭医と、久右衛門を看《み》た男とは、どうやら同一人らしい。

そう考えた狂四郎は、あるじをふりかえって、

「こどもは、ひとりで、道場にくらしているのか？」

と、訊ねた。

「池の小鮒《こぶな》の水離れでございます。可哀そうに、道場は、父親を殺したやくざ浪人に奪いとられて、その行人坂下の自身番小屋に寝泊りをいたして居ります。……こどもの気持というものは、ふしぎなもので、いまは、敵の手に渡ってしまった道場にも拘《かか》わらず、毎朝はやく、出かけて行って、門が開かぬうちに、門前をきれいに掃いて、水を打って、きよめているのでございます。これは、一日も欠かしたことはないのでございますよ。……ああして、足弱の臀すけをして、鳥目をためているのは、まま母を、廓《くるわ》から請け出す決意でございましょうか」

三

太鼓橋まで降りた狂四郎は、橋袂に立っている少年に、

「久太郎――と申したな」

と、声をかけた。黙って見かえす少年に、狂四郎は、微笑して、

「父の姿を、もう一度、見たくはないか？」

怪訝《けげん》そうにまばたきをする少年に、狂四郎は、背を向けて歩き出し乍ら、

「……？」

「跟《つ》いて来れば、見せてやろう」

そう促していた。

不幸な子供が、いじらしくもけなげに生きのびて行こうとするのを見せられる時だけ、この虚無の男の心に、熱い血潮が湧《わ》くのであった。

それから、いくばくかの後。

狂四郎は、その道場の中央で、無法な略奪者と、対峙《たいじ》していた。ともに、道具は何も身につけず、木太刀を構えていた。これは、狂四郎の所望であった。

対手《あいて》は、四十がらみの、魁偉《かいい》の風貌《ふうぼう》をそなえた巨漢であった。重ねて来た無頼の行状をしめす陰惨な濁り目から、炯々《けいけい》と発する光は、多くの人を斬った者のみがもっている凄《すさ》まじさであった。常人ならば、この眼光に射られただけで、ひるむに相違ない。

のみならず――。

狂四郎が、武者窓の格子にしがみついて、息をのんで見まもる少年久太郎のために、その父の法形を摸《も》して、眼思流・片身青眼をとるや、対手は、これに応じてまず直立上段の構えになり、それを徐々に、右へ体を移しつつ、剣を水平に横たえてゆき、額前頭

上に捧《ささ》げる変化をみせた。いわゆる猿まわしの構えで、これは直心影流の〝松風〟であった。

すなわち、狂四郎の片身青眼が、胴へ一颯《いっさつ》の刃風を送り込んで来るものとみて、わざと、その胴を空けてみせたのである。なみなみならぬ自信と言わなければならなかった。

眼思流の迅業に対して、直心影流独特の猿まわしの翻身をもって、奔星のような正面撃ちの〝松風〟をくれようとする——いわば、間髪の一刹那《ひとせつな》の勝利は、我にあるという満々たる自信がなければ、為し得ない構えであった。

狂四郎は、この誇らしげな猿まわしの構えを、見戍《まも》って、ふっと、冷たい微笑を、口辺に刷《は》いた。

「なんぞっ!」

相手は、猛獣のように、吼《ほ》えた。

「お主が吐く血反吐《ちへど》は、さぞ、どす黒いであろうと思うて、わらった」

「うぬがっ!」

対手は、床板が踏み破れよと、左足で打った。その誘いに乗ったかのごとく、狂四郎は、風のように走った。

対手は、狂四郎の幻影がまだそこにのこっている空間を、満身からの気合を迸《ほとばし》らせて、搏《う》った。そして、おのが勝利をたしかめるように、かっとひきむいた双眸《そうぼう》をめぐら

しかけて、不意に、

「う、う、うっ！」

と、咽喉《のど》奥を鳴らして、頤《おとがい》を擡《あ》げると、大きく口をひらいた。血潮が、噴水のように、どっと噴きあげたのは、静止の立像のままの数秒がすぎてからであった。

狂四郎は、もうその時は、無想正宗を左手に携げて、正面の上座に歩み寄っていた。

「活象」の二字の掛物の下に、甲冑《かっちゅう》が飾られてあった。

すらりと、自然な姿で立って、じっと甲冑へ、視線をそそいでいた狂四郎は、一瞬、無言の気合をつらぬかせて、抜きつけに、兜の八幡座《はちまんざ》へ、白い一閃《いっせん》を下した。

金属の鋭い悲鳴とともに、二本の鍬形が、左右へひらき、傾き――兜は、真二つに割れて、鎧《よろい》の両脇《りょうわき》へ落ちた。

「やったあっ！　やったあっ！」

武者窓の久太郎少年は、狂ったように絶叫した。

四

「四つで、ござあい……」

おもてから、番太の告げる間のびた声と、拍子木の音が、つたわって来た。

春の夜のしじまが、そのひびきで、さらに深いものに感じられる。

部屋の中で、くりひろげられる情景は、この寝しずまった世界をわがものにして、なんのはばかるところもなくなる。

歌麿《うたまろ》、春信らの秘戯絵を散らした金屏風《きんびょうぶ》を枕《まくら》もとにめぐらして、その褥《しとね》の上では、朱塗りの絹行燈《きぬあんどん》に照らされ乍ら、いま、燃えるような緋《ひ》の長襦袢《ながじゅばん》すがたの女が、男の手で、そっと、裾《すそ》をめくられていた。

美しく夜化粧をした女の貌《かお》は、しずかに目蓋《まぶた》をとじて、男の好む趣向に身をまかせる表情であった。

男は、ゆっくりと、長襦袢の前をひらくと、その下にまとう水色の二布《ゆもじ》の上から、熟れきった豊かな柔軟な肌を、しばらく、撫《な》でさすっていたが、やがて、顔を、蹠《あしうら》に寄せて、むさぼるようになめはじめた。

「あ——ああ……」

女は、なまめいた声を洩《も》らすと、くすぐったさに、身をくねらせた。しぜんに、二布は、膝《ひざ》からすべり落ち、透けるように白い脛《すね》が、腿《もも》が、あらわになった。

男は、倦《あ》かずに、蹠をなめつづけ乍ら、片手を、その白い下肢につたわせて、奥へ匐《は》い込ませようとした。その愛撫《あいぶ》に応《こた》えて、膝は徐々に拡げられてゆく……。

不意に——男が、身を引いた。

はっと、目をひらいた女は、瞬間、「ひいっ！」と悲鳴をあげて、はね起きた。

黒の着流しの、見知らぬ浪人者が、そこに、うっそりと立っていたのである。

男は、衾《ふすま》の裾に、俯伏《うつぶ》していた。

「物盗《ものと》りではない」

そう断わってから、浪人者は、その場へ坐《すわ》った。

「そなたが、この妾宅《しょうたく》へ囲われているのをさがしあてるのに、七日ばかり、あちらこちら歩いた。おかげで、そなたが、この二年のあいだに、三人の男に受け継ぎされたことが判《わか》った。どうしたことか、最初の良人《おっと》五島久右衛門をはじめ、そなたをひき受けた男たちは、つぎつぎと死んでいる。そなたの罪という次第ではない。そのきれいな肌から、男を殺す妖しげな瘴気《しょうき》でも発しているのだろうか、出会った男が、不運であった、ということになる」

眠狂四郎は、薄ら笑った。

女は、うなだれた。

「わたしの友人に、曽田良介という蘭学医師が居る。その話をきいたことがある。……河合なにがしという蘭医が、長崎にいたが、ふとした機会に、密航して来た朝鮮人を診ることになったが、すでに、手おくれであった。しかし、その朝鮮人は、河合の親切な看護を深く感謝して、彼の地でも稀《まれ》な二十年の人参を呉《く》れておいて、死んだ。……河合は、これを持参して、出府して来た。たまたま、旧知の五島久右衛門をたずねたところ、悪性の労咳を患《わずら》っていた。河合は、診て、ただちに、手のほどこすべのないのをさとった。しかし、河合は、その家に、しばらく逗留《とうりゅう》した。妻女の美しさに魅せられたためだ。河合は、ひそかに、妻女にむかって、秘蔵の朝鮮人参を示して、その操《みさお》とひきかえることを条件とした。妻女は、迷うた挙句、ついに、決意して、廓へ身を売るとみせかけて、実は、河合と一緒にくらすために、その家を去ることにした。……蘭医と雖《いえど》も、女の肌から、男を殺す瘴気が発しているのを、看破《みやぶ》ることは叶《かな》わなかった。河合は、そなたを、半年のあいだ、一夜も欠かさず愛撫したむくいで、五島久右衛門と同じく、悪性の労咳で、倒れた。そなたは、前夫のたたりであろうと、怖《おそ》れて、河合をすてて、にげた。……私の友人の曽田良介が、偶然にも、河合の末期を看とった。河合のさいごの言葉は、いまあの人参があればたすかるかも知れぬ——それであったそうだ」

狂四郎は、身をふるわせて、両手で顔を掩《おお》う女を、冷然と見すえて、言葉をつづけた。

「その人参は、いま、わたしの懐中にある。久太郎から、ゆずってもらった。久太郎は、この二年のあいだ、父を救えなかった人参を、大切に持ちつづけていたのだ。たぶん、人参は、一人のあわれな孕《はら》み女の労咳を癒《いや》すことになろう。……ところで、わたしが、この深夜に、無断で押し入って来たのは、男を次々と殺すそなたを、斬るためではない」

「………」

女は、顔を擡げて、不安のまなざしを、狂四郎に、あてた。

狂四郎は、言った。

「男を殺す瘴気を発する蠱惑《こわく》の肌を、いちどあじわうために、やって来た」

半刻《とき》ばかりの後、狂四郎は、人影の絶えた深夜の通りを、ふところ手で、ゆっくりとひろっていた。

――あのような女を、時雨女《しぐれめ》というのか。

期待は裏切られなかったのである。男を狂わせる妖しい蠱惑の肌が、しっとりとこちらの皮膚に吸いついた感触は、なお、狂四郎にのこっている。

時雨女、という言葉は、寒い国から来たようである。一糸まとわぬ素裸で、褥に入って、男を待っている女の、白い豊かな肢体を形容する。

さんさ時雨か萱野《かやの》の雨か、音もせで来てぬれかかる――という俚謡《りよう》は、この風情《ふぜい》をうたったものであろう。

「さんさ時雨は、ささと降る細雨なり。ささと降り来る時雨なれば音なきは元よりにて、萱原に降れる雨は、木竹などの葉広《はびろ》なるものにあたる雨よりも、しめやかにして、また音なきものなり。男の音なくして、ひそやかに忍び来れるに譬《たと》え、ひそか事は後の世に言われぬこととて、褥の内にても忍びやかに濡《ぬ》れかかるを言いたるが、いと古雅なるものなり。男を待つ女の、いと白き肌の美しさや、おのれは知らずして、男を惑わせる宝珠の玉をそなえたることなども想《おも》われて、嫁娶《よめとり》などめでたき事の折にも謡《うた》えるみ国の古振なるべし。されど何《いず》れの時作れるかを知らず」

と、風土記にみえている。

いま。――

夜靄《よもや》の中を歩き乍ら、狂四郎が、想っているのは、あの女が、この後なお幾人かの男を狂わせ、殺すであろう哀《かな》しい宿運であった。

魔　笛

一

春の朝の、まだあたたかみのうすい陽《ひ》だまりの中で、巨《おお》きな蟇《がま》がいっぴき、前脚をふんばった悠然《ゆうぜん》たる身がまえで、その大口を、ぱくっと、開いた。

いま、目が覚《さ》めたといわんばかりであったが、冬眠がおわったとは、考えられぬ。日によっては、まだ霜の降りて来る季節に、これは、ひとつの異変であった。

当時は、どの屋敷でも、建物が旧《ふる》くなると、その床下に、主ともいうべき大蟇が棲《す》みついたものであった。夏期には、小うるさい虫をとってくれるので、有益な存在として、みとめられていた。

虫のいないうすい寒い庭に、時ならぬ出現をしたのは、なにやら、よからぬ前兆であろうか。

左様、大蟇が、その口を開いたのは、一種の示威運動であった。彼の頭上にさしのばされた百日紅《さるすべり》の太枝には、長さ六尺にもおよぶ青大将《くちなわ》が、すこしずつ、太い胴をうねらせ乍《なが》ら、攻撃の刹那《せつな》を狙《ねら》っていたのである。

ところで――。

この爬虫類《はちゆうるい》の中でも、薄気味わるい代表者たちが、この猫額大《びようがくだい》の庭を、決闘場にえらんだのは、偶然のことではなかった。

人為による、残忍な興行といえた。

母家《おもや》の縁側に腰かけた人間が吹く横笛の音が、蟇と蛇の闘志をあおりたてているのであった。

序破急の調べは冴《さ》えて、爬虫どもを思うがままにその律呂《りつりよ》に乗せて、潮合を極めさせてゆく。

と――。

青大将は、百日紅の太枝から、撥《はじ》かれたように、跳躍して、大蟇を襲った。次の瞬間には、その醜い軀《からだ》を、三重に巻いていた。

横笛の音は、いちだんと、冴えて、急調となった。

――締めよ！　締めよ！　根《こん》かぎりに締めよ！

攻撃者にむかっては、そう呼びかけ、守勢者に対しては、

――堪えよ！　堪えよ！　根かぎりに堪えよ！

と、告げているようであった。

締める。

堪える。

この力の均衡は、今日の時間にして、ものの十分もつづいたろうか。

やがて、蟇のからだの色が、急に、赤味をおびたかとみるや、その無数の疣々《いぼいぼ》から、ぶつぶつと油を噴き出した。そして、ひと跳びに、生きている縄の繋縛《けいばく》から、ぱっと抜け出た。

そのまま、遁走《とんそう》すればよいものを、ひと跳びした地点で、前脚をふんばって、動かぬ風体も面妖《おか》しかったが、油で濡《ぬ》れた長胴をひどくかんまんに匐《は》わせて、これに再び巻きつく格好も、ぶざまであった。

蟇は、三度《みた》び、油を噴かせて、脱出した。おそるべき、忍耐であった。

ついに、攻撃者の方が、おのれの力のすべても出しつくして、全身の骨が砕けたように、ながながと、地べたにのびてしまった。

蟇が、その屍体《したい》を、口にくわえて、相変らずの悠然たる足どりで、床下へ姿を消した時、はじめて、吹手は歌口から、唇をはなした。

吹手は、松平大和守《やまとのかみ》の息女綾姫《あやひめ》を、その横笛一管によって、拉致《らち》しようとして、眠狂四郎に阻止された風魔七郎太であった。

ところで――。

この家は、実は、眠狂四郎の借りている家の隣なのであった。久しく空家であったが、五日前に、ふさがったのである。

五日前――四十がらみの、熱っぽい目つきをした小柄な小肥《こぶと》りの男が、狂四郎の家に入って来て、

「このたび、お隣へ越して参りました菊川春仙でございます」

と、挨拶《あいさつ》して、以後昵懇《じっこん》に願うしるしにと、一枚の浮世絵を置いて行った。

菊川春仙といえば、当世畸人《きじん》の一人で、天才肌の浮世絵師であった。生来放縦無頼の性格で、版下絵を描きかけたまま、行方をくらまし、版元が迷惑して、八方捜索するのが毎度のことであった。色里で酔いつぶれていたり、あるいは、夜船で上総《かずさ》木更津に行っていたりする。それでも、版元が、愛想をつかさずに、依頼するのは、娼婦《しょうふ》を描かせては、その異常にねっとりした妖しい耽美《たんび》の世界は、古今無類であったからである。従来の歌麿《うたまろ》風の理想化した美しさに物足らなくなった好事《こうず》家たちは、菊川春仙の頽廃美《たいはいび》を高く評価していた。

狂四郎にくれて行ったのは、近頃流行の大首絵であった。柄のついた丸鏡に、女の顔がいっぱいに映っている構図で、「今風変化鏡」という文字が刷り込んであった。その題名が暗示する通り、女は、ただ化粧するために、鏡に、おのが顔を映しているのでは

なかった。男のみだらな手に、下半身を愛撫《あいぶ》させて、その陶酔の頂上で、微《かす》かな呻《うめ》き声さえ洩《も》らしている――その恍惚《こうこつ》の表情が、偶然、鏡に映っている、という凝りかたであった。

これは、春仙得意の構図で、世間では、「恍惚絵」と称《よ》んでいるのも、尤《もつと》もであった。

しかし、この評判高い大首絵も、浮世絵になんの興味も抱かぬ狂四郎にとっては、反古《ほご》にひとしく、押入れの片すみへ投げ込まれた。

狂四郎にとって、興味があったのは、春仙が、引越して来てから四日間、物音ひとつたてずに、ひっそりしていることであった。その隣家から。突然、今朝になって、横笛の音がきこえて来たのである。

二

その音で、目をさまさせられ、しばらく、牀《とこ》の中で、きくともなしにきいているうちに、狂四郎の鋭い神経が、一個の影像を、脳裡《のうり》に描いた。

松平大和守邸の壺庭《つぼにわ》に、横笛を口にあてて、すらりと立っていた姿であった。

あの立姿には、常人にない、妖気《ようき》がただようていた。

いま、耳にする横笛の音には、魔気がこもっていた。ただの吹手ではないのである。

あらためて、耳をすませば、その音は、人の心を惑乱の中へ誘い入れ、狂おしく昂奮《こうふん》させずにおかぬ魅力があり、まさしく、魔笛といえた。

常人ならば、ただ、きき惚《ほ》れるにとどまるであろう。すこしでも、神経の冴えている者であれば、この音のおそろしさが判《わか》る筈《はず》である。

剣の業でいえば、狂四郎自身が使う円月殺法が、これにあたる。対手《あいて》の心気を擾《みだ》し、昂《たか》ぶらせ、そして沈めておいて、こちらにひき込むからである。

……青大将が、大蟇を襲って、三重に巻いた時、狂四郎は、我が家の縁側に立って、その光景を、檜葉《ひば》の生籬《いけがき》越しに、目撃していた。

隣家の縁側は、こちらからは、見えなかったが、狂四郎は、自分の直感が当ったのを確信した。

横笛の調べを、斯《か》かる残忍なたわむれに応用する者は、外にあるべくもない。

狂四郎は、爬虫どもの闘いをおわりまで見とどけもせずに、部屋へ戻った。

一方、七郎太の方は、歌口をふいて、錦袋にしまうと、つと庭さきへ歩み出て、隣家へ、鋭い眼眸《まなざし》を投げた。

しろじろと、朝陽の中に浮いた障子の内には、なんの気配もない。

狂四郎が、縁側へ出て来たことは、笛を吹き乍ら、察知していた七郎太である。

——彼奴《きやつ》を斬《き》るのは、このわしだ！

あらためて、若者は、おのれに呟《つぶや》いていた。

ここで、江戸に在る風魔一族について、あらためて、説明を加えておくならば——。

徳川家康と不即不離の間柄であった風魔三郎秀忠の嫡流として、その十一代を継ぐべく、元服した双生児があり、独楽《こま》および大凧《おおだこ》の試合によって、一人が生き残りその座に就いた。

この若い頭領の補佐として、夢買いの老人がいる。

その旗下に、血気獰猛《どうもう》の若者が七名揃《そろ》っていたが、その一人風魔五郎太は、すでに、狂四郎に斬られて、殪《たお》れ、いまは一郎太、次郎太、三郎太、四郎太、六郎太、七郎太と孰《いず》れも、二十歳前後の手練《てだれ》者たちは、それぞれ、おのが好む場所に、独立した生活をいとなんでいる。

目下のところ、われわれに判っている彼らの目的というのは内股《うちまた》に朱葵《しゅあおい》の刺青《いれずみ》のある女性《にょしょう》を三度び犯して、これを懐妊させることである。

これら若者たちを扶《たす》けて、いわば小十人組とみなすべき士が居《お》り、これはかなりの頭数である。勿論《もちろん》、風魔一族の名をはずかしめないだけの腕前を備えている。

さらに、一族中に、女性も交っていることは、べつだんのふしぎとせぬ。美貌《びぼう》の御旗奉行妻木源之進を、生捕りにして、その種をもらって身籠《みご》ろうと企てた般若《はんにゃ》姫も、そのひとりである。

このたび――。

一族中の軍師の地位にある、目孔もない白頭巾《しろずきん》をかぶった白装の人物が、奥日光、間領から出府して来た。

その指令が、いかなる波瀾《はらん》を起すか、予測しがたい。

風魔七郎太が、この隣家に、菊川春仙の居候《いそうろう》のかたちで、引越して来て待っているのは、狂四郎と雌雄を決せよ、という指令なのであった。

三

七郎太が、辰巳《たつみ》きっての流行《はやり》っ妓《こ》である妻吉という妖艶《ようえん》な芸妓を、この家に拉致《らち》して来たのは、それから二日後であった。

大新地の五明楼に、松江雲州侯の肝煎《きもい》りで、幸四郎、菊之丞《きくのじょう》、半四郎ら、盛名を競っている名優たちが集うて、通客たちとともに、非命に殪れた清元延寿太夫《きよもとえんじゅだゆう》の三回忌を催し、加えてその子巳三次郎に、父の名を継がせる下相談の会が開かれる日であった。辰巳の芸妓たちは、この会場で、綺羅《きら》を競うべく、それぞれ、夜明け前から、装《よそお》いにとりかかったものである。

妻吉も、かねてから、ひそかに工夫していた中高の大島田を披露すべく、七つ（四時）から起き出て、ふっくらと美しい水髪を結いあげるのに、一刻《とき》以上も費やした。

黄柄茶の細く小さい碁盤格子を織出した鼠《ねずみ》のお召縮緬《ちりめん》に、古風な本国織に紺博多の独鈷《どっこ》の帯を、やの字に結びあげて、

「さ、できた」

と、出かけようとしたところへ、無断で、紫の布で顔をつつんだ、熨斗目《のしめ》の武士が、前に立ちふさがったのである。

「気の毒乍ら、お前のからだを借りる」

挨拶もなく、そう言われて、妻吉は、勝気な柳眉《りゅうび》をあげて、

「藪《やぶ》から棒になんのことでござんす？」

と、睨《にら》みつけた。

「菊川春仙が、お前の大首絵を描きたいと申して居る」

「おことわりしましょうよ。あたしゃ、春仙さんの浮世絵は好みにあいませんのさ」

すげなく、言いすてて、わきをすり抜けようとしたとたん、当て落されて、畳に崩折れた。

意識が還《かえ》った時は、もう駕籠《かご》の中で、猿ぐつわをかまされ、後ろ手にしばられていた。

駕籠が着くと、猿ぐつわをはずされ、綱も解かれ、

「無法の処置は詫《わ》びる」

と、鄭重《ていちょう》に、家の中へみちびかれた。

もうこうなっては、じたばたするだけみっともないので、妻吉は、わるびれずに、上がって行った。

「ほう、あでやか、あでやか！」

菊川春仙は、なめずるように、妻吉を眺めてから、

「七郎太殿、珍客をもてなさねばならぬわい」

と、言った。

「心得た」

七郎太は、台所から、ひとかかえもある南京皿《ナンキンざら》を持って来て、座敷のまん中に据えておき、いままで妻吉を縛っていた綱を把《と》るや、小庭に掘られた三坪あまりの池へ、無造作に、びゅっと投げた。

投げざま、ぐんと曳《ひ》くや、二尺あまりの鯉《こい》が、飛沫《しぶき》とともに、空中へはね上がった。そして、あたかも鯉自身がそれをのぞむがごとく、宙を翔《か》けて、大皿の上へ、ぽんと乗ったのである。

妻吉が、あまりの鮮やかな手練ぶりに、あっけにとられて、見戍《まも》るうちに、七郎太は、二本の箸《はし》と一振の庖丁《ほうちょう》で、巧みに、鯉の生作りをしあげてみせた。

しあがってみれば、池からとびあがって、乗った時のままに、切り口さえも見えず、時おりは口を大きく開いて息をついたし、その尾をぱたぱたと動かしているのであった。

そのあいだに、酒をはこんで来た春仙は、
「まず、珍客に一献——」
と、盃《さかずき》をさした。
無体な手段でかどわかされて来たとはいえ、趣向のみごとさに対しては、辰巳芸妓も、
度胸をきめないわけにいかなかった。
きれいに盃を空けて、春仙に返すと、銚子《ちょうし》を把りあげ乍ら、
「庭の鯉の生作りで、羽織を呼ぶなんざ、乙でござんすねえ、師匠」
と、皮肉を言った。
当時、辰巳芸妓を、羽織と呼んでいた。吉原の芸妓に対抗して、はじめ男装羽織を着
たからである。何次とか何吉とか、男性の芸名を用いる風も、辰巳から、はじまってい
る。
一説には、腰より下を売らぬのが、芸妓の意気地であるから、腰より下のない羽織に
擬《なぞら》えて、はおりと呼んだという。
尤も、当時、芸妓は、羽織に紋をつけるのを禁じられていたので、銭の無い客のこと
をも羽織（紋なし）と呼んでいたのである。
「ははは……、羽織は羽織でも、この御仁の紋を見てもらおうか。三剣葵だぞ。やがて
は、天下の富が、ころがり込むかも知れぬ。お前さんの心根次第で、御簾中《ごれんじゅう》様になら

ぬとも限らんぜ」

そう言って、春仙は、盃の酒を、まだ息をしている鯉の口へ、ひと雫《しずく》たらして、

「水の輪ほどにひろがる元は、こいにこぼしたひと雫——かな。この春仙が、月下氷人となって進ぜようかな」

「ほほ……、魚と水とのはなれぬ仲を、知るか氷の上の人、かえ」

いかにも、のびやかな笑い声を交わし乍ら、献酬が交わされるさまを、簾《すだれ》をたらした西窓へ、そっと忍び寄った一人の男が、窺《うかが》っていた。因果小僧の七之助であった。たまたま、狂四郎のところへやって来て、好奇心を起すと、覗《のぞ》き見せずにはいられなくなったのである。

小半刻すぎると、春仙は、

「さて、そろそろ、仕事にとりかかろうか」

と、呟き乍ら、床の間へしりぞいた。そこには絵道具が、ととのえてあった。

「大首絵なら、このまま、あたしを写すんでござんしょう？」

ちょっと、不安になって、妻吉が問うた。

「そのままのお前さんなら、往来ですれちがったのを、おぼえておくだけで足りる。わざわざ呼んだのは、チトお前さんに乱れてもらうためさ」

「乱れて？」

妻吉の顔色が、変った。

「ふふふ……辰巳随一の売れっ妓だ。滅多なことでは音《ね》をあげまいが、その音をあげさせてこそ、わしの大首絵になろうというものだて」

「師匠、あたしゃ、手込めにされるくらいなら、舌を噛《か》みますよ！」

「手込めにはせぬ」

この言葉は、それまで終始無言で、酒を飲んでいた七郎太が、はじめて口にした。

「じゃ、どうなさるんです？」

七郎太は、薄ら笑って、錦袋から横笛を抜き出すと、

「わしの目から、目をはなさずに、笛の調べをきいてもらおう」

四

妻吉の、敵愾心《てきがいしん》さえあらわにした白い貌《かお》が、しだいにやわらぎ、眸子《ひとみ》が潤んで、遠いものを想《おも》うような表情を泛《うか》べるのに、さしたる時間を要しなかった。まさしく、魔笛であった。

七郎太が、しずかに、調べを終えて、横笛を膝《ひざ》に置いても、魅せられた妻吉の表情は、われにかえらなかった。

七郎太が、庖丁を把って、鯉を生捕った綱を、まん中から切りはなつのを、妻吉は、

意味も判らずに、ぼんやりと眺めた。

次の刹那――。

七郎太の双手に握られた二条の綱が、毒蛇のように、じぶんめがけて、躍って来て、はじめて、妻吉は、あっとなった。

しかし、もうその時はおそく、妻吉は、他愛もなく、畳の上へ、ころがっているじぶんを知らなければならなかった。

三つ重ねの黄八丈の下着が、名高い絵師が寄せ書きしてくれた墨絵の対丈襦袢《ながじゆばん》が、花絞り鹿《か》の子《こ》縮緬の裏が、そして、緋《ひ》の湯もじが、落花を箒《ほうき》ではねあげるように、ぱあっと、宙にあけ拡《ひろ》がった。

もし、横笛の調べに陶酔していなければ、辰巳女の鉄火な意気地が、この侮辱に堪えられず、畜生っ、と叫び声をあげて、必死に抗《あらが》ったかも知れぬ。

ふしぎに、ころがされ、ひき剝《む》かれ乍ら、妻吉の全身は、無力であった。

七郎太が投げては、引く二条の綱の、人間の、左右の手以上の働きもさることながら、されるがままになっている妻吉の、踊りで鍛えた、しなやかな肢体の動きは、ただの、みだらな眺めではなかった。

胸もあらわになり、太腿《ふともも》の奥までひらきつつも、その姿は、決してぶざまではなく、かえって、なよやかな所作を自ら示すように、なまめいた美しさであった。

のみならず、頸《くび》に、手くびに、脛《すね》に、膝に、からみついては、柔肌に青痕《あおあざ》をつける二条の綱に、あやつられているうちに、妻吉の貌は、真緒《まそお》色に上気して、一種、恍惚《こうこつ》とした痴呆《ちほう》の表情をうかべていた。

春仙は、食い入るような目つきで、その姿態を写しとっていたが、やがて、妻吉が、床柱にぐったりと凭《よ》りかかって、ほっと、ひと息つくさまに、思わず、

「うむ！」

と、呻きさえ洩らしていた。

仰向いて、なかば目蓋《まぶた》をとざした妻吉の容子は、春仙が常々描かんとしては筆をすてていた快楽のあとの心地よい疲労感に浸っている女の頽廃美の極致を示していたのである。

固唾《かたず》をのんで、覗き見していた因果小僧の七之助は、春仙が、筆を擱《お》き、七郎太が、妻吉のからだをかるがるとかかえあげて、次の間へ消えるのを見とどけてから、狂四郎のところへ、ひきかえして来た。

「なんとも、はや……、落花狼藉《らっかろうぜき》と申すもおろかなり、ってやつでさあ」

報告をきき乍ら、狂四郎は、べつのことを考えていた。

春仙が、庭木戸から、狂四郎の家へ入って来たのは、その次の日の午後であった。

「ぶしつけなお願いでございますが、先生に、少々御教示を賜わりとう存じまして――」

「わたしに、絵を観《み》る目はないが……」

かかえられた写生帖《ちょう》を見やり乍ら、狂四郎が、言うと、春仙は、かぶりをふった。

「手前の描く人間に、隙《すき》があるかどうか、そこをごらん頂くには、先生を措《お》いてほかにございますまい」

傲慢《ごうまん》不遜《ふそん》といえば、これ程傲慢不遜な言葉はなかった。

「ひとつ、ごらん頂きましょう」

上がれとも言わぬのに、のそのそと上がって来て、狂四郎の前に、写生帖を置いて、一枚一枚、めくってみせた。

孕《はら》み女が、盲人に犯されていた。ぜんたいを墨だけの白描にし乍ら、女の悲痛な面貌《めんぼう》だけが、極彩色にされている。（この部分だけが、版画になって、大首絵として、売り出されるのであろう）

武家の妻女が、懐剣を抜いて反抗しつつ、二人の雲助に、ねじ伏せられ、弄《もてあそ》ばれていた。同じく、白描で、妻女の顔だけが、彩色をほどこされている。

およそ、十四、五枚は、そうした絵であったが、そのあとに、囲碁の最中、口論となり、かっとなった武士が、立膝の居合抜きで、相手の首を刎《は》ねている図があらわれた。

宙に飛んだ首だけが極彩色であった。

首を喪《うしな》った頸口から、噴いた血潮は、床の間の掛物に、ぱっと散りかかっていた。

掛物は、〝風〟の一字であった、それが、白く浮き出ていた。これは、蠟《ろう》で書いておいて、その上を、血潮の墨を刷《は》いたものであった。

凄《すさ》まじいばかりの迫力は、春仙が、こうした光景を目撃した経験をもっている証拠であろう。

このあとの絵は、ことごとく、斬人図《きりひとず》であった。

狂四郎は、終始冷たい無表情で、無言裡に、眺めていたが、春仙が、

「さて、最後の一枚こそ、是非、とくとごらん頂きたく——」

と、めくろうとするや、

「待て！」

と、とどめた。

春仙が放って来る一種狂的な眼光に、狂四郎は、わざと微笑をむくいた。

「最後の一枚は、この眠狂四郎が斬られている図だろう」

ずばりと、言いあてた。

「………」

春仙が、何か言おうとするよりはやく、狂四郎は、立ち上って、床の間から、無想正

宗を把って、玄関へ出て行き、そのまま、かえらなかった。

それから半刻ばかり過ぎて、ひょっこり、あらわれた七之助が、座敷のまん中に、ひろげられている写生帖を、一瞥《べつ》して、

「な、なんでえ、こりゃ！」

と、目を剝いた。

横笛を吹く風魔七郎太の前で、眠狂四郎が、無想正宗を摑《つか》んだ右腕を、肱《ひじ》から切断されて、のけぞっている図だったのである。

そして、片隅には、

「卯月《うづき》二十六日、巳刻、於桜馬場」

と、記されてあった。

二十六日とは、明後日であった。

すなわち、七郎太は、狂四郎の右腕を断て、という命令を受けたのである。

狂四郎は、それと察知して、最後の一枚を見ようとしなかった。挑戦に応じてやる義理はなかったからである。

双面の謎

一

「眠狂四郎とは、お主か？」

不意に、物蔭《ものかげ》から現われて、行手をふさぎ、語気鋭く、問うたのは、山岡頭巾《やまおかずきん》を被《かぶ》った熨斗目《のしめ》の武士であった。堂々たる大兵《たいひょう》であったし、大きくひらいて、こちらを睨《にら》み据える双眸《そうぼう》は、炬眼《きょがん》というに足りた。

配下らしい、孰《いず》れも覆面した武士が四名、左右と後方に迫った。その迫りかたも、尋常の呼吸ではなく、袴《はかま》が微《かす》かに鳴らなければ、音もない無気味なものであった。ただ腕が立つだけではなく、こちらの業前を知っていて、充分の自信を備えている、とみた。

所用あって、小石川大塚上町の浪切《なみきり》不動通玄院に行き、帰途を、安藤長門守《あんどうながとのかみ》の下屋敷の高塀に沿うて、護国寺隠居所をまわり、音羽《おとわ》町三丁目へ抜ける近道をとっていた——その物淋《さび》しい往還上であった。

昏《く》れるには、まだ間があったが、雨もよいの、黒い雲が、すぐ、屋根のあたりまでかぶさって来ている午後であった。

狂四郎は、ふところ手のまま、対手《あいて》を冷たく見かえして、黙っていた。

「眠狂四郎か、と問うて居る！」

山岡頭巾の武士は、刺すように重ねて言った。

「問う必要はあるまい。わたしが、家を出た時から、この御仁が（と、左方から迫って来た武士を頤《あご》で示して）尾《つ》けて来ていた」

「されば、覚悟はできて居ろう」

「あいにく、わたしの生命を奪いたがっている御仁たちが尠《すく》なくない。したがってそちらから理由をきかせて貰《もら》わねば、こちらは、覚悟をしかねる。……尾けられるのは珍しくないことだ、と思って頂こう」

「お主を斬《き》るのに、私の上の理由はない。これまで積んだ悪業のむくいと思え！」

「それも、立派に理由となる。しかし、わたしのような素浪人に、天誅《てんちゆう》を下す、などというお節介な御仁が、この世に在ろうなどとは、まず、考えられぬ。……どうやら、お手前は、わたしを斬る理由を、かくさねばならぬ理由があるのではないか？」

これは、痛いところを衝《つ》いた言葉であったらしく、対手の眼光が、さらに狂暴な煌《きら》めきを加えた。

もはや、吶声《とせい》はあびせず、すっと、一歩退《さが》った、それが合図で、四士が、抜きつれた。

ひさしぶりに、頭数を揃《そろ》えた強敵に、包囲された狂四郎は、しかし、ふところ手をそのままにして、視線を依然として、正面の山岡頭巾に当てていた。

山岡頭巾は、おのれが手を下すまでもない、と充分に配下の力を信頼しているのであろう、構えもとろうとしなかった。

手練者《てだれ》たちは、最初から凄《すさ》まじい殺気を迸《ほとばし》らせはせず、潮合《しおあい》の極まるその刹那《せつな》に、互いの心気を合致させるべく、徐々に、闘魂を盛上げる。孰れも、青眼であった。

やがて、潮合が極まろうとした――その瞬間を、四士に与えぬ狂四郎独特の、ひっそりとしずまった沼から突如として水鳥が飛び立つに似た跳躍がなされた。

もとより、四士に、狼狽《ろうばい》させた次第ではない。

「ええいっ！」

総身から噴かせた気合も同時であったし、虚空を裂いて、襲った紫電も、遅速はなかった。

ただ、狂四郎の跳躍の方が、文字通り間髪の差で、迅《はや》かっただけである。

影を斬って、形を遁《に》がした――その無念さに、四士が、はじめて、個々の意識に還《かえ》った時。

狂四郎は、すでに、抜きつけに迎撃しようとした山岡頭巾に、猛烈な体当りをくれておいて、さらに一間のむこうに、在った。

のみならず、狂四郎の右手には、抜きつけかけた対手の白刃が移っていた。いや、そればかりか、左手は、その山岡頭巾をも、剝《は》ぎとっていたのである。

意外にも、あらわれた貌《かお》は、六十に近い老人であった。

しかし、刀と頭巾を奪われた憤怒《ふんぬ》で逆上して、

「斬れっ！　斬れっ！」

と、喚《わめ》く形相は、あさましいまでに、われを忘れた無分別な若者のそれにひとしかった。

むしろ、配下たちの方が、想像を絶した狂四郎の強さに、目がさめたようなしらじらしい表情になっていた。

切先を揃えて、再び迫って来たが、もはや、狂四郎を不動にする威力さえも喪《うしな》っていた。

狂四郎は、老人の差料を、地べたへ、ぐさと突き立てておいて、

「天誅は、後日のことにされるがよい」

と、言いすてて、瘦身《そうしん》をまわしていた。

老人は、狂気のごとく、叱咤《しった》したが、配下たちは、動かなかった。腕が立つ面々だけに、あまりの技倆《ぎりよう》の差を思い知ることも、はやかったのである。

二

武部仙十郎の使いが来て、狂四郎が、水野忠邦邸へおもむいたのは、その翌朝のことであった。

「お主に、是非依頼したい筋があると申して、坐《すわ》り込んで居る者がある。闕所《けっしょ》物奉行《ぶつぶぎょう》朝比奈修理亮《あさひなしゆりのすけ》の身内じゃ」

玄関で、仙十郎は、そう告げた。

闕所物奉行というのは、大目付直属で、財物官没の事を司《つかさど》る。その権限は、幕臣ならびに江戸市中に住む武家の事案に限られていた。蓋《けだ》し、代官地は、勘定奉行の指令に俟《ま》って、代官がこれを執行したし、町方は、町奉行の命をもって、係の与力が、同心、町年寄らを指揮して、これを行なったからである。

書院に入ってみると、文金高髷《たかまげ》の娘が、細い白い項《うなじ》をみせて、俯向《うつむ》いていた。狂四郎が、座に就くと、畳に三指をついて、

「朝比奈修理亮のむすめちさと申します」

と、挨拶《あいさつ》した。

擡《あ》げられた顔を、一瞥《べつ》したとたん、狂四郎は、はっとなった。

亡き妻美保代が、三つ四つ若くなって、現われたとしか思えないくらいに酷似してい

たのである。ちがっているのは、美保代は、眉目《びもく》が整いすぎるくらい整い、また病患のゆえに、肌理《きめ》にうすい冷たさをもっていたが、この娘のふっくらとした頬《ほお》には、靨《えくぼ》があり、口もとから、小さな頤《あご》にかけてのういういしい愛くるしさは、呼気の温かさを感じさせた。白く、小さく、整列した皓歯《しらは》の美しさのゆえもあったろう。

狂四郎は、仙十郎が、わざわざ捜し出して来たのではないか、と疑った。

「わたしのような無頼者に、御用向きとは——？」

わざと、そっけなく促した。

「ぶしつけなお願いで、お気をわるくなさいませぬように……」

まず、そうことわった。気性はしっかりした娘に相違ない。

「父の身に、危険が迫って居ります。猶予《ゆうよ》ならぬ危険でございます。なにぶんにも、脅迫して参る敵が、姿をあらわさずに、さまざまの手段を弄《ろう》しますため、瞬時も油断がなりませず、屋敷一同の当惑は、言葉もございませぬ」

「さまざまの手段とは——？」

「いつの間にか、父が常時就いて居ります机の上に、手紙を置いていたり、予告いたして参って、その予告通りに、病臥《びょうが》している母の枕《まくら》もとに、蛇を匐《は》わせて置いたりいたします」

「蛇を——？」

狂四郎は微かに、眉宇《びう》をひそめた。

「はい。そればかりか……」

言いかけて、ちさは、俯向いた。

ためらったのちの、思いきって口にした声音は、ひくかった。

「夜半のうちに、いつの間にか、わたくしを、睡《ねむ》りをさまさせずに、はだかに、いたして居りました」

「しかし、犯されては居らなんだ、と言われる？」

「はい——」

「お父上に、敵は、何を所望して居るのです？」

「寛永の頃より、改易断絶になりました家々から、ご公儀が召上げられました闕所物のうち、ある品だけは、闕所蔵に納められず、ほかの場所にお置きになっている由にございます。その在処《ありか》は、大目付殿は別として、父よりほかはどなた様もご存じでありませぬ。その在処を教えよ、と申すのでございます」

「その品というのは、戎器《じゆうき》——それも銃砲、爆薬のたぐいではないのか？」

「ご公儀の機密にかかることとなれば、わたくしなど、存じあげないことでございます」

「わたしに、お父上の用心棒をつとめろ、と言われるのか？」

「貴方《あなた》様を措《お》いて、父の身をおまもり下さいますお方は、ほかにございませぬ」

「執拗《しつよう》な敵ならば、わたしごときが用心棒になったところで、手を引きはすまい。とすれば、この後、お父上が逝《ゆ》かれるまで、わたしは、影の形に添うていなければならぬということになる。お断り申上げるよりほかはあるまい」

「いえ、四月に相成って、多くの諸侯がたが御国許《おくにもと》へ帰城あそばされるのを機会に、父は致仕いたす積りでございます。と申しますのも、そのお品は、御三家はじめ御親藩にて、おわけになってお持ち帰りあそばす予定だからでございます」

狂四郎は、しばらく沈黙を置いてから、

「脅迫状には、風魔一族、と署名されていた、と推測するが、いかがだ?」

と、言った。

ちさは、はっとなって、狂四郎を、見かえした。

「敵が風魔一族ならば、こちらも、好むと好まざるとに拘《かか》わらず、対手をしなければなるまい」

「お引受け下さいますか!」

潤いのある眸子《ひとみ》をかがやかして、こちらを瞶《みつ》める悦《よろこ》びの表情に、狂四郎は、われにもあらず、とまどった。あまりにも、美保代に似た!

三

朝比奈修理亮の屋敷は、麻布広尾町の南部家の下屋敷に隣接した一郭に、在った。同じ構えの旗本屋敷が並んだ静かな地域で、春の懶《ものう》さが、しいんとした家々にこもっていた。

その屋敷の脇門《わきもん》の潜戸《くぐりど》を押して、一歩入ってみて、狂四郎は、主人の人柄が想像できた。一木一草にも心が配られて、美しく手入れのゆきとどいているたたずまいであった。

玄関に立って案内を乞《こ》うと、もう古稀《こき》にとどいているとおぼしい用人があらわれて、こちらが名のらぬさきに、

「お待ち申上げて居りました」

と、招じた。

用人の皺《しわ》ばかりのしなびた顔にも、心痛の色が刷《は》かれていて、他の家とちがって、この家の静けさは、深く沈んだものであった。

通された書院は、三河譜代《ふだい》の旗本らしく、くすんだ時代色を帯びて、雅致《がち》があった。

座に就くとすぐに、襖《ふすま》が開かれて、ちさが、お茶を持って入って来た。

礼をのべて、父母をはじめ召使一同、ひと安堵《あんど》している、と告げた。

ちさが退って行って、ほんのしばしの間があってから、主人の修理亮が姿をみせた。

瞬間――狂四郎の蒼面《そうめん》が、さっと、冴《さ》えた。先日、護国寺隠居所裏手で、突如として襲撃して来た山岡頭巾の老人にまぎれもなかったのである。

絶対にまちがいはなかった。

ちがっているのは、先日は凄まじいまでの狂気の相であったが、今日は、いかにも士道をふんで折目正しい生活をすごして来た者のみが湛《たた》えている容子を保っていることであった。

就中《なかんずく》、あの野獣めいた炬眼《きょがん》はどこへすてたのか、双眸に湛えている光は、柔和そのものであった。

「このたびは、まことに勝手なお願いをつかまつり、お礼の申上げようもござらぬ」

鄭重《ていちょう》な物腰で、感謝する老人を見戍《まも》りつつ、

——同じ人間が、こうも豹変《ひょうへん》できるものか！

狂四郎は、むしろ無気味にさえ覚えた。

「お手前様ならば、せっかくの御依頼乍《なが》ら、お断りいたさねばなりません。先日、御手前様は、この眠狂四郎を斬るのは、私の上の理由はない、とうそぶかれた。あれが、当方の腕を試す手段であったとすれば、あさはかであったと申上げるよりほかはない。わたしは、人から試される程、おのが業を売りものにはして居らぬ……。それに、お手前様は、あれだけの、腕の立つ壮士をそろえておいでではありませんか。無頼の素浪人ひとりを、たのみの綱としようなどとは、納得しがたい。……ご免！」

狂四郎が立とうとするや、困惑の色を濃く滲《にじ》ませていた修理亮は、あわてて、

「お待ちねがいたい！　先日の無礼の段は、幾重にもお詫《わ》びつかまつる。これには、仔《し》細《さい》がござる」

そう言って、畳へ手をついた。

「仔細が――？　腕を試したことのほかに、なんの仔細があるのです？」

「許されい！　他日、必ず釈明つかまつる。何卒《なにとぞ》、先日の無礼の儀は、なかったことにして下さるまいか！　お願いいたす！」

詫びる態度を、真摯《しんし》なものに視《み》て、狂四郎は、

――何かある！

と、感じた。

狂四郎が、再び腰を据えると、修理亮は、

「身共が、言葉の上だけでお詫びしたところで、誠意とはなり申さぬ。……風魔一族が欲して居る品が、何であるか、大目付のほかには目を通されぬ闕物帖《けつぶつちょう》をごらんに入れ申す」

そう言い置いて、立って行った。

狂四郎は、腕を組むと、めずらしく不快なものをすてる溜息《ためいき》をもらした。

立って、障子を開いた。

小規模乍ら、枯流れに井筒《いづつ》加藍石《からんせき》、石橋などを配した書院露地は、美しい眺めであっ

た。

戸摺石《とずりいし》に、駒下駄《こまげた》の音がして、萱葺《かやぶ》きの中門の戸が開き、ちさの姿が、あらわれた。

狂四郎の胸底で、微かな疼《うず》きがあった。

遠くに置いて眺めれば、美保代の俤《おもかげ》を、そのまま写しているのであった。

ちさは、こちらに気がつくと、ほのかな微笑を泛《うか》べて、会釈しておいて、石橋を渡って、別棟へ入って行った。

——あの娘にたのまれたことだ。やむを得ぬ。

狂四郎は、自身に、言いきかせた。

障子を閉めて、元の座に戻ってから、かなり待たされた。

襖が開いた時、狂四郎は、床の間の掛物へ目を置いていたが、とたんに、入って来た者の刺すような鋭い眼光を、痛いほどに、神経に反応させた。

視線をまわした狂四郎は、修理亮の表情が、先刻とは一変しているのを、看《み》た。その険しさは、先日の襲撃の際の形相のものであった。

——これが、本性か!?

それにしても、先刻の柔和な眼眸《まなざし》を、斯《か》くも、険しい光に変えられるとは、いったい、どういう人格なのか。

修理亮は、着座すると、

「闕物帖は、その所蔵の場所で、お見せいたそう」

と、言った。

吐き出すような口調であった。

「所蔵の場所へ、わたしを、案内すると言われるのか？」

「左様――」

「わたしは、その品を拝見する興味はないが……」

「お主を警護にたのむ以上、誠意を示さねばならぬ」

先刻と同じ言葉を口にし乍ら、語気は全く別であった。棘々《とげとげ》しい、冷たいひびきであった。視線もそらしているし、傲慢《ごうまん》に胸も張っている。

狂四郎は、その面貌《めんぼう》を、じっと見据えつつ、いまは、その険しい表情を、滑稽《こっけい》なものにおぼえた。

「これから、ご案内下さるのか？」

「いや、明日酉《とり》下刻――青山長者ヶ丸に来て頂く。先年まで与力衆の養生所になっていた与力屋敷と申せば、直ちにわかる」

「そこが、所蔵場所だと言われる？」

「いや、ひとまず、そこで、おち合って、案内いたす」

「承知いたした。では――」

狂四郎は、一揖《ゆう》して、立った。

修理亮は、奥へ入り乍ら、

「ちさ！　眠狂四郎殿が帰られる」

と、大声で、告げた。

狂四郎が、玄関の式台へ降りた時、ちさが小走りに、追って出て来て、

「あの……父は、今日から、当家へご逗留《とうりゆう》下さいますように、お願いしたのでございませぬか？」

と、不安の面持で訊《たず》ねた。

狂四郎は、ちさをふりかえった。とたんに、はっと、ひとつの連想を起した。

——他人の空似でも、これほど似ているのだ。しかし、気性までが、似ているとは、必ずしも限らぬ。

「お父上は、青山長者ヶ丸の与力屋敷まで、明日暮六つに来て欲しい、と申された」

そう言いのこして、その言葉に、ちさの顔がどんな反応を示したかは見ずに、おもてへ出た。

ゆっくりと、静かな往還をひろい乍ら、

——あの娘が、美保代に酷似していたのでなかったならば、おれは、まだ、老人の豹変ぶりを、判断にくるしんでいただろう。

胸の裡《うち》で、そう呟《つぶや》いていた。

四

翌日、狂四郎は、七つ半（五時）に、青山長者ヶ丸の畑地のまん中に、高い海鼠塀《なまこべい》をめぐらした与力屋敷へ入って行った。

今朝、朝比奈家から使いが来て、半刻《はんとき》はやく到着ありたいと報《しら》せたのである。

門扉は、かたく閉ざされていたし、脇門の潜戸も、押しても開かなかった。

塀に沿うてまわり、裏門へ出た。そこの潜戸が開けてあった。

入ってみると、すでに、母屋《おもや》は、とりはらわれて、二棟の土蔵だけが、建ちのこっていた。狂四郎は、土蔵の前に、先に到着している老人の、山岡頭巾を被《かぶ》った姿を見出《みいだ》した。

狂四郎が近づくと、対手は、頭巾のかげの双眸を、すっと、ほそめた。

「たしかめさせて頂きたい！」

狂四郎は、いきなり、言った。

「お手前様が、まことの闕所物奉行であるかどうかだ！」

「何を申される！　朝比奈修理亮は、身共を措いてほかにはない！」

「さあ、そこのところだ。闕所物奉行には、双生児の兄弟がお在りではないのか。双生児でなくとも、一年か二年ちがいの、殆《ほとん》どどちらとも見わけのつきかねる程酷似している兄弟が――」

「そんな者は、居らぬ！」

「否定されるところをみると、お手前が、その兄弟にまぎれもあるまい！　昨日、最初に書院に姿を見せたのが本物の奉行で、あとから現われたのは、贋《にせ》もの――即《すなわ》ち、お手前ではなかったのか。ひそかに、屋敷に忍び入っていたお手前は、闕物帖をわたしに見せようと、書屋に入った奉行を襲って、当て落しておいて、その衣服を取り換えて、何食わぬ顔で、奉行になりすまして、わたしの前にあらわれたのではないか？」

「ばかな！　何をたわけたことを申す！」

「この場におよんで、しらをきるのは、卑劣というものだろう。……お手前は、風魔一族に、荷担した。何かの好餌《こうじ》につられたとは申さぬ。荷担する名分はあろう。しかし、実の兄弟たる奉行を苦しめて居ることにかわりはない。反省をもとめる程、こちらも白昼大手をふって歩ける人間ではないが、騙《だま》されかかったのが業腹《ごうはら》だから、わざわざここまで出むいて来て、忠告しておくのだ。老人の冷や水は止《や》めるがいい、と」

「…………」

「先日の配下の面々は、いかがされた。よもや、配下からも愛想をつかされたのではあるまい。もし、愛想をつかされたのであれば、ちょうどいい機会だ、ここいらで老人らしく、平和にくらすことを考えることだ」

そう言いのこして、踵《きびす》をまわした。

刹那、――凄まじい気合とともに、抜討ちが、背中へあびせられた。

予測していた一撃であった。

身がるく、一間を跳んで遁《のが》れた狂四郎は、向きなおると、

「懲りぬか！」

と、一喝した。相手は、無言で、無二無三に、巻討ちに斬り込んで来る――。

狂四郎は、躱《かわ》しているうちに、腹が立って来た。

「死ね！」

ひくい一声とともに、無想正宗を、腰から一閃《せん》させた。

ぞんぶんに胴を薙《な》ぎはらわれた対手は、いったん白刃を杖《つえ》にしたが、支えきれずに、どうと倒れた。

そして、何かをさぐるように、片手を地面に匐わせつつ、

「……こ、これでよい」

と、ひくく、呟いた。瞬間、狂四郎の心に、烈《はげ》しい疑惑が生じた。

――まさか？

抱き起して頭巾を剝いでみて、思わず、

「しまった！」

と、口走った。

おのれがこれから歩む黄泉《よみじ》は、そこらあたりかと、宙へ投げている眼眸は、きわめて柔和な色を泛べていたのである。

「朝比奈殿！　なぜ、故意にわたしの刀をあびたのです？」

問われて、闕所物奉行は、さびしげにかぶりをふった。

「……身共が死ねば、所蔵の、場所は、誰にも、わかり、申さぬ。……本来ならば、朝比奈家は、兄が……あの兄が、継ぐべきであったのを、身共が継いで……そ、それだけでも、兄は、不服で、ござったろう。……兄を、見のがして、やって下さらぬか――」

――そうか！　それで、半刻はやく、わたしを、ここへ呼び寄せたのだ。

「……眠殿。兄は――軍兵衛は、風魔一族こそ、二代将軍の血統を、正しく、ひいて、居ると信じ……、これに味方、して居り申す」

二代将軍秀忠の統は、正徳六年七代家継が、八歳にして薨《こう》じて、絶えているのであった。いわば、八代吉宗以後の将軍は、将軍になるべき筋あいの人々ではなかったのである。

「……兄は、三河武士の、狷介《けんかい》固陋《ころう》の、一徹者でござる。……私心は、ござらぬ」

「朝比奈殿。……お娘御に、遺言は？」

狂四郎が、耳もとで促すと、修理亮は、懐中をさぐろうとした。しかし、もう、その力はなかった。

奉行と一歳ちがいの兄軍兵衛が、そこに到着した頃、すでに遺骸《いがい》は、朝比奈家にはこばれていた。

狂四郎は、わるびれず、ちさに、斬ったのは、自分であると告げて、理由は弁解せず、死者の懐中にあった錦の小袋を、手渡しておいた。

ちさは、軍兵衛の存在を、知らされていなかった。

血潮月

一

闕所物《けっしょぶつ》奉行朝比奈《あさひな》修理亮《しゅりのすけ》の女《むすめ》ちさは、じぶんの居間で、茫然《ぼうぜん》と、坐《すわ》りつづけていた。

老いたる用人と二人で、宵から、ずっと、父の遺骸の枕辺《まくらべ》で、通夜をつづけていたのであったが、その仏間にこもった線香の匂《にお》いに酔うて、眩暈《めまい》を起し、用人にすすめられて、しばらく、横になるために、居間にひきとって来たのだが……。

牀《とこ》に就く気にもなれず、そのまま、坐りつづけていたのである。

「お父上は、青山長者ヶ丸の与力屋敷で死なれた。斬《き》ったのは、このわたしです」

眠狂四郎は、遺骸《いがい》を渡す時、かくさずに、そう告げた。

ちさには、納得し難いことだった。

あまりの意外な変事に、ちさが、動転して、声も出ずにいるあいだに、狂四郎は、音もない静かな態度で立ち去っていた。

この人を措《お》いてほかにはない、と決意して、護衛役にたのんだ人物に、父が斬られて、果てた、というのは、いったい、どうしたわけなのか。

当然、何かの理由があった筈《はず》なのに、眠狂四郎は、何故《なにゆえ》に、そのことを口にせずに、立ち去ったのであろうか。

理由を告げるかわりに、狂四郎は、ちさに、家の者たちを遠ざけさせておいて、一人で、遺骸をそっと仏間に運び込み、

「このご不幸は、明朝まで、召使たちにもわからぬように、しておいて頂きたい。わたしが、お父上を殺《あや》めたのはまちがいない事実ゆえ、敵として憎んで頂いてかまわぬが、それはそれとして、貴女《あなた》ご自身が、その目で見とどけなければならぬ当家の秘密がある。そのために、お父上の御逝去は、明朝まで、かくされた方がよい」

そう言いのこしたのである。

ちさは、用人にだけ打明けて、内密裡《り》に、通夜していたのである。

いま、居間にさがって来たちさに、はっきりとわかっているのは、じぶんが、眠狂四郎に対して、すこしも憤りも憎しみもおぼえていないことだけであった。

茫然としているちさの脳裡に狂四郎の冷たい眼眸《まなざし》や彫のふかい昏《くら》い横顔や、抑揚を現わさぬ声音や、もの静かな、しかし鋭さを含んだ挙措が、きれぎれに、消えたり泛《うか》んだりしていた。

父を殺したその男だけが、じぶんの味方になっている——そんな矛盾した、ふしぎな

想《おも》いを、ちさは、胸に抱いて、この夜更《よふ》けのふかい静寂の中に坐っていることに、微《かす》かな疼《うず》きをともなう一種の快感をおぼえている。

……われにかえったちさは、膝《ひざ》の上に置いた錦の小袋の紐《ひも》を解いた。

父が、遺言の代りに、狂四郎に託した品であった。

出て来たのは、五個の小さな半辺蚶《いたやがい》であった。これは、南海に産する二枚貝で、大きな殻は、煮鍋《になべ》あるいは杓子《しゃくし》として代用される。

どうして、こんな品を、父が大切に、懐中にしていたのか。

ちさは、てのひらの上で、小貝のふれあう微かな音をきき乍《なが》ら、また、ぼんやりとした。

その時、廊下に跫音《あしおと》がして、

「お嬢様！」

老いた用人の声がした。

ちさは、障子を開けて、そこにべったりと両手をつかえた年寄りの、名状し難い困惑の表情をあふらせた顔を見出した。

「どうしました？」

「お嬢様！」

声音を殺して、喘《あえ》ぐように、用人は、告げた。

「旦那様《だんな》の、おなきがらが……失《な》くなったので、ございます！」

「え？」

ちさは、じぶんの耳を疑った。

「なんと申しました？」

「手前が、厠《かわや》へ立ちました、ほんの、わずかのあいだに……旦那様の、おなきがらが……お牀の中から、消えて、しまっていたのでございます！」

「…………」

ちさは、一瞬、頭から冷水をあびせられたような戦慄《せんりつ》に襲われたが、すぐに、気をとりなおして、廊下へ出ると、まっすぐに、仏間に入った。

用人の言葉に、まちがいはなかった。

空になった褥《しとね》を凝視し乍ら、ちさは、

——しっかりしなくては！

と、じぶんをはげました。

用人に、庭へ出て、さがすように命じておいて、ちさは、父の書屋にむかった。

鉤《かぎ》の手になった廊下をまがりかけて、ちさは、どきっと、息をのんだ。

父の書屋の障子に、灯が映っていたのである。

何者かが、そこに忍び入っている。父の遺骸をぬすんだ者に相違ない。

……跫音をしのばせて、そおっと、書屋の前へ来て、わずかな隙間《すきま》から、覗《のぞ》いたちさは、手燭《てしょく》を持っている人物を、一瞥《べつ》した刹那《せつな》、あやうく、声をたてるところであった。

父であった！

死んだ父が、仏間の臥牀《ねどこ》から起き上って、衣服をあらためて、書屋に戻り、何かを捜している！

そうとしか思えなかった。

ちさは、父と一歳違いの兄軍兵衛という人物の存在を知らされていなかったのである。

二

軍兵衛は、捜すべき箇処は、くまなく捜してから、陰惨な失望の色を、その面上に滲《にじ》ませて、しばらく、書屋の中央に立っていたが、ふと、手燭の炎を吹き消した。

闇《やみ》の中を、勝手を知った足どりで軍兵衛が歩いて行ったのは、別棟の離れであった。

そこには、ちさの母の園枝が、やすんでいた。園枝は、今日で謂《い》う急性肺炎にかかり、死線をさまよって、最近、ようやく、起き上がれるようになっていた。

良人《おっと》が非業の最期《さいご》をとげたことは、まだ知らされて居《お》らず、明日あたりは、起きて、二月ぶりに、母屋へもどろうか、と考えていた。

昨日、怕々《こわごわ》入浴してみたが、べつだんのことはなかったし、肌の色が白蠟《はくろう》のように沈んでいるのをのぞけば、肉置《ししお》きも、ほぼもとにもどっていた。優しい良人のいたわりで、ついじぶんでは、もう大丈夫とわかり乍ら、十日あまり、よけいに寝た、と思っている園枝であった。

襖《ふすま》が開かれ、次の間から、ぬっと入って来た良人の姿に、園枝は、この夜更けにどうなされたのか、と訝《いぶか》りつつ、起き上がろうとした。

「そのまま――」

とどめておいて、修理亮になりすました軍兵衛は、羽織を脱ぐと、灯をちいさくしてある有明にかけて、さらに、部屋を昏くした。

なぜ、そうするのか、わからなかった園枝は、無言で掛具を剝《は》ぐ良人に、はっとなった。

病みあがりのじぶんのからだを、良人が求めようなどとは、夢にも想像しなかったのである。

じぶんの方から、もし求めたとしても、笑い乍ら、

「ばかを申せ。まだ、本復はいたして居らぬではないか」

と、優しくなだめてくれる良人である筈であった。

そうでなくてさえ、四十を過ぎてからの茲《ここ》数年は、とかく牀に臥《ふ》し勝ちで、その方の欲望もうすかった。良人に申し訳ないと思い、それとなく、良人の身のまわりを世話す

る娘を、出入りの商人たちに物色してもらったことがあるが、それを知った良人から、

「差出たお節介であろう。わしは、妻妾《さいしょう》を同居させるほど疎放《そほう》な神経を持ち合さぬし、第一、ちさにさげすまれるような真似《まね》はいたさぬ」

と、厳しく叱《しか》られて、今更に、その愛情のあたたかさに、園枝は、じぶんぐらい幸せな妻はいない、とうれし泪《なみだ》を、袂《たもと》でおさえたものであった。

いきなり、なんの断りもなしに、病牀に入って来るような乱暴な振舞いにおよぶなどとは、平常の良人からは想像もできないことであった。

しかし、良人は、宛然《さながら》、別人のように、入って来たのである。

園枝は、荒々しい力で、ぐいと、むこう向きにさせられた。

このようなあさましい姿勢をとらされたことも、曽《かつ》ておぼえがない。

「……旦那様」

園枝は、はげしくとまどいつつ、首を曲げて、良人の顔を見ようとした。

すると、猿臂《えんぴ》がのびて来て、頬《ほお》をはさむと額を枕に押しつけた。

しかたなく、園枝は、両手で枕を抱くようにして、目蓋《まぶた》をとじた。

昨日入浴して、からだをきれいにしたことと、その際、寝召《ねめし》も下裳《したも》もあたらしいのに取換えたことが、さむざむと、臀部《でんぶ》を深夜の冷気にさらされるのに、園枝を堪えさせた。

——旦那様は、わたくしの胸を圧《おさ》えるのをさけて、こういう振舞いをなさるのだ。

園枝は、そう解釈した。

妻が良人に求められたのであれば、これは、よろこんで、したがわねばならないことであろう。

園枝は、娘の頃、母の居間で、こっそり見たおそくずの絵に、女人の方がこのような姿勢をしていたのを思い出して、厭《いと》うまいと、じぶんをおさえたものの、許色《ゆるしいろ》の柔襞《やわひだ》が、獣心の発作のままに、肉叢《ししむら》のようにくらわれると、思わず、脚を閉じようとした。

だが、それも許されず、園枝は、呼吸浅く、ものの四半刻も、寄せては返す波浪に弄《なぶ》られる藻屑《もくず》のように、されるがままに、身をゆだねていた。

やがて、ゆるされて、ぐったりと、死んだように俯伏《うつぶ》した時、不意に、

「園！　修理亮と二十年つれ添い乍ら、夫婦の契りはあさかった模様だな」

あざけるような言葉が、あびせられた。

鈍器で、後頭へ、したたかな一撃をくらったような衝撃が、園枝の四肢を、烈《はげ》しく痙《けい》攣《れん》させた。

園枝は、しかし、男が、有明から羽織を払い、灯をあかるくするまで、動かなかった。いや、動けなかった。

惑乱しつつ、心のどこかでは、あり得ない現実を、信じまいとする悲痛な、むなしい努力をつづけていた。

軍兵衛は、容赦のない力で、その園枝を、ひき起した。

「園！　修理亮は、失踪《しっそう》いたしたぞ。今夜から、この軍兵衛が、闕所物奉行となり、そなたの良人となり、ちさの父親となる」

そう宣告され乍ら、園枝は、一瞬の驚愕《きょうがく》の後に来た一種の虚脱状態で、痴呆《ちほう》のように、軍兵衛を視《み》た。

「はは……、もう哭《な》いてもわめいても、おそいぞ。……もともと、この屋敷も、そなたも、わしの物なのだ。そうであろうが！」

三十年前、改易となった奥州《おうしゅう》の小藩の城主の息女であった園枝は、闕所物とともに、この朝比奈家に、一時、身柄をひきとられていたのである。軍兵衛、修理亮兄弟の父作左衛門は、いずれ、機会をみて、園枝を、大奥の中﨟《ちゅうろう》にする肚積《はらづも》りのようであった。

その時、園枝は、十四歳であった。

ところが、十九歳になった春の一夜、園枝は、軍兵衛に襲われて、犯された。それが露見するや、作左衛門は、激怒して、軍兵衛を手討ちにしようとした。修理亮がさえぎらなければ、軍兵衛は、その時、最期をとげていたに相違ない、軍兵衛は、逐電《ちくてん》して、再び、わが家の門をくぐらなかった。

修理亮が、園枝を妻にしたのは、それから、三月後であった。

軍兵衛とすれば、手籠《てご》めにした罪はみとめるとしても、父親が、これをやむなき仕儀とみとめて、園枝を妻にしてくれる寛大な措置を、どうしてとってくれなんだか、という忿懣《ふんまん》は、修理亮が妻にしたという噂《うわさ》をきいた時、あらたに燃えあがったに相違ない。

いわば、こうして、園枝を、二十余年後に、犯したのは、その執念の故でもあった。

「園！　いやとは言わさぬぞ！　わしは、ちさが、わしの子であることも知って居るぞ！　親爺《おやじ》めは、そなたが、身ごもって居ることに気づいて、あわてて、修理亮と、めあわせたのであろうが！　そうであろう！　ちさは、わしの子だ！」

激しく言いはなった軍兵衛は、廊下を仕切る障子へ、鋭い視線をまわして、

「ちさ！　きいたであろうな！」

と、あびせた。

ちさが尾《つ》けて来て、その廊下に、心身のわななきを必死に抑えて、うずくまっているのを、軍兵衛は、すでに、知っていたのである。

ちさの返答は、なかった。

その代り、軍兵衛を愕然《がくぜん》とさせる別の声が、こたえた。

「眠狂四郎も、これを、きいた」

この返辞に、愕然となったのは、軍兵衛ばかりではなかった、ちさも、あっとなって、背後を、ふりかえった。

闇の中に、うっそりと、痩身《そうしん》が佇《たたず》んでいるのを、ちさは、その瞬間まで、まったく気

がつかなかったのである。

「おのれっ！」

軍兵衛は、袂をさぐると、呼子をつかみ出して、口にあてた。

庭には、万一の場合にそなえて、風魔一族の手練《てだれ》者を、六名ひそませてあったのである。

三

庭には、月があった。

その冴《さ》えた光は、一個の黒影と六個の黒影の無気味な対峙《たいじ》を照らして、幽冥《ゆうめい》の死界を彩っている、といえる。

風も落ちた、春の深夜の静寂は、狂四郎が降り立ち、これに風魔一族の手練者たちが迫る動きがあり乍ら、すこしも擾《みだ》されなかったのである。

まだ——。

狂四郎も抜かず、敵陣も鞘走《さやばし》らせてはいなかった。

当然、みなぎるべき殺気も、ここには湧《わ》いていなかった。野良猫がいっぴき、まよい込んで、悠々《ゆうゆう》と、庭を横切って行ったのも、微動もせぬ黒影たちを、立木か石燈籠《いしどうろう》同様に、感じたせいであったろう。

……固着の対峙は、無限につづくかと思われた。

事実、縁側に立った軍兵衛は、あきらかに、焦燥《しょうそう》の気配を示した。

――これだけの頭数が揃《そろ》い乍ら、何故に、攻撃に出られないのか！

もとより、狂四郎に、神速玄妙の秘業がそなわっていることは知っているが、こちらの面々も、一騎打ちに挑《いど》んで、それに劣らぬだけの端倪《たんげい》すべからざる神技を会得している筈であった。

うっそりと、自然な体位のままに、不動を保つ狂四郎は、はたして、いかなる秘業を用いるか、という疑いを、精微の用心に移しているのであれば、これは、あまりに、風魔一族らしからぬ。

その非情さにおいて、戦国の頃の忍者にも比すべき面々である。殺法陣を組めば、完全に、個たるおのれをすて、文字通り、打って一丸となり、水ももらさぬ連繋《れんけい》を成すための一分子と化す。

まず、おのれが第一撃を生むことになっても、それは、功をのぞむが故ではない筈であった。おのれを犠牲にすることに、みじんの躊躇《ちゅうちょ》もなく、あるいはもし、その刹那の彼の胸中に、傲慢《ごうまん》な心機が発しているとすれば、もう敵を斬ってしまっている理をおさめていることであろうか。

――撃て！　撃て！　撃て！

軍兵衛は、心で、絶叫した。

ようやく、それに応《こた》えるがごとく、正面の黒影が、すっと、一歩出た。

「参る！」

一言、ひくく、送った。

狂四郎は、黙然として、氷の眸子《ひとみ》を返しているのみであった。

稲妻《いなずま》に似た白い閃光《せんこう》が、きえーっ、と夜闇に唸《うな》って走るのを、追うがごとく、その黒影が、宙に躍り上がった。

同時に——。

狂四郎の痩軀《そうく》が、地に沈んだ。

飛翔《ひしょう》の速影から、剣を摑《つか》んだ右腕が、黒い血潮の尾をひいて、月かげを慕うがごとく、刎《は》ねあがった。

それと看《み》て、背後の敵もまた、地を蹴《け》って、狂四郎の頭上を襲った。

びゅっ、と宙を截《き》って、振り下ろされたその一剣を、狂四郎は、目にもとまらぬ迅《はや》さで抜きはなった脇差《わきざし》で、受けとめつつ、その五体を、しなやかな弾力をこめて、翻転させた。

左方から、右方から——同時に、斬り込んで来た二個の黒影に対して、無想正宗を、流星のように、走らせたのである。

同じく、胴を薙《な》ぎはらわれた左右の敵は、なお屈せずに、刀身を、狂四郎めがけて、突き出した。あるいは、狂四郎の影を、みごとに刺しつらぬいたと錯覚しつつ、その生命を地べたへすてたものであったろう。

その時、すでに、狂四郎は、大小二刀を、扇型に開いて、一間余を滑《すべ》っていた。背には、栃《とち》の巨樹をせおっていた。

一瞬にして、半数を殪《たお》された敵陣は、しかし、いささかの乱れもみせず、さっと、包囲の陣形を一変させて、じりじりと迫った。

狂四郎は、正面から肉薄する敵に、五体を完全に空けておいて、その大小の剣を、しずかに、地摺《じず》り下段にとるや、徐々に円月を描きはじめた。

それに対して、正面の敵は、ゆっくりと、青眼から直立上段に、構えを移した。

完全に空けた五体は、その直立上段の豪剣の前に、案山子《かかし》同然の無抵抗なものとして、曝《さら》されたかとみえた。

「ええいっ！」

二刀に対する打物の秘伝をこめた、猛然たる一撃が、狂四郎を、脳天から、真二つにした。

とみえたのも、むりはなかった。

振り下ろされたその真っ向うの太刀は、水平の一線で、ぴたっと、停ったからである。

当然、狂四郎が動かなければ、肋骨《ろっこつ》まで、ずーん、と斬り下げられたに相違ない。

その刹那、狂四郎は、膝を折って、頭を、三尺の高さに沈めていた。

真っ向うの太刀は、狂四郎の背後の栃の幹をかすめて、水平の一線で、停ったのである。

すなわち、練達の業前であったばかりに、水平の一線で停めたのであり、それが、狂四郎の計算に入れられていたのである。未熟の腕ならば、斬り下げた勢いをとどめることは能《あた》わず、狂四郎に血煙りをあげさせたに相違ない。

まさに、狂四郎は、対手《あいて》の手練を逆に利用して、万死の中の一活をとったのである。

もとより、身を沈めただけではなかった。

左手の短剣を右へ、右手の長剣を左へ——飛電と化さしめて、その攻撃者の胴を存分に薙ぎ斬って、交差させたのであった。

そのふたつの切先にむかって、円月殺法に酔うた左右の敵が、突進して来たのは、無《む》慚《ざん》であった。

狂四郎の交差した双手から、ぱっと、投げられた長短の二剣は、矢のごとく、左右の敵の胸いたへ、ぐさっと突き立った。

次の瞬間——。

狂四郎は、身を起しざま、のめり込んで来る正面の敵の亡骸《なきがら》を蹴倒しておいて、左右から傾いて来る、二黒影の胸から、おのが二剣を、さっと、抜きとっていた。

と——こう書けば、いかにも、のろくさい動作の継続と思われそうである。

縁側に立つ軍兵衛の目には、どうして狂四郎が生きのこって、なお地上に立っているのか、まったく納得し難いほど、この血闘は、一瞬裡に、終了したのである。

狂四郎が、やおら、こちらへ向きなおるや、軍兵衛は、反射的に、意味をなさぬ叫びを発して、抜刀した。

それに対して、狂四郎は、月明りに、皓《しろ》い歯をみせて、冷笑した。

そして、二刀を、腰に納めると、

「先日、奉行をお手前とまちがえて、年寄りの冷や水は止《よ》されるがよい、と忠告したが、あらためて、お手前に呈上いたそう。……もし、この次に出会うた時、なおお手前の態度が、そのままであれば——斬る！」

最後の一句に、白刃のような鋭さを示しておいて、踵《きびす》をまわした。

「ま、待てっ！」

軍兵衛は、絶叫した。しかし、それは、怯懦《きょうだ》な駄狗《だく》の遠吠《とおぼ》えに似ていた。

狂四郎が、その蓬屋《ほうおく》に、ちさの訪問を受けたのは、それから、数日後であった。

狂四郎は、ちさのいたいたしくやつれた面差しを眺めて、

「母上は、いかがされた？」

と、問うた。

「自害いたしました」

ちさは、俯向いたまま、こたえた。

「おそらく、この結果になるのではあるまいか、と考えていたが……」

「わたくし――」

ちさは、顔を擡《あ》げて、必死のまなざしを、狂四郎に、あてた。

「家を出て参りました！」

「…………」

「貴方様のほかに、おすがりするお仁《ひと》はございませぬ」

「…………」

「お願い申します」

ちさは、畳に両手をついて、頭を下げた。

狂四郎は、当惑の沈黙をまもった。

「わたくしは、ほかに、身を寄せるべきところがありませぬ」

ちさが重ねて言うと、狂四郎は、ようやく口をひらいた。その声音は、冷たかった。

「貴女をひき受けなければならぬ気持も、責任も、わたしにはない」

すると、庭から、すかさず、

「いいや、大あり！」

と、大声で叫んだ者があった。

偶然、たずねて来て、立ちぎきした立川談亭であった。

「大あり名古屋の金の鯱《しやち》、曰《いわ》く因縁、因果な縁の糸車、めぐりめぐりて、――さて、こうなるからは、盲も目があき、躄《いざり》も立つ、という、まことに、はや不可思議な現象を、この駄講めが、ひとつ、おきかせ申しに、ただいま、それへ……這《は》って参ります、這ってな」

談亭が、のこのこ上がって来るや、狂四郎は、無言で、すっと立って、無想正宗を把《と》ると、何処《どこ》かへ行ってしまった。

談亭は、かまわず、ちさの前に坐って、つくづくと眺めて、

「ふーむ！」

と、唸った。

「似たりや似たりあやめ杜若花《かきつばた》――これは、おどろき入りましたわい。……お嬢様、ご安心なさいまし。てまえ主人こと眠狂四郎は、俗に申す、それ――おもては四角で、心はまるい、人は見かけに寄らぬもの、でございましてな。今日から、しっかと、すがりついて、離れちゃいけませせぬぞ」

そう、けしかけておいて、片手で、つるり、顔をなでると、ぽんと胸をたたいた。

「はばかり乍ら、雪隠《せっちん》乍ら、この立川談亭が、軍師として、片肌どころか双肌《もろはだ》ぬぎましょうわい」

変化小袖

一

当時、江戸名物のひとつに「小袖宴」と称する華やかな小袖の展示会があった。

これは、江戸でも屈指の呉服店——芝新橋の松坂屋、尾張町の亀屋《かめや》、恵比寿屋《えびすや》、布袋屋《ほていや》、小伝馬町《こでんまちょう》の大丸屋《だいまるや》、駿河町《するがちょう》の越後屋《えちごや》、日本橋一丁目の白木屋《しろきや》などが、春秋二回、特に乞《こ》うて、大大名の別墅《べっしょ》とか、名園をもっている寺社の塔頭《たっちゅう》などを借り受けて、それぞれ自慢の小袖を展示し、華客を迎えて、酒肴《しゅこう》の接待をする催しであった。

この催しは、元禄《げんろく》年間、柳沢出羽守保明《やなぎさわでわのかみやすあき》が、別墅六義園《べっしょりくぎえん》に、将軍綱吉の生母桂昌院《けいしょういん》を招待したのを濫觴《らんしょう》とするという。

その日、桂昌院は、北郊の道灌山《どうかんやま》、王子、谷中《やなか》、日暮里《にっぽり》あたりを逍遥《しょうよう》して、帰途、ふと思いたって、六義園に臨んだ。あらかじめ、その賁臨《ふんりん》については、内意があったわけではない。

ところが、柳沢出羽守は、よくよく迎合の術に達していたとみえた。桂昌院に扈従《こじゅう》していた秋元但馬守《あきもとたじまのかみ》が、馬を駆って先着し、その旨を伝えるや、出羽守は、咄嗟《とっさ》に、桂昌院をよろこばせる趣向を、思いついた。すなわち、いつの時代にも、老若《ろうにゃく》を問わず、女性がよろこぶのは、美しい衣裳《いしょう》をわがものにすることである。

出羽守は、家臣を八方に走らせて、名のある呉服店から、山のように、美しい衣裳を、略奪するがごとく、蒐《あつ》めて来させた。そして、桂昌院とその侍女たちが、六義園へみちびかれた時には、松杉の枝に、泉石の上に、茅亭《ぼうてい》の壁に、絢爛《けんらん》たる衣裳が、無数にうちかけられていて目をうばったのである。

出羽守は、桂昌院にむかって、これらの衣裳をことごとく献上つかまつります故、何《なに》卒《とぞ》御供方にお頒《わか》ち賜わりますように、と申出た。これをきいて、奥女中たちは、夢かと狂喜した。出羽守が、大奥の評判を、一身に高くしたのは、この時からであった。

この故事を思い出して、ひとつ小袖を肴《さかな》にした園遊会を催して、あわよくば、大奥から、御台所を、お忍びで駕《が》を枉《ま》げさせよう、と企てたのが、駿河町の越後屋であった。一日の現金売高平均二千両と噂《うわさ》されている越後屋であった。一店だけでも、この催しは、できないことはなかった。しかし、それでは、他の同業者から、怨恨《えんこん》を買うおそれがあるので、呼びかけて、一種の組合を組織して、五年前の春に、第一回を催したのであった。

その時は、御台所こそ来駕しなかったが、西之丸大奥から、御簾中《ごれんじゅう》（家慶《いえよし》奥方）をはじめ、百名以上の奥女中が、招待に応じたものであった。以来、年々この催しは規模が大きくなり、豪華になっていた。

今年は、品川北馬場にある万松山東海禅寺の方丈と塔頭三宇が借りられて、催されていた。

この寺の庭園は、茂林、修竹、風帆、沙鳥《さちょう》の勝覧、筆の及ぶところにあらず、といわれているくらい、秀《すぐ》れていた。のみならず、沢庵和尚《たくあんおしょう》が開創した名刹《めいさつ》であるだけに、禅心をすましむる幽玄閑寂のたたずまいであった。それだけに、目ざめるような華麗な衣裳の陳列は、絶大な効果があった、といえる。

眠狂四郎は、一日、立川談亭と因果小僧の七之助をともなって、ふらりと、この会場へ、姿をあらわした。

二

「ねえ、師匠。このうち、どれでもいいや、一枚せしめて、惚《ほ》れた女にきせてやったら、と思わねえ男はいねえでしょうね」

七之助は、談亭にささやいた。

「そうだな。そうすりゃ、女は、びっくり、じゃない、ひっくり、だ。あとへ、けえる、がつかあ。——池塘《ちとう》春草、しっぽり濡《ぬ》れて、うれし泣きやら、笑うやら」

「さぞ、ねだんがはってやがるんだろうな」

「見や、七さん。この衣裳、臨月、と名づけてあらあな、はっているのは、道理だろう。……しかし、佳《い》い図柄だのう。松の枝ごしに、月がかかって、下の泉水に映っている——松に宿をば、仮寝の月も、更けりゃ、浮気で水に浮く、か。ささ、しょんがいな」

「おりゃア、こっちの方が、好きだ。肩から柳がしだれて袖から燕《つばめ》が飛んでいるなんざ、乙ですぜ」

「ついでに、裾《すそ》から、蛙《かえる》がはねあがっていりゃ、もっと乙だあな。かわずに、柳を見てかえる、って語呂《ごろ》が合うぜ」

どの小袖も、町では見られない新しい技術が凝らされていて、目をひきつけずにはいなかった。まことに、江戸小袖は、趣味ゆたかなしゃれた味をつくり出していた。

このように小袖が、真にその美しさを発揮するようになったのは、友禅染が出現してからである。友禅染によって、それまで限定されていた色彩が解放され、思いのままに、自由に図柄を描き出せるようになったのである。すなわち、小袖は、はじめて、個性の美しさを生かすことが可能になり、似合う似合わないというそれぞれの好みによる選択をさせ得るようになり、今年の流行はこの模様で、という売り出しかたもできるようになっていたのである。

……緋綸子地《ひりんずじ》に雪持笹《ゆきもちざさ》の桜模様疋田《ひった》小袖、白地鷹《たか》模様の加賀染友禅、紫地に鯉《こい》の滝上《たきのぼ》り模様、鼠縮緬地《ねずみちりめんじ》に曙染《あけぼのぞめ》の曳舟《ひきふね》模様、茶縮緬地に吉原細見図《よしわらさいけんず》模様など。

眠狂四郎は、そのうちの、紫地に鯉が滝にむかってはねあがっている小袖の前に、立ちどまって、じっと瞶《みつ》めた。

白い水泡を散らして、渦巻く滝壺《たきつぼ》から、瀑布《ばくふ》めがけてはねあがった緋鯉《ひごい》の勢いに、異常な迫力をみとめたのである。

うしろに、人の気配が寄って来た。

「この図柄が、お気に召しましたか？」

浮世絵師菊川春仙の声にまぎれもなかった。

あれから、一度も、狂四郎は、この男の姿を、隣家に見かけていなかった。その持参した画帖《がちょう》に、風魔七郎太が、狂四郎の右腕を肱《ひじ》から両断する図を描いて、それを挑戦状にしたものであったが、狂四郎の方がこれに応じないままに、すでに、十日あまりが経《た》っている。

狂四郎は、べつに、ふりかえりもせず、

「これは、お主の下絵か？」

と、訊《たず》ねた。

「よく観《み》て頂きました。左様でございます。この鯉には、いささか、魔気がこもっている積りでございます。と申すのは、てまえが、日光の奥へ、写生に参りました時、湯滝と申す、凄《すさ》まじい滝を、数日眺めくらしましてね。この滝を上手にのぼりきった鯉は、竜に化身する、という伝説がある由で、その鯉を描いてみたのでございますがね」

「鯉が、竜に化けるか。人間も、飛翔《ひしょう》の術などおぼえると、化け物に近くなる」

皮肉をもらした狂四郎は、とたんに、その衣裳の蔭《かげ》から、自分を凝視する熱い眼眸《まなざし》を感じて、視線を向けた。

すぐに、その者は、顔をかくしたが、お高祖頭巾《こそずきん》をかぶった若い女であった。

狂四郎の脳裡《のうり》に、風魔一族のひとり般若姫《はんにゃひめ》の姿が泛《うか》んだ。

「春仙――」

「はい」

「率直に言わせてもらうなら、この鯉は、みごとに、滝をのぼりきっても、竜とは化さぬだろうな」

「何に化すとお思いで?――」

「力つきて、死ぬだろう」

「さあ、どういうものでございましょうかな。もし、死ぬとお考えならば、いっそのことにのぼりきる努力をはらわせるまでもありますまい。こう――はねあがったところを、貴方《あなた》様の無想正宗で、斬《き》ってすてて頂きたいものでございます」

「明日、巳《み》之刻、三囲《みめぐり》稲荷《いなり》の本社裏手にて、お待ち申上げます」

ひくく、ささやくように言いのこして、浮世絵師は、足早に、狂四郎の背後から、はなれて行った。

「…………」

そこへ、談亭と七之助が、追いついて来た。

「おっ！　あん畜生！　菊川春仙だな」

七之助が、その後ろ姿へ、目を剝《む》いた。

「七さん、吉原《なか》で、格子女郎を抱いているところを、春仙に覗《のぞ》き見されたか？」

「冗談じゃねえ。野郎、途方もねえ絵を書きやがって――」

「どんな絵だな？」

「わたしが、斬られている図だ」

狂四郎がこたえた。

「しゃっ！　眠狂四郎が斬られるとは！　こいつは、面白い。ひとつ、後学のために、見せてもらいたいね。蛙の行列――向う見ず、ってやつだ。あっぱれ、斬ったらこちとら、比丘尼《びくに》のあたまに、簪《かんざし》をさしてみせてやる」

談亭は、そう言って、首をふった。

狂四郎は、歩き出し乍《なが》ら、

——そうか、この小袖宴へ招いたのは、風魔七郎太だったのか。

と、合点していた。

何者とも知れず、この催しの招待状が、昨日、届いたのである。

華麗な小袖の展示を観せておくのは、明日の決闘にあたって、何かの仕掛けがほどこしてあるということの暗示なのであろうか。

三

宵——。

愛宕《あたご》の下通り——桜川に沿うた藪小路《やぶこうじ》にある無名屋敷の奥の一間で、風魔七郎太は、横笛の調子をしらべていた。

すこしはなれて、縁側ちかくに、さし込んで来た月かげに、その白い貌《かお》を向けているのは、般若姫であった。

膝《ひざ》に、水晶の乳鉢をのせていた。中に、紅色の花びらが入れてあった。朱の葵《あおい》の刺青《いれずみ》をする薬なのである。七郎太が首尾よく、眠狂四郎の右腕を断って、その身柄を拉致《らち》して来たならば、さっそく、股間《こかん》へ、朱の葵の刺青をする算段であった。

風魔一族の若い人たちが契る相手は、男女を問わず、その股間に、朱の葵の刺青がほどこされていなければならなかった。それが、きびしい掟《おきて》であった。

般若姫は、狂四郎に、侮辱をくわえられて以来、その蒼白《そうはく》な異相を、脳裡から払いすてられなくなっていた。それまでは、旗本随一の美男であり、文武ともに群を抜いた俊《しゅん》髦《ぼう》である妻木源之進を、わがものにし、その子を身籠《みご》ることばかり、一途《いちず》に想《おも》っていた。ところが、突如として、狂四郎が出現して、この企てを砕き去るや、般若姫にとって、妻木源之進の存在など、たちまちに、遠く薄れてしまったのである。

もとより、尋常な手段で、狂四郎と契ることは叶《かな》わなかった。片輪《かたわ》にして拉致し、刺青をほどこし、さらに秘薬を用いて、契るよりほかなかった。その用意を、今宵のうちに、ととのえておかなければならぬ。

般若姫は、乳鉢に、紅い花びらを入れて、すりつぶしかけて、ふっと、昼間、小袖宴の会場で窺《うかが》い看《み》た狂四郎の姿を、思い泛《うか》べると、急に、じぶんの為《な》そうとしている企てが、滑稽《こっけい》なものに考えられたのである。

――あの男を、わがものにしようなどとは、あまりにも、身の程知らずの計画ではあるまいか。

何気ない一動作にも、微塵《みじん》の隙《すき》もない男であった。小袖の蔭へかくれようとするじぶんに、くれた鋭い一瞥《べつ》は氷のように冷たかった。こちらの心身は、かくれてもなお、かすかな戦慄《せんりつ》がつづいたくらいである。

それだけに、いま想うあの男の魅力は、たとえ様もない。

無謀であればあるだけ、一層、契りたい欲求は、強く烈《はげ》しい。般若姫は、このたび、頭領の地位に即《つ》いた少年の実姉であった。なまなかな相手など、選べなかった。

「七殿――」

般若姫は、七郎太をかえり見た。その貌は、妖しいまでに、月かげに冴《さ》えていた。

「そなたの腕前を疑うのではありませぬが、念のために、その自負する所以《ゆえん》をうかがっておきましょう」

訊ねられて、十九歳の若者は、にやりとした。いかにも、残忍な表情であった。

「眠狂四郎は、われら一族の誰に比べても、まさるとも劣らぬ非情な人物と、きき申した。それがしが看るところは、ちがう。渠《かれ》の日頃の行動より察して、おそらくは、多情多恨の性根の持主か、と思われる。数奇な宿運の下に生れた男らしい有情をそなえて居るに相違ない。その有情を、いかに利用して、破るか――戦いは知を始《はじめ》と為す、と申すゆえ、ここが肝心のところ。人を致して人に致されざる方略を、明日は用いる所存なれば、期して、お待ち願いたい」

「眠狂四郎の有情を利用する方略とは――？」

「明日、それがしは、横笛を、正調と破調と二音に吹きわけ申す。これを、甲乙の調べといたそう。まず、甲音の調べで、鳥獣どもを踊らせてみせる。これは、調子が高く、人間の耳にはきこえぬが、鳥獣はききわける。そのただ中に、狂四郎を立たせて、疑惑を起させる。次いで狂四郎が、それがしの仕掛けた罠《わな》の中にふみ込んで参ったならば、急に調べを、乙音に変える。罠は、その時、何たるかをあきらかにいたす。狂四郎と雖《いえど》も、これを視《み》て、心を動揺させざるを得まい、と存ずる。この刹那《せつな》をはずさず、狂四郎の右腕を、それがしの居合で断つのは、据物を斬るにひとしい」

「むざと、罠にかかるような男であろうか？」

「罠にして罠にあらず。罠にあらざる罠こそ、彼奴《きやつ》の胸底にひそめた有情をかき擾《みだ》すものと、心得る。ご安堵《あんど》あれ。必ず、姫の前に、彼奴の五体を横たえてみせ申す」

同じ時刻、狂四郎はまた、一人の女性と相対していた。ちさであった。

床柱に凭《よ》りかかって、長いあいだ、身じろぎもせずに、目蓋《まぶた》をとざしていた狂四郎は、やがて、ひくく、

「……このような宵が、いつか、あったな」

と、もらした。

俯向《うつむ》いていたちさは、顔を擡《もた》げて、狂四郎を視た。

狂四郎の眸子《ひとみ》は、遠くへ送られていた。

「お亡くなりになった奥さまと、ご一緒の頃のことでございましょうか？」

ちさは、談亭から、その薄倖《はっこう》な女性のことをきかされていた。美保代というひとと、

じぶんは、酷似しているという。

狂四郎は、ちさに視線をあてると、

「わたしが、好んで、そうしたわけではないが、わたしに、身を添えて来た女たちは、一人のこらず、非業の最期をとげている。……妻は、生涯妻を持たぬときめたわたしの許《もと》に来た。わたしは、その時、今夜、その身を抱くことは、明日を約束したことにならぬ、とことわった。それでもよいのか、と問うと……」

そこまで語って、遽《にわ》かに、眸子の奥に、陰火のような無気味な光を燃やした。

「わたしが、同じ問いを、貴女に投げたら、どう返辞をする？」

ちさは、意志づよく、狂四郎の視線を受けとめて、

「女は、心にきめたこと以外は、なにも考えませせぬ」

と、こたえた。

「わたしは、貴女の父上を斬っている。わたしと貴女の間には、すでに、暗い因果が生じている」

「わたくしが、お亡くなりになった奥さまに似ていることも、因果のひとつにかぞえられます」

「………」

「わたくしは、家を出て参ります時、このからだは、貴方様のものときめたのでござい

ます。どうして、そのような気持になったのか、じぶんでもわかりませぬ。でも——いったん、きまったこの心は、変えようがありませぬ」

ちさは、狂四郎のそばへ、寄った。

必死に、瞶《みつ》め乍ら、

「ちさは、明日のことなど、考えては、おりませぬ！」

喘《あえ》ぎとともに、さけぶように言った。

四

三囲稲荷は、小梅村の田圃《たんぼ》の中に在る。故に、田中稲荷ともいう。

隅田川を小舟で渡って、桜樹の並ぶ東岸に着くと、すぐ鳥居があり、これをくぐって、ほぼ二町あまり、田圃の中の並木道を辿《たど》る。

晴れて、あたたかい日であったが、路上に影を落して行くのは、狂四郎だけであった。江戸の町中、稲荷社だらけなので、初午《はつうま》祭が過ぎると、かえって、こうした遠い場所にある社など、閑散となる。左右の田圃に、ちらほら、農夫の姿があるばかりであった。

二の鳥居をくぐると、乾門《いぬいもん》に至る。

こちらからは、社殿の脇《わき》へ入ることになるのである。

狂四郎は、門を入ると、すぐ右手にある手洗所に寄って、手を洒《あら》い、口を漱《すす》いだばかりか、顔も洗った。神仏に背を向けて生きている男としては、珍しい振舞いであった。

これが、必勝を祈願するための振舞いでなかった証拠は、社殿を無視して、その前を、ゆっくりと通り過ぎたので、あきらかであった。

狂四郎は、境内の中央をまっすぐに通じた甃石《しきいし》をふんで行き、それが直角に折れて、御供所とつなぐ渡廊《わたどの》の下をくぐっているのに従って、裏手へ、身をはこび入れた。

ところで――。

渡廊をくぐった地点で、奇怪な見世物が、狂四郎の眼前に起った。

不意に、およそ十五、六匹の蝮《まむし》が、鎌首《かまくび》を立て乍ら、一列になって、するすると、走り出たかと思うや、狂四郎の足もとで、とぐろを巻いて、動かなくなったのである。しかし、狂四郎は、それが全く目に映らぬように、悠々《ゆうゆう》と、その一匹の上を跨《また》ぎ越した。

とたんに、左右から、褐色の猛犬が凄まじい勢いで吠《ほ》えかけた。そのせなかに、それぞれ、巨猿が立っていて、たけだけしく、白い歯をひき剝《む》いた。

狂四郎は、それらに、一瞥さえもくれなかった。

と――いつの間にか、甃石の両脇を、狂四郎に添うて蝮どもは、音もなく進んでいた。

それればかりか、本殿の屋根の稚児《ちご》棟にとまっていた数羽の鷹《たか》が、一斉にはばたいて、狂四郎めがけて、翔《か》け降りて来た。

顔や肩や背中を、すれすれに、羽音《はげ》烈しく掠《かす》める猛禽《もうきん》の速影を、狂四郎は、耳目を持たぬ者のように、黙殺した。

これから闘う者の心気をかき擾《みだ》す趣向としては、まことに鮮やかな、鳥獣の駆使ぶりであったが……。

狂四郎に対しては、この意外の手段も、なんの役にも立たないか、とみえた。

狂四郎は、依然とした無表情で、甃石の切れた地点で、しずかに足を停めた。

二間のむこうに、三剣葵の熨斗目《のしめ》をつけた風魔七郎太が、立って、横笛を、口にあてていた。

そして、いかにも、懶《ものう》い春昼にふさわしい、やわらかな調べをかなでつつ、一歩一歩、あとへ、退《さが》りはじめた。

狂四郎は、見えぬ糸でひきよせられるように、足をふみ出した。

七郎太が、退って行った松の疎林の中には、これは、何を意味するのか、小袖《こそで》宴で展示されていた豪華な衣裳が、そのまま、ここにはこばれて、枝にかけ拡《ひろ》げられてあった。

いわば、江戸小袖をもって、幔幕《まんまく》にかえた試合場といえた。

七郎太が、その小袖幕の奥に退り、狂四郎が、入口に立った時――。

どのような仕掛がほどこされてあったものか、それらの小袖幕が、ひとしく、するすると、滑って、ふわっと地べたに舞い落ちた。

その蔭から、あらわれたのは――。

寝みだれた緋の長襦袢《ながじゆばん》すがたの遊女、陰部もあらわに二布《ゆもじ》をしぼる海女《あま》、浴室で侍女にせなかを流させる上﨟《じようろう》、小姓に背後からはがい締めにされて、太腿《ふともも》までも、裾をはねあげた奥女中、はては、空閨《くうけい》のさびしさに堪え得ず、あさましく両脚を拡げて、小犬に、そこをくらわせている町家の後家など——。菊川春仙が心魂をこめて描いた恍惚絵《こうこつえ》の掛軸が、およそ十数幅。

男ならば、この趣向に出会って、はっと、われを忘れて、固唾《かたず》をのまざるを得まい。

狂四郎と雖《いえど》も、例外ではない筈《はず》であった。

その刹那を、七郎太は、はずさなかった。

狂四郎の眉間《みけん》めがけて、横笛を、発止と投じておいて地を蹴《け》って、飛躍しようとした。

だが——。

その飛躍を制す狂四郎の一喝の方が、間髪の差で、はやかった。

「たわけっ！」

いつの間に抜きはなったか、横笛を両断した無想正宗を右手にダラリと携げて、

「おのが小ざかしい仕掛けの成果のみに心を奪われて、その仕掛けの裏をかくこちらの仕掛けに、気がつかぬとは——よく看ろ！　わたしのまなこに、光があるか！」

と、言った。

七郎太は、狂四郎の双眸《そうぼう》を、視なおして、あっとなった。

成程、一瞥しただけでは、ふつうの目であった。しかし、その黒瞳には、活《い》きた光は宿っていなかった。

「お主たちのような、魔性の料簡《りようけん》を誇る種族と果し合うには、無用のまなこは、閉じることにした、と思うがよい」

そう言って、狂四郎は、にやりとした。

双眸に嵌《は》めたのは、大鯉《おおこい》の鱗《うろくず》で作った義眼であった。手洗所で、顔を洗った時、すばやく嵌めておいたのである。

鳥獣どもの奇怪な跳梁《ちようりよう》を黙殺できたのも、これら、恍惚絵を展示され乍らもみじんの動揺をおぼえずにすんだのも、この薄い膜のおかげであった。

「但《ただ》し、盲目となったわたしに対して、お主は、依然として、有利の立場にある。持っている業《わざ》をことごとく使って、なお、わたしに敗れるものなら、それはよほど、運がなかったことになろう。運があるかないか……かかって来い、若いの！」

それから四半刻《とき》ばかりのち、お高祖頭巾で顔を包んだ般若姫が、急ぎ足に到着してみると、七郎太は、鯉の滝上りの小袖を褥《しとね》にして、仆《たお》れていた。

その眼眸は、かっと瞠《みひら》かれて、なお、おのれの敗北が信じられないように、宙を睨《にら》んでいた。

お洒落狂女

一

「師匠、一人で、何をぶつぶつ言い乍《なが》ら、歩いていなさる？」

花曇りの、ぬるんだ陽気に行き交う人影も淡く溶けている通りを、立川談亭は、席亭からの戻りであろう、黒紋付の小袖《こそで》に黒の羽織をまとって、しきりに、張扇《はりおうぎ》を打つ真似《まね》をし乍らひろっていたのである。

声をかけられて、顔を擡《もた》げると、

「ははは……ひとり思案の心はよそに、花は笑うている憎さ、かの。江戸一番の講釈師ともなれば、毎月、新作で長講一席の苦心が要るな」

「先月の明智左馬之助、琵琶湖《びわこ》の渡りは、よかったぜ。あれのつづきですかい？」

「あれは、あれきり、読みっきり。琵琶の湖水とわたしの眉《まゆ》は、今日も粟津《あわず》に皺《しわ》が寄る。こんどは、ぐっと趣きを変えてな、お前さんのような、お袋が亡くなっても、平気で女郎買いしている悪党にも、思わず水っ洟《ぱな》をすすりあげさせるような人情噺《ばなし》を、ひとつ

──くわしくは、三十二文払って、寄席《よせ》できかっし」

やがて、談亭が、入って行ったのは、糊貼《のりばり》の招子《かんばん》をかかげた書舗《ほんや》であった。何某先生らの新著の書目を記した広告びらが、やたらにぶらさげられて、春風にひるがえっている。

正面に唐本、両壁に雑本が、うず高く積まれ、帳場格子の中の主人《あるじ》の姿も見えないくらい、昏《くら》い店内であった。

「ごめんなさいよ」

古書をめくっている貧しげな医師の卵らしい青年のわきをぬけて、帳場に上がった談亭は、

「あるじ、見つけたかな？」

「はい、やっとね」

手垢《てあか》のついた粗末な読物本を受けとった談亭は、披《ひら》いて、「狂女粧紅粉」とあるのを見るや、

「これだ、こいつが、話の種になり、飯の種になる」

これは、二十年ばかり前に書かれた、街の噂《うわさばなし》話を集めた本であった。

談亭は、その場で、声をあげて、読みはじめた。

……狂女は、いずくの者、いずれに住むことを知らざれども、世人、仙岱《せんたい》狂女と称す。眼前看《み》るところ、およそ二十年来、容色変ぜず。一嚢《のう》を負い、木履《ぼくり》をはいて聯歩《れんぽ》し、しばしも髪を乱し衣裳《いしょう》を破ることなく、朝に櫛梳《くしけず》り、夕に粧《よそお》う。着るところのもの、ある時は紅、ある時は白。古《ふ》りたりといえども、綴《つづれ》を引くことなく、暑さに涼しきを着、寒きに温かなるを重ね、荒年《こうねん》にも飢えず、水旱《すいかん》の労なく、三界を家とし、所在きわめず、汚れに坐《ざ》せず、しいて乞《こ》うことなく、夫婦の家にて物を取らするに、男の手より皆て受《かっ》けず、妻女の手より与うる時は、袖に納め、銭あれば蘭麝《らんじゃ》をもとめ、脂粉を買う。

中島の狗犯煉、下むらの油求めうれば、さわりなき簷下《のきした》に寄りて、形を作る。冬は、負暄《ふけん》して糸針をもて衣裳をつくる。ああ、摩姑《まこ》仙女、清しといえども、爪《つめ》とらざれば見ぐるし。毛女剃《そ》らざれば、毛深し。絵に画《か》ける小町も、百年《ももとせ》の姿は、つづれを垂れ、菰《こも》を持てり。なんぞ縫わざるや、なんぞ食器をあらわに持てるや。

この狂女、一嚢の中に調度の満てるとみえて、食する器をあらわさず、いくばく年を経ても、顔色常に同じ。蜂腰《ほうよう》かがまず、俤《おもかげ》のかわりて年のことを嘆ずる色もなし。遊歴するところ、日を重ねることなく、市中に遊ぶかとみれば、田家にあり。これ、地仙というべからむ。

あまたの不思議あるには、その姿を写して、賛あらんことを思う。

容嬌仙岱女　寿数且無知　疑自蓬莱到　紅顔似昔日

根をたえてうきとも知らぬ浮草の
　さそわぬ水に身をまかすらん
狂女とも見えず柳の風しずか
梅の雪これや仙女の身だしなみ
俤のかわら撫子《なでしこ》野石竹
　いつまで草の花のかんざし

「どうだい、いいねえ、あるじ。当節の尻軽な白っ歯娘に、このお洒落《しやれ》狂女の爪の垢でも煎《せん》じてのませてやりたいね。……ひとつ、これに因果をからませて、仇討物《あだうちもの》に仕立て上げようというわけさ。風儀頽廃《たいはい》した澆季《ぎょうき》の末世に、張扇をもって、警鐘となす、般若《はんにゃ》経《きょう》や法華経《ほけきょう》を誦《よ》むよりは、よっぽど、効果があろうと思うが如何《いかん》？」

「如是我聞《にょぜがもん》。仏書はさっぱり売れませんわい」

その時、土間に立っている医師の卵がふりかえって、にやにやし乍ら、

「談亭師匠。お洒落狂女は、いまも、いますよ」

と、言った。

「くしゃっ！　おどかしっこなし、飯の種が水の泡《あわ》になる。ほんとですかい、書生さん？」

「私が、この目で見ましたよ。その話にそっくりなんだ。滅法美人で、いつ出会っても、きれいに化粧して、辰巳《たつみ》の羽織もおよばぬような仇《あだ》っぽい着つけをしているから、ふしぎですよ……。師匠、いっぺん、出会ってごらんなさい。飯の種が水の泡になっても、後悔しないいくらい美人だから——」

二

そのお洒落狂女が、人々の前にあらわれたのは、金杉の横小路にある毘沙門《びしゃもん》堂の寅日《とらのひ》の縁日であった。

この毘沙門堂は、どういう由来をもっているのか、寅日に詣《もう》でて、燧石《ひうちいし》を買って家《いえ》土産《づと》にすると、霊験《れいげん》あらたかで、商売繁昌《しょうばいはんじょう》するといわれていて、この日は大層にぎわった。

この群衆の中に、身分ありげな装いをした娘が、歩いていた。

当時、武家娘と町娘のすがたが、画然と区別されていたことはいうまでもないが、この娘のいでたちは、そのどちらともつかなかった。

あたまのかたちは、御殿女中風であったが、衣裳は大店《おおだな》の箱入娘の贅《ぜい》をつくした盛装とかわらぬ華やかさであったばかりか、その着つけは、深川芸妓《ふかがわげいこ》のように小意気に仇めいていたのである。そして、素足に、駒《こま》下駄をつっかけていた。年齢は、二十歳ぐらいであろうか。

透《とお》るように白い肌をした、気品のある細おもては、人目を惹《ひ》かずにいなかったが、一瞥《べつ》して狂女と知れたのは、あわれであった。

およそ、きちがいというものは、その瞳孔《どうこう》のひらき具合と、身のこなしに、そのうつろさが示される。

美しさも、かえって、妖しいものに思われて、人々は道をあけた。

身分のある娘が、独《ひと》り歩きするなどいうことはなかった時代である。まして、狂女である。付け人がいないはずはなかったが、はぐれてしまったのであろうか。

ところで、狂女は、ほかのきちがいとは、すこしちがって、その歩行ぶりが、きわめて敏捷《びんしょう》であった。見た目には、ふつうに歩いているのだが、それが氷の上でも滑るように、なめらかで、大層迅《はや》いのであった。人々が道をあけるや、それが当然であるかのように、わき目もふらずに、進む。いかにも、大勢の人にかしずかれて、くらしている大様さを示すものとも受けとれた。

時おり、ふと立ちどまって、きょろきょろと見まわす様子は、やはり、街へ出たもの珍しさのせいであったろう。

そのうち——、

「あ！　綺麗《きれい》！」

と、呟《つぶや》いて、つと、一軒の土産物屋の店さきに寄った。

狂女が目をつけたのは、藁束《わらたば》にたくさんさしてある、柳の小枝に縁起物をつるした繭《まゆ》玉《だま》であった。縁日なら、どこにでもある一枝五文ほどのしろものにすぎなかった。

春の風に、小枝につるされた小判や宝船や骰子《さい》や鯛《たい》や当矢《あたりや》や大福帳が、さらさらとゆれている。

狂女は、そのひとつを、藁束から、ひょいと抜きとった。そして、うれしそうに、にっこりすると、歩き出した。

「おっと、ただ取りはいけませんや」

土産物屋の若い衆は、とび出して、娘の振袖をつかんだ。

ところが、さて、これは五文払わねば渡せぬと教えても、さっぱり意味が通じない。まわりから、野次馬がはやしたてるので、若い衆は、かっとなって、

「ええい、こん畜生！　連れはいねえのか！　いねえのなら、番所へつき出してくれるぞ……繭玉一本だって、盗《と》りゃ、ぬすっ人《と》だい！」

と、喚《わめ》いた。すると、狂女は、どう考えたものか、あたまから、簪《かんざし》をぬきとると、

「はい」

と、若い衆にさし出した。金細工で、立花が珊瑚《さんご》でつくられてある見事な品であった。

「な、なんでえ?」

しりごみする若い衆に、ぽんと抛《ほう》り渡しておいて、狂女は、藺玉をかざし乍ら、あっという間に、人ごみの中へ、消えてしまった。


「なある——。こっちの方が、二十年前のお洒落狂女よりも、無邪気でいいや」

医生から、話をきいて、談亭は、膝《ひざ》をたたいた。

「その狂女が、近頃、あちらこちらへ出没というんですね!」

「そうです。これは、湯屋の二階できいた噂ですが……」

医生は話をつづけた。

つい数日前のことである。

腕ききの掏摸《すり》が、美しく装うてひとり歩きする狂女をただ者ではないと看て、その懐《ふところ》ろのものをねらって、あとを尾《つ》けはじめた。

浅草寺《せんそうじ》境内の雑踏の中であった。

狂女は、やがて、

「あ——綺麗！」

と、さけんで、とある絵草紙屋の店さきへ、走り寄った。

目をかがやかして、見入ったのは、灯を入れて、くるくるとまわっている廻り燈籠《どうろう》であった。人気役者の影絵を浮かせたものであった。

狂女は、先日おぼえた知恵で、高価な簪を抜きとると、

「はい、これ——」

と、手代に渡しておいて、その廻り燈籠を、携《さ》げると、店頭をはなれようとした。

「あっ、お嬢様、こんな大切なお飾りものを、紙細工ととりかえなすっちゃ、いけませんﾞ」

手代が、あわてて、呼びとめた時。

隙《すき》をうかがっていた巾着切り《きんちやくき》が、すっと、狂女に寄って、かるくつきあたりざまに、箱迫《はこせこ》をすり取った。いや、すり取ろうとした。

とたんに——、

「痛《いて》えっ」

思わず、悲鳴をあげた。

手くびを逆にとられていたのである。

次の瞬間、自分で勝手にはねあがって、トンボを切るように、くるっともんどり打っ

て、巾着切りは、一間さきに、したたか、たたきつけられていた。

「ありゃア、ただのきちがいじゃねえ。雌天狗《めすてんぐ》が化けやがったんだ」

折れた手を、頸《くび》からつった巾着切りが、真顔で、仲間に語った、という。

その光景を目撃していた一人が、湯屋の二階で、まことしやかに告げたところによると、巾着切りをなげとばした時、狂女の白い腕が、あらわになったが、その二の腕に、朱の刺青《いれずみ》があった。

「それが、葵《あおい》の紋どころだから、おどろかあ」

と、言われて、きいていた人々は、

「ちょっ、さげをつけやがった」

一杯くわされたと、慍《おこ》ったものであった。

「いや、ほんとだ！　まちがいねえんだ。おそれ多くも将軍家の紋どころを、刺青してやがったんだ」

やっきになって、言いはったが、誰もとり合わなかったそうである。

談亭に語る医生も、

「いくらなんでも、葵の刺青はしていますまいが、ともかく、興味のあるお洒落狂女ですよ」

と、言った。

聞き手は、しかし、いつの間にか、ひどく緊張した面持になっていた。

——葵の紋が、二の腕に刺青してある？　こいつは、どうやら、眠狂四郎の出番ということになりそうだて！

談亭は、胸の裡《うち》で、呟いていた。

三

もうそろそろ丑刻《うしのこく》（午前二時）であったろう。

古風な燭台《しょくだい》の小さな灯かげに、おのが影法師を、背後の壁に、巨《おお》きく匐《は》わせ、ゆらめかせ乍ら、一人の人物が先程から、身じろぎもせずに端坐していた。

忍びの装束をしていた。膝に置いた右手の、小指の爪が、黒く光っていた。凡庸な、目だたない面貌《めんぼう》は、なぜか、暗く沈んでいる。まだ若い男であった。

遠く、廊下を近づいて来る気配があった。

男は、黒指党の手練者《てだれ》とも思われぬ、虚無的な溜息《ためいき》をひとつ、もらした。

例によって、粗末な鼠色《ねずみいろ》の木綿ものを着て、たっつけをはいた統率者は、上座に就くと、いきなり、

「何故《なにゆえ》の怠慢か、訊《き》こう」

冷たい語気で、求めた。

本名正木要《かなめ》というこの党士は、常に独りで行動する任務を与えられていた。すなわち、忍びの役目であった。

忍びとしては天才で、黒指党が、しばしば、風魔一族の行動を事前に知ることができたのも、この男の耳目の働きによるものであった。

正木要が、目下命じられているのは、風魔一族が、「江戸館《えどやかた》」と称している屋敷内の様子を探索することであった。

黒指党には、まだ、その「江戸館」の在処《ありか》さえも、判《わか》っていなかった。

正木要が、命令を受けてから、すでに、二十日あまりになる。これまでの要の耳目をもってすれば、疾《と》うに、つきとめ、さぐっている筈《はず》であった。しかるに、要は、なんの報告も、もたらしていなかったのである。

「正木、返答できぬか！」

「…………」

「お主が、江戸館の在処と内情を未《いま》ださぐって居《お》らぬ、とは言わせぬ」

「…………」

「日光奥より出て参った一族の軍師が、わが党の襲撃をしりぞけて、江戸館に入った、と報告したのはお主ではなかったか。然《しか》るに、軍師を迎えた後の一族の行動に就いては、お主は、一度も報告いたそうとせぬ。……正木！　お主は、よもや、その軍師に捕えられて、わが党を裏切って居るのではあるまいな？」

「毛頭、左様なことはありませぬ」

「では、何故の怠慢か？」

「それがし、忍びのお役目のみにては、あきたらず、野心を抱きました」

正木要は、俯向《うつむ》いたままで、言った。

「なんの野心か」

「斯《か》の軍師こそ、風魔一族を支配する事実上の頭領と観《み》てとり……これを、それがし一個の力で、討って取る野心を抱きました」

黒指党員は、命じられた任務以外に、自己の意志を働かせることは、厳禁されている。一糸みだれない秩序と統率のもとに、行動するためには、この党規を守らねばならなかった。

げんに、風魔一族のあまりの強敵ぶりにあせった党士が、策謀をもちいて眠狂四郎をこれに当らせようとして失敗したことが露見して、統率者から、一言の弁明も許されずに、首を刎《は》ねられている。

正木要の怠慢が、まことに、その野心を起したためのものであれば、統率者としては、断乎《だんこ》として許せぬ、処刑にあたいする罪であった。

しかし、統率者は、沈黙を置いたのち、

「相違あるまいな？」

と、ひくい声音で、念を押した。

「相違ありませぬ」

「よし。では、三日の猶予《ゆうよ》を与えよう。軍師の首を、この部屋に、持参せい！」

そう命じた。

正木要は、無言で、頭を下げた。

統率者としては、正木の言葉を信じたわけではなかった。正木の稀《まれ》にみる忍びの術を惜しんだのである。

四

興行物の打出し太鼓が、川面《かわも》を渡る暮六つ——

眠狂四郎は、両国の並び茶屋「東屋《あずまや》」の奥の間で、仰臥《ぎょうが》していた。

一刻《とき》ばかりのうちに、銚子《ちょうし》を七、八本ならべていた。料理には、一箸《はし》もつけていなかった。

狂四郎は、すがって来たちさを、しりぞけて、家を出てから今日で八日ばかり。一度も帰宅していなかった。吉原に流連《いっづ》けていたのである。

胸の中に、昏い空洞ができたような、名状し難いむなしさで、酒は水のように不味《まず》かった。

——ずうっと以前、これと、そっくりな状態があった。

ぼんやりと、そう思った。

後頭で手を組み、じっと目蓋《まぶた》をふさいでいると、そのまま、地底へひきずり込まれるような、堪え難く不快な、平衡感覚の狂いはじめる恐怖に襲われることが、屢々《しばしば》であった。

業念をおしかくして、常に冷たい、無感動な容子を保っている不自然な生きかたが、急に、内面で、音たてて崩れるのであったろうか。

無頼なこの男の特質は、その墜落の恐怖の中で、いつまでも、微動もせずにいられる異常な忍耐強さであった。

「あっ——びっくりするじゃないか！」

店さきで、茶汲《ちゃく》み女が、悲鳴をあげた。

音もなく、すっと入って来た客に、ふりかえったとたん、顔がぶっつかりそうになったからである。

入って来たのは、七之助であった。

「へへ……びっくりするのは、こっちだあ。人三化七《にんさんばけしち》め」

「へん、お化け面でわるかったね。主の来る夜は、お顔を三つ目《みめ》、お顔見ぬ夜はろくろ首、って知らないだろ」

七之助は、奥に入ると、狂四郎に、小声で、

「見つけましたぜ、お洒落狂女を――。いま、河っぷちを、狂い胡蝶《こちょう》のように、ひらひら、やって来まさあ」

と、告げた。

狂四郎は、談亭から話をきいて、七之助にさがさせていたのである。

「あとを尾けやすか？」

「ついでに、その家へ忍び込め」

「合点――」

七之助は、出て行きぎわに、茶汲み女に、

「いいか、男にもてるせりふを教えてやるぜ」

「ふん――」

「ぶっつかりそうになったら、こう――胸に両手を置いてな、当って砕けて身はこなごなに、なるを承知の水の月、暁までは、こうして濡《ぬ》れているわいな、と言ってみな。男は、ぞくぞくとして――」

「どうするのさ？」

「つかまったら、月は月でも、運のつきだと、小便ひっかけて逃げて行かあ」

「畜生！」

七之助が出て行くと入れちがいに、宗匠頭巾《ずきん》の老人が、入って来た。

衝立《ついたて》のわきから、無断で、入って来た老人を、狂四郎は、薄目をひらいて、仰いだ。

「お主、狂女のあとを、小泥棒に尾けさせたが、どうする気だな？」

夢買いの老人は、茶袱台《ちゃぶだい》のむこう側へ坐《すわ》って、訊《たず》ねた。

「さあ、どうするか、まだきめては居らぬ」

狂四郎は、仰臥したままこたえた。

「では、わしの方から教えて進ぜようか」

「…………」

「お主が、あの無心な狂女を女にしてやる役割をはたす」

「…………」

「これは、まちがいない予言だ、と思うがよい」

狂四郎は、やおら身を起すと、黙って、のこり酒を、茶碗《ちゃわん》についで、ひと息に飲んだ。

それから、老人を、正視すると、

「わたしは、すでに、お手前の一族を、八名までも斬《き》って居る。すておけば、悉《ことごと》く斬るかも知れぬ。それでよろしいのか」

と、言った。

すると、老人は微笑して、

「この前も申した通り、技倆《ぎりよう》に差があるかぎり、一族の者が、つぎつぎと斬りすてられるのは、やむを得ぬ仕儀であろうな。……そのうちには、お主に勝つ者も出るであろう。味方が殪《たお》されたからと申して、怨恨《えんこん》を抱くような狭い料簡《りようけん》など、わが一族は持たぬ。弱い奴《やつ》は滅びる——自明の理じゃ。それよりも、あの狂女を女にしてくれるのは、お主を措《お》いてほかにないことだけは、心得ておいて頂こうか」


薄暮の中を、七之助は、おどろくばかりの迅《はや》さで河岸道を過ぎて行く狂女のあとを、夢中になって尾けていた。

七之助は、もう一人、自分の背後から、狂女を尾けている者があることに、すこしも気がつかなかった。

それは、黒指党の忍び正木要であった。

狂女のうしろ姿へあてている眼眸《まなざし》は、しかし、非情な忍びにもあるまじく、熱っぽかった。正木要は、いつか天衣無縫な狂女に、恋していたのである。

恋のために、おのが任務さえも放棄しようとしていたのである。

恋ぐるま

一

——今夜も、お戻りにならない。

ちさは、闇《やみ》の中に、目をひらいて、そのことを考えていた。

狂四郎は、ちさが、処女の羞恥《しゅうち》を押し伏せて、必死にすがった時、すげなくしりぞけて、出て行き、そのまま、今日まで、一度も帰宅していないのである。

女として、これ程の悲しみはなかった。処女が、身も心もなげ出して、嘆願して、拒否されたのである。普通の娘なら、絶望の果てに、あるいは、その生命をすてることにもなろう。

ちさは、少女の頃から、ふしぎなつよい霊感を、わがものにして育って来た。もとより、どんな少女でも未来に対して、いろいろな想像の翼をひろげるものだが、ちさの場合、他の少女たちの想像とちがっていたのは、一人の男を慕うために、じぶんは、あらゆる苦しみに堪える運命にある女だ、という霊感を、いつの間にか、はっきり抱いていたことであった。

対手《あいて》がどんな男であるか、ということまでは思い泛《うか》べることはできなかったが、その男に出会ったならば、ひと目でこのひとだ、と判《わか》るに相違ないと考えていたし、それがどんなにおそろしい素姓や性格を持った男であろうとも、じぶんは、いのちを捧《ささ》げるだろう、と誓うこともできた。

封建制度のきびしい、一挙手一投足までが、形式に律せられ、儀礼に縛られた時代であった。殊《こと》に武家の娘ともなれば、四六時中、ほんの片刻《かたとき》さえも、自由に振舞う時間を与えられてはいなかった。したがって、ちさのような聡明《そうめい》な女性でも、おのずから、その想像するところは、おのが心身をしばる喜悦であったのは、いたしかたがない。

現代的表現をもってすれば、男のためにつくすことを、女のよろこびとする、という神の摂理を、ちさは、じぶんを最も哀《かな》しい犠牲者にすることで、確証してみたかったのであろうか。

孰《いず》れにしても、ちさは、じぶんの霊感に疑惑をさしはさんだことは、一度もなかった。

そういう強さをそなえている娘であった。

眠狂四郎に、はじめてあった瞬間に、

「このひとだ！」

と、直感した、といえば誇張になろう。

印象としては、その暗い風貌《ふうぼう》や態度は、怕《こわ》いものであった。ただ、その容子や声音が、日が経《た》つにつれて、かえってしだいに、心の中で、鮮やかに、甦《よみが》えるようになってから、ちさは、じぶんの霊感を、狂四郎に、むすびつけた、といえる。

ちさが、自害した母をとむらっておいて、狂四郎をたずね、

「貴方《あなた》様のほかに、おすがりするお仁《ひと》はございませぬ」

と願ったのは、決して不幸に遭った娘の一時の感傷ではなかったのである。すくなくとも、じぶん自身では、しっかりした決意による行動であった。

ちさは、狂四郎が、帰って来るまで、いつまでも待っていられるのであった。当座こまらぬだけの金子も用意して来ていたし、孤独の淋《さび》しさにも堪えられるのである。

――今夜、お戻りにならなければ、明日の夜は、屹度《きつと》お戻りになる。明日の夜も、ひとりで待ちあかしても、あさっての夜がある。

この希望は、じぶんをなぐさめるために、呟《つぶや》くのではなかった。たとえ、半年さき、一年ののちになっても、その日まで、毎日の期待は、すこしもぐらつかない筈《はず》であった。そこが、普通の娘とちがうところであった。……ちさは、目蓋《まぶた》をとじた。

しずかな睡《ねむ》りが来た。とたんに、烈《はげ》しい力で、雨戸一枚がはずされる音に、ちさは、反射的に、身を起した。

狂四郎をいつでも迎えられるようにきちんと衣裳《いしよう》をつけているちさは、牀《とこ》からすべり

出て、正坐《せいざ》した。

「ちさ！」

伯父——いや、実父軍兵衛の、険しい声音が、呼んだ。

「ちさ！　明りをつけい！」

ちさは、黙って、燧石《ひうち》を打った。

螢火《ほたるび》のような小さな灯が、しだいに赤い光を増して、闇を隅々に押しやった。

ちさは、山岡頭巾《やまおかずきん》を被《かぶ》った老人と、はじめて、視線を合せた。

まさしく、二十年間、父と信じて思慕して来た亡き人と、すんぶんちがわない容貌の持主であった。しかし、まったくの別人であった。亡き人は、このようなおそろしい険悪きわまる形相など、ただの一度も、示したことはなかった。

ちさにとって、この人物は、あくまで憎むべき敵でしかなかった。

「ちさ！　屋敷へ戻れ！」

「戻りませぬ！」

「たわけ！　恥を知らぬか！」

軍兵衛はたちまち激昂《げっこう》して、全身を顫《ふる》わせた。極度の癇癖《かんぺき》は、この老人を、少年のように前後を忘れさせ、狂わせるようであった。

「不倶戴天《ふぐたいてん》の仇敵《きゅうてき》に、身をまかせて……そ、それで、朝比奈家の女《むすめ》かっ！」

「朝比奈家の仇敵は、貴方様でございます！　父上に非業のご最期をとげさせたのも、母上をご自害にまで追いつめたのも！」

ちさは、冷やかに、言った。

「黙れ！　なんの仔細《しさい》もわきまえずに、眠狂四郎ずれに、援助をたのんだおのが浅知恵こそ、このたびの不幸を招いたと知れ！……きけっ！　この朝比奈軍兵衛が、私利私欲に目晦《くら》んで、闕所物《けっしょぶつ》を手に入れようといたして居《お》る、などと思うたならば、実父をはずかしめるもはなはだしいぞ！　闕所物は、大義断行のためにつかわれるのじゃ！」

「大義とは、なんの大義でございましょう？」

「今は、申せぬ」

「おきかせ下さらねば、わかりませぬ」

ちさは、きっぱりと、言った。

二

「なんだ、小ざかしげな、その面つきは！」

軍兵衛は、躍りかかって、擲《なぐ》りつけたい衝動を辛《かろ》うじて抑えている様子をみなぎらせ乍《なが》ら、

「きかせてやるぞ！　われらが、現在、上様としてたてまつっている将軍家は、贋《にせ》もの

だ！　まことの将軍家は、ほかに、おいでだ！……応永のむかし、松平信光公が、岩津山上に城を築いて、三河の曠野《こうや》を睥睨《へいげい》された時より、この麾下《きか》に在って、忠勇無比、辛酸を嘗《な》めて来た徳川譜代の苗裔《びょうえい》として、贋ものを上様にいただくことは、大義のために、断じてゆるされぬ。二代将軍秀忠公の正統を、正しく継ぐお方を、将軍職にお即《つ》け申してこそ、譜代たる者、あらゆる苦難を凌《しの》いで、徳川家を天下に覇《は》せしめたわれらが先祖にむくいる道ではないか！　この大義を断行いたせば、祖廟《そびょう》も、ために感じて動くぞ！」

喚《わめ》きたてる老人を、ちさは、この上もなく滑稽《こっけい》なものに眺めた。

二代将軍秀忠の血統をひいていないことをもって、どうして、贋ものよばわりしなければならないのか。まず、そのこともおかしかったが、それが事実としても、それに対して、老いの身を狂気のごとく昂奮《こうふん》させなければならないことは、いったい、どうしたわけなのであろう。

現将軍家が、名も知れぬ土民の家から出て来て、幕府を横あいからうばったのであれば、徳川譜代の家臣として、その覆滅を企てるのもよい。現将軍家はもとより、代々の将軍家は、幕閣の重だった人々や、御三家が協議して、その職に即かせたのである。当然、家臣は、それにしたがわなければならぬ。

いまごろになって、二代将軍の血統をひいたものがいる、と主張して、これに天下をとらせようと計画するなど、烏滸《おこ》の沙汰《さた》というもおろかである。第一、そんな者がいる、と信じることが、狂気した証拠であろう。

——なんというおろかな熱情であろう！

ちさは、むしろ、軍兵衛をあわれんだ。

軍兵衛は、なおも喚きたてていたが、ちさが、全然きいていないことに気がつくや、

「おのれっ！　ちさ！」

かっとなって、差料を抜きはなった。

老人の供をして、庭に立っていた風魔一族の一人らしい覆面の士が、

「いかぬ！　ご老人、それは、いかぬ！」

あわてて、縁側へとびあがって来た時、老人は、その瞬間までは斬《き》る意志は毛頭なかったにも拘《かか》わらず、とどめられようとするや、かえって、白刃を摑《つか》んだ腕を、逆上にゆだねてしまった。

したたかな手ごたえをおぼえ、そして、ちさのからだが、悲鳴とともに傾くのを視《み》て老人は、われにかえった。

「なにをなされる！　おのれの娘を斬るとは！……斬らねばならぬのは、眠狂四郎でござるぞ！」

背後からきめつけられた老人は、虚勢をはる意識も働かず、茫然《ぼうぜん》と自失した。

ちさは、必死の気力で、いざって、床柱に身を凭《よ》りかけると、軍兵衛を、にらんだ。

「お、おかえり下さい！……二度と、貴方様には、会いたく、ありませぬ！」

そう言って、目蓋をとじた。そのまま、からだが、地の底へ、ひき込まれるように、意識が遠のいて行った。


――お戻りになった！

この呟きは、意識をとりもどす途中で、なされた。

そして、はっきりと、意識がかえった瞬間、ちさは、枕《まくら》もとに、その人が坐《すわ》っているのを、感じた。

うれしかった。

こうまで、ふかく、じぶんの心が、その人にかよっていたことが、うれしかった。

ちさは、目蓋を、うすく、ひらいた。

まちがいなく、宙の一点へ、暗い眸子《ひとみ》を置いている狂四郎の横顔が、ちさの上に、在った。

ちさは、むさぼるように、その横顔を瞶《みつ》めた。肩に受けた創痍《そうい》は、烈しく疼《うず》いていたが、よろこびは、そのいたみさえもおさえた。

狂四郎は、ちさを見ようとせずに、押し出すように言った。

「すておけば、そなたは、去るであろうと思っていたが……」

「いえ！」

ちさは、かぶりをふった。

「わたくしは、ここよりほかに、住むところはありませぬ」

「そのために、斬られたではないか」

「でも、こうして、生きていて……、貴方様にお戻り頂きました」

「偶然にすぎぬ。そなたが死ななかったのも、わたしが戻って来たのも――」

狂四郎が、夜更《よふ》けて帰宅した時、ちさは、傷の手当をされて、牀に寝かされていたのである。狂四郎には、すぐに、下手人が誰であるか、推測することができた。

「偶然でないのは、わたしに身を添えて来る女たちが、例外なく、不運に遭うことだ。これは、この前も、申した」

「そのかたたちは、そのために、ひとりでも、悔みましたでしょうか？」

「…………」

「女の心は、女であるわたしには、よくわかります。……不運に遭えば遭うほど、女にとって、貴方様は、かけがえのないお方になります。貴方様は、そういうお方なのです。……いま、貴方様が、わたくしを、にくんでおいでになることもわかります。でも、わたくしは、こうして手負うたおかげで、貴方様が、そばにいて下さるのが、うれしゅう存じます」
やはり、予感通りに、この女をも、不幸にしてしまった、と狂四郎を暗然とさせてい
る——そのことが、とりもなおさず、ちさにとって、よろこびになった。このふしぎな
心理の機微から、どうにもならぬ宿命的な男女の絆《きずな》が織り出されるのであろうか。

三

ふと、気づいて、狂四郎は、立って、雨戸を繰った。
春の朝陽《あさひ》が、猫の額ほどの庭にも、幾種類かの草花を、美しく咲かせていた。
しばらく、それらの花々へ、眼眸《まなざし》をおとしていた狂四郎は、音もなく、ひょいと姿を
見せた七之助に、黙って隣家へ行け、と命じた。
風魔七郎太を討ち果したので、隣家は再び空家になっている筈であった。菊川春仙も、
もう戻っては来まい。
「どうした?」
縁側に腰かけてから、狂四郎は、目を落ち窪《くぼ》ませた七之助の顔を眺めた。
「どうもこうも……全くもって、阿呆《あほう》に法がない、擂木《すりこぎ》に鞘《さや》がない、擂鉢に蓋《ふた》がない
——滅茶苦茶《めちゃくちゃ》でさあ」
七之助は、なんともあと味のわるいものを目撃して来た苦渋面をして、かぶりをふっ

た。

「どんな光景を眺めさせられた？」

「色模様でさあ。そいつが、ただの色模様じゃねえんで――」

七之助が、狂女のあとを尾《つ》けて行くと、吾妻橋《あずまばし》の袂《たもと》に、一挺《いっちょう》の駕籠《かご》が待ちうけていて、さっと狂女を乗せて、走り出した。

水戸家の下屋敷に沿うて、まっすぐに小梅村に下り、常泉寺つづきの林の中に、高い土塀をめぐらした、かなり宏壮《こうそう》な屋敷内へ、駕籠が消えるのを見とどけてから、忍び入った。

母屋の天井裏を、ものの半刻ちかくも、蝸牛《かたつむり》のように、移動した。忍びよけの仕掛が、はりめぐらしてあったので、極度に神経を使わなければならなかったのである。

やがて、とある座敷の天井の張終《はりじまい》の板を二分あまりずらして、覗《のぞ》き下ろしたとたん、七之助は、ごくっと生唾《なまつば》を嚥《の》んだ。

赤い絹縮みの夜具の上に、全裸の男女が、抱き合っていたのである。

――やってやがる！

七之助には、しかし、ひと唾嚥み込めば、さまで好奇心をそそられる光景ではなかった。しばしば、大名屋敷や大きな町家へ忍び込んでいるので、もっとみだらな、いやらしい光景をいくたびも、見せつけられていたからである。

すぐに、別の部屋をさがすべく、目をはなした時、

「これ、おゆり様！　ようく、ご覧《ろう》じませ！」

きびしく言いきかせる年配の女の声が、ひびいた。

はっとして、再び、隙間《すきま》へ目をつけてみると、なんの目的があってか、すこしはなして、もう一組の夜具が敷き延べられ、狂女は、そこに坐らされていたのである。

いかにも、所在なさそうに、掛具に描かれた胡蝶《こちょう》をつまみとろうとするしぐさをしているのが、この際、隣の褥《しとね》の上の必死な営みと、甚だ対蹠的《たいしょてき》であった。

「おゆり様」

小意地の悪そうな四角な顔の老女が、すり寄って来て、

「わかりませぬかえ？　え？　四郎太殿と千枝はな、綺麗《きれい》な稚児《やや》をつくるために、こうして、睦《むつ》び合って居りますのじゃ。……おゆり様も、綺麗な稚児を生みとうはありませぬかえ？」

と、肩をゆさぶった。

狂女は、当惑の面持で、組み合った裸身たちを見やっていたが、

「生みたい」

と、こたえた。

「生みたければ、好きな男子をさがして、このように睦び合わねばなりませぬぞえ」

「いやじゃ」

狂女は、かぶりをふった。

「どうして、いやなのじゃ？　え？　綺麗な稚児を生むためにはな、こうして、ここを……」

老女は、遠慮もなく、片手を、狂女の膝《ひざ》のあいだに割り込ませようとした。その真剣さが、七之助を、思わず、噴飯《ふきだ》させた。

刹那《せつな》――千枝なる女を抱きかかえていた風魔四郎太が、ぱっとはね起きざま、長押《なげし》の手槍《てやり》を、摑みとるやおそしと、その天井板を、つらぬいた。

紙一重の差で、これを躱《かわ》したのはよかったが、はずみに、忍びよけの張り綱に、片足ひっかけ、たちまち、屋内に鈴の音をひびきわたらせてしまった。

――もう、いけねえや！

いさぎよく観念して、その場に胡坐《あぐら》をかいてしまった。

そのおり、

「おい――」

闇の中から、ひとつの声が、かかった。

透かして見ると、武士らしい影が、闇に黒く滲《にじ》んでいた。

「お前は、眠狂四郎の乾分《こぶん》と自称する盗賊であろう？」

「へい、……お前様は？」

「黒指党の忍び役、正木要と申す者だ。……もどって、眠狂四郎に伝えい。黒指党にも、血のかようた人間がいた、とな」

言いのこすや、七之助をはねのけるようにして、張終の板をはずすや、身軽く、褥の上へ、――狂女のそばへ、とび降りていた。

次にとった正木要の行動は、これもまた、狂気じみていた。

いきなり、狂女の双腕を摑むや、

「そなたが好きだ！　契《ちぎ》らせてくれ！　おれは、そなたを眺めているうちに、恋をした！」

と、かきくどきはじめたのであった。

四

「あいてがいけませんや。いくら、死にもの狂いで、かきくどいたって、蛙《かえる》の面に水、暖簾《のれん》に腕押しで、さっぱり、こたえませんや」

七之助は、そう言い乍ら、いたましそうにかぶりをふった。

「…………」

狂四郎は、遠くへ眸子を据えて、無言であった。

——非情な忍び役が、狂女に、恋をしたという！　狂女の無心な挙措や言葉に、いつか惹《ひ》きよせられたに相違ない。非情な忍び役であればこそ、それが、強く胸にこたえたのであろう。

この眠狂四郎も、人間らしい感動をおぼえるのは、子供たちが無心に遊んでいる姿を見かける時だけである。非情な、虚無の世界を生きている者の唯一の弱点が、ここにある。

狂四郎には、正木要の胸中が、掌《て》にとるように、判った。

「それで……、どうした？」

「なんとも、あと味のわるい幕ぎれまで、見とどけて来ましたがね」

七之助は、舌打ちして、やりきれなさそうに、かぶりをふった。

狂女は、かきくどく正木要に、いきなり、平手打ちをくらわせて、

「ばかっ！」

と、叫んだそうである。

そして、風のように、奥へ走り込んでしまった。

風魔四郎太ら数名の若者に、包囲された正木要は、わるびれずに、切腹することを乞《こ》うて、宥《ゆる》された。

その最期は、まことに、見事であった。

また、風魔一族の処置も、礼儀正しかった。

正木要は、白装束を与えられ、その座敷を、切腹の座とし、四郎太を介錯人《かいしやくにん》に指定して、承諾を、受けた。

畳の上に、四尺四方のあさぎ布も張られた。

座に就いた正木要は、末期の水を盛った茶碗《ちやわん》を、三方より受けとって、喫しおわり、鍔《つば》なしの小脇差《こわきざし》が、さし出されるや、

「銘は？」

と、問い、郷義弘《ごうのよしひろ》というこたえに、満足して、杉原紙を逆巻きにして、逆手に持つと、うしろに控えた四郎太をふりかえって、

「よしなに——」

と、挨拶《あいさつ》をすませておいて、左の脇腹へ突き立てた。

左手で、腹の皮を、左へひき寄せておいて、ぎりぎりと、右脇腹まで、ひき切った正木要は、その小脇差を、抜いて、三方に返して、首をさしのべた、という。

介錯の四郎太もまた作法鮮やかに、項《うなじ》の髪の生際《はえぎわ》を、気皮を掛けて、丁と撃ち落した。

気皮を掛けるとは、のど皮一枚残して斬ることである。のど皮一枚のこさずに、斬りはなしてしまうと、首は、六七尺も、むこうへ飛んでしまうのである。

すなわち、のど皮一枚のこせば、抱き首といって、切腹人は、おのが首を、わが双腕

で抱くようにして、俯伏《うつぶ》すことができるのであった。

……がっくりと、首が膝へ落ちるや、切り口から、凄《すさ》まじい勢いで、血潮が、噴き飛んだ。

　とたんに、

「あ！　綺麗っ！」

　華やかな感動の叫びが、発しられた。

　いつの間にか、狂女が戻って来て、襖《ふすま》の隙間から覗き見ていたのである。

「べらぼうめ！　首が刎《は》ねられるのを見て、綺麗だとぬかしやがって、——いくら、なんでも、こいつは、気ちがいだからといって、ゆるせねえと思いましたねえ」

　七之助は、まざまざと、その光景を思い泛べて、義憤に堪えぬ面持であった。

　それについては、狂四郎は、何も言わずに、縁側から腰を上げると、

「夢買いの老人をたずねて行って、つたえてくれぬか。近日中に、眠狂四郎が参上する、と」

「どうなさいますんで——？」

「乗りかかった船だ」

　そう言いのこして、狂四郎は、わが家へ戻った。

　ちさは熱のために潤《うる》んだ眸子で、狂四郎を迎えた。

狂四郎は、言った。

「そなたを立川談亭のところに預けよう」

「傷が癒《い》えましたら、ここへ戻って参ります」

「それは、そなたの勝手だ」

ちさは、目蓋をとじると、微笑しつつ、

「……うれしい！」

と呟いた。

狂四郎は、床の間から、無想正宗を把《と》って、腰に帯びると、しずかな足どりで、おもてへ出た。

——あの娘自身が、えらんだ道だ。おれの知ったことではない。

家のたたずまいも、行き交う人影も、輪郭がぼやけたような春昼の街なかをひろって行き乍ら、狂四郎はおのれに言いきかせるように、胸の中で、独語していた。

美しき死

一

美しく晴れて、初夏にちかい温度をしめした日であったが、午《ひる》から風が出て、その風に乗って来た黒い雲が、あっという間に、空を掩《おお》うて、下界を、黄昏《たそがれ》よりも暗いものにした。

女や子供を怯《おび》えさせる雷鳴が落ちて、雨は、はげしく、屋根や路面に、しぶきをあげた。と、思う間もなく、まだ雨足がのこっているのに、陽《ひ》がさして来たかとみるや、まことに、あっけなく、もとの青空にもどった。

とあるしもたやの檐下《のきした》から出た眠狂四郎は、一時に人影を払った往還を、遠く見て、

——消えたな。

と、思った。

雨が来る前まで、数間前を歩いていた武士のことであった。どこといって、変ったところのない、ごく普通のさむらいであった。もし、むこうから来たのであれば、そのま

ま、気がつかずに、すれちがったに相違ない。しかし、人間のうしろ姿というものは、よほど枯れた人物でない限り、かえって、その正体を不用意に露呈する。視《み》たのが、眠狂四郎である。

ただ、漫然と歩いているだけでも、おのずから、ちがっていることが判《わか》る。まして、ひとつの必死な目的を抱いて、行くのであれば、これは、かくしようもない。

一瞥《べつ》、きわめて目立たない武士であるだけに、これはただ者ではないとさとった瞬間から、もう目をはなせなくなっていた。

気がついたのは、両国橋を渡りかけた時であった。

おもしろい、と思ったのは、狂四郎自身が行く道すじを、宛然《さながら》先導するように、その武士が、歩いて行ったことである。

そして、にわか闇《やみ》にまぎれて、消えた。

駒形堂《こまがたどう》を、向う岸に望む北本所の河岸道であった。

——消えた者は、さがしてもはじまらぬ。

狂四郎は、ふところ手で、ゆっくりと歩き出した。

吾妻橋《あずまばし》の袂《たもと》を過ぎ、そこから向島になる枕橋《まくらばし》へさしかかった時、狂四郎は、しのびやかな足どりで、後を歩いて来る者に、気がついた。

——こんどは、おれが尾《つ》けられているのか。

苦笑が浮んだ。

と——、水戸家の下屋敷の蔭《かげ》から、一人の、これも、きわめて平凡な武士があらわれて、狂四郎の行手をふさいだ。

狂四郎は、頭をまわした。後の者は、にわか闇にまぎれて消えた武士にまぎれもなかった。

狂四郎は、前後の武士とともに、小指の爪《つめ》を漆黒に染めているのを、みとめた。

前の武士が、鄭重《ていちょう》な物腰で、言いかけた。

「率爾乍《そつじなが》ら、お願いしたき儀があり申す」

「…………」

「風魔一族の江戸館へ乗り込む目的をもって、この道を辿《たど》られると存ずる。……差控えて頂けまいか」

語気も穏やかなものであった。

「お手前がたが、乗り込むと言われる？」

「いや、まだその時機ではござらぬが……。われわれの仲間が一人、江戸館へ忍び入ったまま、戻って参らぬ故、この理由をたしかめなければなり申さぬ。あるいは、わが党を裏切ったのであれば、これは、すて置けぬ大事でござる」

狂女の前で切腹して果てた正木要という忍び役のことを指すのだ、と狂四郎は、判っ

たが、わざと教えずに、

「左様か。では、乗り込むのは、遠慮いたそう。……念のために、お手前がたの、これからとられる処置について、うかがっておこう」

「…………」

対手《あいて》は、口を緘《と》じた。

狂四郎は、薄ら笑い乍ら、

「狂女を生捕ろうとされるのか」

ずばりと、言いあてた。

対手の眸子《ひとみ》が、光った。沈黙が、肯定を意味した。

「はたして、生捕れるものかどうか、これは、見物させて頂くとしよう。孰《いず》れへも加担せぬことは、この場でお約束する」

二

一梃《いっちょう》の駕籠《かご》が、その屋敷から出たのは、黒指党二名が、物蔭にひそんで待ちかまえてから、ものの半刻《とき》も経《た》たないうちであった。

護衛者はいなかった。待ち伏せた者が襲うには、格好の場所が、ほど遠からぬところにあった。

片側は、松の疎林であり、一方は、古寺の土塀がつづいていた。

党士たちは、音もなく躍り出るや、猛然と、駕籠《かご》舁きを襲った。ただの駕籠舁きではない、と看破したのは、賢明であった。

必殺、と心気をこめて送り込んだ刃風を躱《かわ》すのも鮮やかであったし、躱した次の刹那《せつな》には、もう、息杖《いきづえ》とみせて、仕込んであった無反りの白刃を、抜きはなっていた。

闘いは、目まぐるしかった。

しかし、駕籠舁きの役を命じられているのは、やはり、一族のうちでも、下級の者たちであり、黒指党の手練者《てだれ》に、一籌《いっちゅう》を輸したのは、やむを得なかった。

殆《ほと》んど同時に、血煙りの下に、地面へ崩れた。

狂女は、すでに、駕籠から抜け出て、この凄惨《せいさん》な光景を、眺めていた。べつに、なんの表情も泛《うか》べてはいなかったが、返り血をあびた党士たちが、左右から迫って来るや、

「ばか！」

と叫びざま、あたまから、簪《かんざし》を二本、左右の手に抜き持った。

一瞬——両の振袖《ふりそで》が、ぱっとひるがえった。

見事な、手裏剣打ちであった。

右手の簪は、左の敵へ、左手の簪は、右の敵へ——両手を交差させて、びゅっと打ってみせた。

陽を撥《は》ねて、煌《きら》めきつつ、宙を縫った簪は、あやまたず、双敵の咽喉《のど》を襲った。

疎林の中に彳《たたず》んでいる狂四郎は、打った瞬間、狂女の瞳《ひとみ》がとじられているのを看《み》て、

——これは！

と、思った。

盲目で打つ手裏剣術は、「銭投法」という。寛永の頃、手裏剣の名手毛利玄達が発明した業《わざ》であった。すなわち、穴あきの小銭を、柱につるしておいて、三間をへだてて、打ち、その穴を貫く。これは、左右の手に、十八本ずつ、手のうちにひるがえして打つのであるが、その打つべき点を見さだめておいたならば、投擲《とうてき》線を狂わせぬために、あえて、盲目となる。毛利玄達は、幼時通風を患って跛《ちんば》になっていたので、左右の手を均等に使うことが不自由であったのを、盲目になることによって、克服した、という。いわば、異常の術である。

しかし、この「銭投法」は、わずかに柳生流兵法秘伝「新陰流兵法家伝書」と、柳生流秘伝解説書「本識三問答」に記録されているばかりで、この時代まで、伝えられてはいない。

尤《もつと》も、手裏剣術は、武芸十八般の内ではあるが、公然と奨励できない御法度《ごはつと》武芸で、かなり厳重な取締りを受けている。今日の拳銃《けんじゆう》のような扱われかたであった。

将軍家及び親藩以外では、秘密に習練することさえも遠慮していたのである。

ちなみに、将軍家には、武術修得上にひとつの掟《おきて》があった。対手武芸——すなわち、剣・柔・槍《やり》の武術は、見学だけにとどめ、かわりに、弓・馬・手裏剣の一人武芸だけを、可とされていた。柳生流秘書の中に、

「……十字手裏剣の儀は他言あるまじき事、殊に、将軍家たるべき者は、この事をば、用いさせ給《たま》う可《べ》きもの也」

と、ある。

すなわち。

狂女が「銭投法」を会得しているのは、風魔一族が、われらこそ、徳川家の嫡流と誇るために、その武芸においても、これを証明しているものであろう。

両党士とも、この鋭い飛器を、発止と搏《う》ち落したのは、流石《さすが》であった。

狂女は、おのが手練を払われて、狂った心にも失望感が湧《わ》いたのか、両手を胸でかさねて、肩をすくめた。

党士たちは、刀を鞘《さや》に納めると、ゆっくりと、油断なく、寄って来た。狂女に、柔術も備わっていることを知っていたのである。

むずと、両手を摑《つか》まれた狂女は、しかし、意外におとなしかった。

後ろ手にくくられようとして、わずかに、いやいや、とかぶりをふってみせた。

その瞬間、どうしたのか、まず、右側の党士が、

「あっ！」

と、叫んで、顔を仰向け、両手を、目にあてた。

つづいて、左側の党士も、

「うっ！」

と、呻《うめ》いて、ぎゅっと双眼をつむると、俯向《うつむ》いた。

「ほ、ほ、ほ、ほ……」

狂女は、さもおかしそうに、美しい澄んだ笑い声をたてると、走り出した。

いつの間にか、狂女は、吹針を口にふくんでいて、これで、敵たちの目をつぶしたのである。

ともに、激痛に堪えかねて、膝《ひざ》を折った党士たちに、疎林から出て来た眠狂四郎の皮肉な声音が、投げられた。

「たしかに、見物させて頂いた。……実とみせて虚、虚とみせて実、狂った頭脳に、このかけひきがあったとは、お手前がたがさとられなかったのも、むりもない。お気の毒であったと申し上げておく」

狂四郎は、そう言ってから、駕籠の中に置きすてられてある文函《ふばこ》を把《と》った。

紐《ひも》を解き、蓋《ふた》をひらいてみてから、頷《うなず》いて、もと通りにして、党士の一人の膝に置いた。

「この文函の中に、お手前がたの仲間の遺髪が入っている。どうやら、狂女は、この遺髪を届けるために出て来た、と思われる。お手前がたが襲うまでもなかったことだ。狂女の方から出向いたのだ。……わたしの耳にしたところでは、正木要とやら申される御仁は、狂女の美しさと、天真爛漫《てんしんらんまん》さに、魅せられて、おのれからすすんで捕虜となって、切腹した、という。裏切った、といえば裏切ったことになろうが、お手前がたがおそれている裏切りかたとは、意味がちがっていたことだ。安堵《あんど》されるがいい。……どうやら、狂女を生捕る役は、この眠狂四郎の番にまわって来たようだ。盲目になったお手前がたに見物して頂くわけにいかぬのが、ざんねんだが、こちらにとっては、かえって、幸いと申すもの。生捕りかたにもいろいろある。もしかすれば、それがしのやりかたが、いちばん、残忍で、下等かも知れぬ」

狂女は、すでに、十間ばかりさきを、踊るように進み乍ら、にこにこと、空を仰いで、

「綺麗《きれい》！　綺麗！」

と、口走っていた。

虹《にじ》が、中空に架っていたのである。

三

その頃、因果小僧の七之助は、血相かえて、狂四郎のあらわれそうなところを、片は

しから、かけめぐっていた。

へとへとになって、最初にとび込んだ両国の並び茶屋「東屋《あずまや》」へまた舞い戻って来て、やっぱり来てないと知って、がっくりと床几《しょうぎ》へ、腰を落した。

「どうしたのさ、七さん。眠の旦那なんて、糸の切れた凧《たこ》みたいなものじゃないか。さがしまわるだけ無駄さ」

朱塗竈《しゅぬりかまど》のわきから、緋縮緬《ひぢりめん》の前掛をつけた茶汲女《ちゃくみおんな》が、気の毒そうに、いった。

「べらぼうめ、眠狂四郎とこの七之助はな、切っても切れねえ、主従三世の契《ちぎ》りだあ。てめえのような、そこいらの甚助と、納豆の糸みてえにくっついたりはなれたりしてやがるすべたに、男と男の心意気なんざ、金輪際《こんりんざい》わかるけえ」

「そんなに契りが深けりゃ、行先ぐらい、ちゃあんと、わかる筈《はず》じゃないか。あやしいもんだ。先生の方は、お前さんなんぞ、糸瓜《へちま》の皮ほどにも考えちゃいないのさ」

「置きやがれ、鼻べちゃの鍋《なべ》っ尻《ちり》め。女の夢は見たこたあ、ねえが、御主人様の危急存亡の夢は、ちゃあんと見るんだ。夢は夢でも、てめえっちが、よだれをたらして、情夫《いろ》に抱かれている金毘羅《こんぴら》ふねふねの尻ふり夢とは、わけがちがわあ」

「へん、だ。夢でこがれさせる程、主《ぬし》は、あたしをすてて置くものか。ゆうべも、かよって来てくれて――よかったねえ。春の夜は短かすぎてさ……鐘がつらいか、鴉《からす》がいやか、帰るかえるの声がいや。ああ、たまらない」

「くそくらえ！」

七之助は、またもや、昨夜、未然を告示する能力を、夢の中で、働かせたのである。常宿にしている浅草馬道の木賃宿で、くさい煎餅布団《せんべいぶとん》をひっかぶっているうちに、ぱっとはね起きた。

――いけねえ！

はっきりと、いまみた夢が、ただの夢でない、とさとって、まなこを血走らせた。

天下無宿の自分が唯一の主《あるじ》とたのむ眠狂四郎が、女と寝ていると、その周囲で、怪物どもが、奇妙な身ぶりで、囃《はや》したてている。そこへ、例の全身白ずくめの、目も鼻も口もない、のっぺらぼうが、幽霊のように、現われたのである。狂四郎は、起き上がった。しかし、枕元《まくらもと》には、刀が置いてないではないか。無腰で正坐《せいざ》した狂四郎は、まるで、首を刎《は》ねてくれ、と言わんばかりに、俯向いた。

――冗談じゃねえ！

七之助は、夢の中で、憤然となった。

――眠狂四郎が、こんなのっぺらぼう野郎に降参してたまるけえ！

躍起になって、無想正宗をさがしまわっているうちに、目がさめたのである。

「ど、どういうんだい、こん畜生っ！」

七之助は、腕ぐみして、大声をたてたものだった。

この前、夢でみた通りに、日光街道上で、その白ずくめの人物から慶長大判五枚を貰《もら》っている七之助であった。

こんども、これが正夢であることは、疑う余地はなかった。

しかし、眠狂四郎が、あの白ずくめに降参するということが、あり得るだろうか。

「とんでもねえや！　大べらぼうの、こんこんちきだあ！」

七之助は、木賃宿をとび出すと、まっしぐらに、狂四郎の家へ、すっ飛んで行き、留守だと知るや、それから、狂気のように、かけまわったのである。

「まったく――どこへ消えちまったんだ、旦那は！」

七之助は、腕組みすると、床几の上に大胡坐《おおあぐら》をかいた。

四

狂四郎は、夢買いの老人と対坐《たいざ》していた。

本所の横川に架った法恩寺橋を渡ると、法恩寺のほかに、永隆寺、本仏寺などという、古い寺院がならんでいる。その門前町にある、せいぜい小役人の役宅程度の家に、老人は仮住いしていた。

狂四郎のかたわらに、狂女が、坐《すわ》っていた。狂四郎が、つれて来たのである。奇妙な変化が、狂女に起っていた。

狂女は、つれられて来た時から、老人などには目もくれずに、狂四郎の貌《かお》を、食い入るように、瞶《みつ》めつづけていた。街なかをさまようていたおりの、移り気な、せわしい目《め》遣《づか》いは、まるで、この男に出会うためであったように、必死ともみえる表情であった。理由があった。狂四郎は、狂女をとりおさえるにあたって、その処女のからだの奥にねむっていた隠微な官能を刺戟《しげき》してみたのである。当て落しておいて、疎林の中にかかえ込み、けがれを知らぬ胸の隆起や黒い茂みの蔭の陰阜《いんぷ》などへ、巧妙な指頭の愛撫《あいぶ》を試みて、意識を甦《よみがえ》らせてみた。この淫靡《いんび》な振舞いは、はじめて、狂女の心を、男に傾けさせる効果があった。

狂四郎が、狂女をともなって、この家をおとずれるのに、なんの造作もなかった。狂女は、いっしんに、狂四郎を瞶め乍ら、おとなしく、跟《つ》いて来た。

夢買いの老人は、意外な狂女の様子に、咄嗟《とっさ》には、狂四郎がどのような手段で、おのれに惹《ひ》き寄せたか、納得しがたい面持であったが、点前《てまえ》をふるまって、狂四郎が井戸の茶碗《ちゃわん》を把りあげるのを見戍《まも》っているうちに、

——そうか！

と、合点したことであった。

点前がおわったところで、老人は、口をひらいた。

「われらが一族に、きびしい掟があることは、すでに、お主も、ご承知の筈だが……中

さば、狂気の者に対しても、これを容赦せずに、適用いたして居《お》る」

「御一統のうちには、気のふれる御仁が多いのではないか」

狂四郎は、冷たい微笑を泛《うか》べ乍ら、皮肉をあびせた。

老人は、これにこたえず、

「狂気の者は、子孫をのこすわけには参らぬ。よって、すみやかに、処分いたさねばならぬ。……お主は、この娘がそなえている見事な業前を、すでに観《み》られたであろう。われら一族の名をはずかしめぬ秀《すぐ》れた娘であった。今春、狂うまでは、いずれ、ふさわしい抜群の若者をさがしあてて、女合《めあわ》せたならば、どんな天賦《てんぷ》の子を生むか、と愉《たの》しみにいたして居ったが、二十歳を迎えて、このていたらくと相成った。されば、すぐにも、引導わたさなければならぬところを、その母のたっての願いがあった、と思って頂こう」

たとえ狂ったにせよ、斯《か》くまでに美しく生れた娘に、せめて、一度だけ、女のよろこびを与えてやりたい。それが、母親のねがいであった。

一族の評議の上で、その願いは容《い》れられた。但し、娘自身が、おのが本能によって、対手をえらばねばならぬ、という条件がつけられた。

色情を発する狂女ではなかっただけに、この条件は、苛酷であった。街なかをさまよわせたのも、男女交合の光景を見せつけたのも、ひとえに、狂女に、男を求める本能を起させるためであった。如何《いかん》せん、狂女は、街に出ても、男には目もくれず、繭玉《まゆだま》や廻り燈籠《どうろう》などに、心をうばわれた。男女が睦《むつ》び合う秘戯図を、目前に演じられても、犬猫がたわむれているほどにも感じなかった。生命をなげ出して、かき口説く男が出現しても、けがらわしいとしりぞけたばかりか、悽愴《せいそう》な切腹の場面を目撃するや、血潮を噴くさまを、無心によろこんだものであった。

「どうやら、このぶんでは、生母の願いも、むなしくなろうか、と思うて居った次第じゃが、さいわいに、お主という人物がいたことに思いあたった。先日も申したごとく、お主以外には、この娘を女にしてくれる者は居らぬ、と知ったが、まさしく、その通りに相成った……早速乍ら、今宵、祝言《しゅうげん》をして頂きたいものだ」

「わたしに、狂女を抱く興味はない。ただ、恋した男が腹を切るのを見て、その血潮の飛ぶさまを悦《よろこ》ぶ狂女などを、野放しにされるのはいかがかと思い、すみやかに、故里へでもつれ戻されるように、忠告に参ったまでだ」

「では、かたちだけでも、祝言の盃《さかずき》を交わして頂こうか。お主は、このように、娘を魅了してしまった以上、せめて、そうしてやるのが慈悲ではあるまいかな」

「かたちだけで、よろしいのか？」

「お主が、牀入《とこい》りを拒否するのであれば、やむを得まい」

やがて、狂四郎と老人は、狂女を駕籠にのせて、小梅村にある「江戸館」におもむいた。

婚儀の席は、ただちに設けられた。

狂女は、千代重ねの白無垢《しろむく》姿になり、綿帽子に面をつつんで、老女に手をひかれて、しずしずとあらわれて、花嫁の座に就いた。

狂四郎は、着流しのままで、花婿の座に在った。

ほかには、夢買いの老人ただ一人、月下氷人の位置に端坐しているだけであった。

緋袴《ひばかま》をはいた美しい少女が二人、女蝶男蝶《めちようおちよう》を粧《よそお》った柄つき銚子《ちようし》と金盃《きんぱい》をささげて、入って来た。

金盃は、まず、花嫁に、渡された。

金盃は、玉杯であった。酒をみたすと、盃の底から、珠玉が、月のように、浮きあがって来るしかけの盃である。

「あ！　綺麗！」

狂った花嫁が、呟《つぶや》いたとたん、このめでたい儀式に、なにごとか、仕切襖《しきりぶすま》をへだてて、十数名の男女の声の誦経《ずきよう》が起った。

狂四郎は、鋭い眼光を、老人にあてた。老人は、無表情で、花嫁が、玉杯をのみ干すさまを、見戍《みまも》っていた。

少女たちは狂四郎の前に来た。

狂四郎は、盃を受けとると、

「老人！」

と、呼んだ。

「その銚子は、注《つ》ぎ分けの仕掛物とみたが、いかがだ？」

注ぎ分けの仕掛銚子とは――。

その長柄を、指でおさえる具合で、別々の酒を注ぎ分けられるように作られた銚子であった。毒見をするといって、普通の酒を注いで飲んでみせて、安心させておき、対手には、毒酒を飲ませる場合に使われる。室町の頃に発明されて、しばしば、役立てられていた。加藤清正も、この銚子によって、毒殺された、と伝えられている。

老人は、いささかも、あわてずに、

「誦経は、お主のためではない」

と、言った。

狂四郎は、その意味を読みとると、注がれた清酒を、しずかに、飲みほした。

それから自分を瞶めている狂女へ、視線をかえした。

――あわれな！

この男としたことか、ふっと、胸の痛みをおぼえた。

毒酒をのまされたのは、狂女の方であった。

狂四郎は、立ち上がると、つかつかと寄って、狂った花嫁を、かるがるとかかえあげた。

「床入りをいたす。ご案内願おう」

「む――」

老人は、頷いて、先に立った。

花嫁は、褥《しとね》の中に横たえられた時、すでに、すやすやと睡《ねむ》りに就いていた。

狂った花嫁が、狂四郎の胸の中で、寝息をしだいにほそくしてゆき、ひっそりと息絶えたのは、それから半刻の後であった。

誦経は、なお、つづけられていた。

やおら、狂四郎が、身を起した時、気配もなく、ひとつの影が、入って来た。

白衣に白袴をはき、目孔もない白頭巾《しろずきん》をかぶり、指さきまで白い布を巻いていた。

「ご厚意忝《かたじ》けない。あつく、お礼を申上げる」

重い、沈んだ声音で、言った。

狂四郎の方は、無言で、一礼すると、対手をそこにのこして、廊下へ出た。

おもてへ出て、歩き出した時、ふっと、

――もしかすれば、あの軍師が、狂女の父親ではあるまいか。

そんな気がした。

次の日、狂四郎に会った七之助は、その話をきいて、やっぱり、正夢だった、と大きく頷いたことだった。

敦盛の面

一

そのむかし――。

徳川家康は遠州の地を、武田勝頼からとりもどすべく、その属城をつぎつぎと降《くだ》すのに、ほぼ十年を要した。

最後に、武田方の遠州における本拠高天神《たかてんじん》城《じょう》を包囲したのは、天正九年、家康四十歳の正月であった。

武田勝頼は、一万六千の兵を率いて、豆州《ずしゅう》に出たが、北条氏政が小田原より三万余の兵を発して、三島に来って、その行手をはばんだので、むなしく、甲府に軍を引かざるを得なかった。

当然、勝頼の援軍があるものと信じきっていた高天神城では、この報に接して、絶望的な闘志をふるいたてた。

家康軍に、蟻《あり》の匐《は》い出る隙《すき》もないまでに厳しく包囲されてしまったので、このまま荏《じん》苒《ぜん》として立て籠《こも》っているのは、餓死を待つことにほかならず、それよりは、突き撃って、遁《のが》れるだけは遁れてみるに如《し》かず、と一議に決した。

城門が押し開かれたのは、三月二十二日、戌刻《いぬのこく》（午後八時頃）であった。天地をどよもす鯨波《ときのこえ》とともに、おぼろ月の明りの中を、およそ二千三百騎が、躍り出た。

そして、城門外で、さっと二隊に岐《わか》れるや、猛然と、砦《とりで》へ殺到した。

一隊は、大久保忠世《おおくぼただよ》が守る林ノ谷口へ。

もう一隊は、石川康通《いしかわやすみち》の守る竜ヶ谷へ。

いずれの砦も、険阻の地形なので、平常は、衛兵数名が詰めているだけであった。

その備えの薄さを探知していた城側は、遮二無二に、この両砦を突破しようとしたのである。

ところが、備え薄し、とみせかけたのは、徳川方の策謀であった。

両砦には、それぞれ、一騎当千の若く逞《たく》ましい旗本たちが二百名ずつ、待ち伏せていたのである。

四半刻《しはんとき》の激闘ののち、押しまくられた残兵は、濁流がひくきにつくように、水野国松《みずのくにまつ》の陣へ、なだれ込んだ。

ここにはまた、五百余の強兵が、本多忠勝、鳥居元忠にひきいられて、待ちかまえていた。残兵は、算を乱して、散った。

この間に、徳川の本隊は、肘金曲輪《くるわ》、ほっちかね曲輪、的場曲輪を、怒濤《どとう》のごとくふみ破って、たちまち、二ノ丸まで突入した。

それから攻撃隊の先頭に立つ猛者《もさ》は、いずれも、ただ一人の敵将を、もとめて、双眼を血走らせていた。

岡部丹波守《おかべたんばのかみ》長教であった。

前夜のことである。城中より陣貝の合図があって、一人の武将が、単身で城門からあらわれ、悠々《ゆうゆう》と、家康の本陣へ、駒《こま》を進めて来た。武将は、月光を撥《は》ねて、白く輝《きら》めく敦盛《じゅうろく》の面をつけていたので、一瞥《いちべつ》して、武田の猛将岡部丹波守長教《ながのり》と判《わか》った。

丹波守は、不幸にして、癩《らい》をわずらい、醜く、面貌《めんぼう》が崩れていたので、平常でも、その敦盛の面をかぶっているので、有名であった。

ふつう、戦場において、武将がつける面は、おのが顔を守るとともに、敵方を威圧する目的をもって、奇怪な、おそろしい悪相に作られている。これは、兜《かぶと》作りの明珍《みょうちん》出雲守宗介《いずものかみそうすけ》の創始に係《かか》る。面頬《めんぼお》、半頬（俗に、猿頬《さるぼお》）といい、近世には、いずれの甲冑《かっちゅう》にも、用いられるようになっていた。なかには、白髯《しらひげ》の翁《おきな》もあったが、多くは、悪鬼や猛獣をかたどっていた。

ところが、丹波守のそれは、逆であった。優しい公達平敦盛《きんだちたいらのあつもり》の悲しい運命を象徴する美しい面であった。切れ長の眸子《ひとみ》と、薄い唇の部分だけ、あけて、面長の端麗な相を、鋼面の研出《とぎだ》しによって、鏡のように、美しく、かがやかしていた。

尤《もっと》も、この白い面は、時に、看《み》る者に、ぞっと戦慄《せんりつ》させる残忍酷薄の印象を与えることがあった。非情の冷たさのみが、光の加減で泛《うか》ぶからであったろう。

丹波守は、月明りに、その面をかがやかせ乍ら、本陣に至り、家康に面語を乞《こ》うて容《い》れられると、

「幸若太夫《こうわかだゆう》が、陣中に在りときき申した。近日中に、われらは、城を出て、闘わんと存ずる故、その生命を期し難し。あわれ、願わくは、太夫が高館《たかだち》の一曲を、この世の思い出にいたしたし、と城兵一統の希望でござる。何卒《なにとぞ》、叶《かな》えられんことを――」

と、たのんだ。

降伏を申出に来たとばかり思っていた家康は、この風流の希望に、微笑して、承知した。

幸若太夫をともなって、丹波守が、城へ帰るや、家康は、全軍に、下知した。

「岡部丹波守長教の首級を挙げた者には、特別の褒賞をつかわそう」

将士らが、攻め入りつつ、

――あの白銀の面をと、躍起になったのは、当然である。

二

松平主殿助家忠《まつだいらとのものすけいえただ》の従士菅沼次郎右衛門忠久《すがぬまじろうえもんただひさ》が、紅蓮《ぐれん》舌になめられる的場曲輪の櫓下《やぐらした》までひきかえした時、そこに、この白銀の面をかぶった武将の孤影があった。

次郎右衛門は、闘っているうちに、太刀が折れたので、やむなく、ひきかえして来たのである。

丹波守は、殺到して来た将士を対手《あいて》に、阿修羅《あしゅら》の働きをして、のがれて、ここまで来ると、おのが身を、灰にすべく、燃え熾《さか》る櫓の中へ、歩み入ろうとしていた。手負うた武将の足どりは、重くよろめいていた。猛虎《もうこ》が、屍《しかばね》を群狼《ぐんろう》のえじきにするのをきらって、傷ついた身をかくそうとするのに似ていた。

次郎右衛門は、鎧通《よろいどお》しを抜きはなつと、無言で、躍りかかるや、脾腹《ひばら》を刺しえぐった。

丹波守は、身をねじって、次郎右衛門を、蹴鞠《けまり》のようにはねとばしたが、はずみにおのれも撞《どう》と倒れると、もう起《た》つ力がなかった。

しかし、とび起きた次郎右衛門に、馬乗りになられるや、最後の気合をこめて、その咽喉《のど》へ、拳《こぶし》の一撃をくれた。

次郎右衛門は、敦盛の面を剝《は》ぎとりざまに、大きくのけぞって、そのまま、意識を喪《うしな》った。喪いつつ、丹波守の屍が、濠《ほり》の底へころがるのを、心にとどめた。

……ふっと、われにかえって、あわてて起き上がった次郎右衛門は、愕然《がくぜん》となった。右手に摑《つか》んでいた敦盛の面が、なかったのである。

斜面を滑り降りて、濠底をうずめている討死者たちを、血眼になって捜しまわって、ようやく丹波守の屍《しかばね》を見つけると、すでに、その首は、刎《は》ねられていた。

——おのれ、首盗人め！

次郎右衛門は、はらわたが煮える憤怒《ふんぬ》にかられた。

この夜、高天神城に於《おい》て獲たる名ある首級《しるし》は、およそ七百三十余あった。

夜明けてから、家康は、その首級を看《み》る前に、先年、虜囚となって、城内石獄に幽閉されていた大河内源三郎政局《おおこうちげんざぶろうまさちか》を、石川数正《いしかわかずまさ》が捜し出して、つれ戻ったのを、引見し、骨と皮に痩《や》せおとろえたさまに胸うたれつつ、その忠烈を賞した。また、擒《とりこ》の中から、孕石主水元泰《はらみいしもんど》を、面前にひき出させて、因果応報を思い知らせた。

主水は、少年の頃、駿府《すんぷ》に質子《ちし》として置かれていた家康の世話役であったが、ことごとに虐待《ぎゃくたい》して、

「参河の小倅《こせがれ》の守《もり》など、あきはてた。流行病《はやりやまい》にでもかかって、くたばらぬものかのう」

と、家康の面前で、吐きすてたものだった。

執念深い家康は、この世話役に対する憎悪を、胸奥にひそめて、二十余年忘れなかっ

たのである。

家康は、主水の鼻を殺《そ》ぎ、両眼を抉《えぐ》り、耳朶《みみたぶ》を断ち落した。

その後で、首級を看た。

まず、第一に、さし出させたのは、岡部丹波守長教の、無慚《むざん》に崩れはてた癲首と、その武悪の面であった。

これを挙げたのは、大須賀康高の麾下《きか》内藤三左衛門信成《ないとうさんさえもんのぶなり》であった。

家康が、その功を賞しようとした時、末座から、高声があって、

「それはひろい首でござる」

と、あびせた。

内藤三左衛門は、朱面となって、振りかえり、

「意趣の雑言《ぞうごん》か！」

と、呶鳴《どな》った。

ひろい首は、武士として最も慙《は》ずべき行為であった。

進み出て来た菅沼次郎右衛門は、憎悪と憤怒をこめて、三左衛門を睨《にら》みつけると、その卑劣をなじった。

双方の主張によって、松平源七郎康忠《まつだいらげんしちろうやすただ》が、調査を命じられ、的場曲輪の濠底に横たわった丹波守の屍を、あらためた。次郎右衛門の言う通りに、その鎧通しが、脾腹に刺

さっていた。しかし、三左衛門の方は、自分が首をかいた屍に、次郎右衛門が、わざと、おのが鎧通しを刺し込んでおいたのであろうと、言いはってゆずらなかった。

次郎右衛門も、三左衛門も家康が目をかけている猛者であった。めでたい勝利の時に、孰《いず》れの名誉をも傷つけたくはなかった。次郎右衛門には、賞状を与え、三左衛門には、敦盛の面を、家宝とするように、申しつけた。

それから二十年後、内藤三左衛門は、関ヶ原の合戦で、受けた傷がもとで逝《い》ったが、臨終の枕辺《まくらべ》に、人払いして一子清七郎だけをのこし、次のような遺言をした。

「岡部丹波守の首級を挙げたのは、まことは、菅沼次郎右衛門である。実は、わが郎党吉助が、丹波守の首級と敦盛の面を、ひそかに携えて来て、あるじたるわしの功名にしてくれと申出た時、一抹の懸念はあった。郎党の志ゆえ、わが功名にしたところ、はたして、菅沼次郎右衛門が、名乗り出て参った。しかし、もはや、いつわったとひきさがるわけには参らず、あくまでも、言いはってゆずらず、後日機会をみて、面を次郎右衛門に贈っておいて、切腹して詫《わ》びる覚悟をきめた。ところが、敦盛の面を拝領して、戻ってみると、郎党吉助は、すでに自害して果てているではないか。その遺書には、必ずこの秘密は明かされるな、とあった。それがために、わしは、切腹もならず、そのままに、おし通した。しかし、次郎右衛門の無念を想《おも》いやるたびに、総身が冷えたし、次郎右衛門と顔を合せるのは堪え難かった。もとより、次郎右衛門は、五年前に逝《ゆ》くまで、次郎わしを憎みつづけて来た。……敦盛の面は、当然、菅沼家へ渡すべき品だ。しかし、今更となって、真相を公表するわけには参らぬ。さいわいに、菅沼家には、そなたと同年の、同じ力倆《りきりよう》の子息兵庫が居《お》る。わしが逝った後、そなたは、兵庫に会い、両家の不和を解くために、伜同士で試合をし、もし当方が敗れた時には、敦盛の面を呈上する、と申出るがよい。そして、わざと敗れて、兵庫に、敦盛の面を渡してやってくれまいか」

清七郎は、この遺言をまもって、吉日をえらんで、菅沼兵庫に、試合を申込み、兵庫が得意とする槍《やり》をえらんで、たたかい、腿《もも》に傷を受けて、敦盛の面を渡したのであった。

ところが、それからさらに十五年後、この敦盛の面は、思いがけずも、濡《ぬ》れ事《ごと》に使われることになった。

大阪城が灰燼《かいじん》に帰した翌年、伏見城において、徳川家が五十年にわたって勝ちすすんで来た戦跡を顧る証拠品が、展観された際、この敦盛の面も、そのひとつとして、さし出されていた。

たまたま、観《み》に来た千姫が、目をとめて、その美しさに、魅せられて、是非にと所望した。やむなく、依頼された本多忠勝が、菅沼兵庫に、その旨を申しきかせて、一時将軍家あずかりとして、千姫に渡した。

吉田御殿をかまえた千姫の、色狂いは、述べるまでもない有名な事実であるが、次々とひき入れた男たちに、この敦盛の面をかぶらせて、千姫は、悦《よろこ》んだ、という。

たしかに、冷たい鋼鉄を白く研出した端麗な面は、女の血を沸きたてる不思議な魅力をそなえていたのである。

敦盛の面は、一転して、淫靡《いんび》な欲情をそそる面と化した。……やがて、千姫が毒殺された後、面は、何故《なぜ》か、菅沼家には下げられず、内藤家へ戻されたのであった。

菅沼家では、これを承服しがたく、内藤家へ返済を要求したが、拒絶された。

それから幾年かの後、菅沼家の嫡子は、曽《かつ》て、父たちが、面を賭《か》けて試合したのにならって、内藤家の嫡子に対して、挑戦状を送った。そして、甲冑試合をなして、勝利ををおさめ、面をとりもどしたのであった。

これが例となって——。

菅沼、内藤両家では、当主たちが、十年毎《ごと》に甲冑試合を行なって、面を取りあうようになった。

すでに、この争奪試合は、十六度《じゅうろくた》びも行われて、今年それが、めぐり来たったのである。

三

眠狂四郎が、この話を、武部仙十郎から、きかされたのは、試合前日であった。

数日前に、菅沼、内藤両家に、同じ文面の書状が、送り届けられたのである。

「粛呈。敦盛面争奪試合の儀、此度《このたび》びを以《も》って、終止いたさるべく、この段御一報仕《つかまつ》り候。何故《なにゆえ》とならば、敦盛面は、御両家孰《いず》れへも相渡らざる事に相成り候故に御座候。

岡部丹波守長教後胤《こういん》敬白」

両家では、もとより、誰かのいたずらであろう、と問題にしていない。

ただ、小耳にはさんだ武部仙十郎が、ふと思いあたるふしがあって、狂四郎を呼んで、告げたのである。

狂四郎は、話をききおわると、腕を組んで、しばし、無言をまもっていたが、

「老人は、その面を、観たことがおありか？」

と、訊《たず》ねた。

「うむ、一度な、永く眼底にのこる見事な作りであったの。女心までも惑わす力をそなえているかどうかまでは、わしには、わからなんだが、ともかく、稀代《きたい》のしろものであることは、たしかじゃな。……わしは、脅かして来たのを、もしや風魔一族ではあるまいか、と疑ったが、どうであろうな？」

「さあ、あるいは――と考えられる」

「もしそうならば、お主に、横奪《よこど》りしてもらえまいかな」

「横奪りして、どうされる?」

「打ち砕くなり、猫ばばするなり、それは当方の勝手といたそう。ただ、風魔一族のやからの淫行《いんこう》に、役立てられては、かなわぬ」

「わたしは、かぶりたい奴《やつ》には、かぶらせておくがよい、と思うが……」

「それをかぶって、襲う対手が、そこいらの町娘や後家なら、一向にかまわぬが、身分のある女ばかりをえらんで狙《ねら》うから、しまつがわるい。えてして、また、身分のある女たちは、夢想癖があるからの、あのようなけたいな面に、心を奪われやすい」

狂四郎は、横奪りするともせぬとも、約束せずに、いとまを告げた。

四

この時、敦盛の面は、内藤家の所有となっていた。

試合をするのは、期せずして、両家とも元服したばかりの嫡男たちであった。

試合場は、これまで、そうであったように、本多忠勝の末裔《まつえい》である岡崎藩主本多中務大輔《なかつかさのたいふ》の下屋敷が、あてられた。

午報を合図に——。

張りめぐらされた紅白の幔幕《まんまく》を割って、東西から、同時に、試合者たちは、白砂の庭上へ、現われた。

審判者は、中務大輔であった。

菅沼左源吾は、小桜縅《おどし》をつけ、真紅《しんく》の母衣《ほろ》羽織をまとっていた。

内藤達也は、沢瀉《おもだか》縅をつけ、敦盛の面を持っていた。

両者のよろいは、そのむかし、それぞれの先祖——菅沼次郎右衛門忠久、内藤三左衛門信成が、まとって、いくたの戦場をかけめぐった栄誉の具足であった。

ともに、三間柄《つか》の槍を小脇《こわき》にかい込んでいたが、これも、武勲かがやく家宝であった。

試合は、槍ひと突き、太刀ひと太刀のあと、組打ちとなり、組み伏せた方が、勝となる。生命にかかわるたたかいではないが、敗者は隠居して世を送らねばならぬしきたりであった。

内藤達也は、敦盛の面を、広縁の中務大輔の座の脇に据えられてある三方に、置いた。

左源吾も達也も、どちらかといえば、華奢《きやしや》な骨組みで、いかにも、先祖の猛者《もさ》のよろいが重そうで兜の下の紅顔をさらにあかく染めていた。釬《こて》、臑当《すねあて》、喉輪《のどわ》、袖《そで》など、どれも大きすぎて、いささか滑稽《こつけい》な武者姿であった。

歩くたびに、腹巻鎧が、胴にあまって、ゆさゆさとゆれた。

互いに、間合をとって、一礼したが、兜の重さに、動作がぎごちなかった。

しかし、家門の意気地をかけて、必死であった。槍をつけて、

「やあ！」

「おーっ！」

と、睨み合った。

けなげな闘志をあふらせているとはいえ、人差指で小突いても、あっけなく、ひっくりかえりそうであった。

ひと突き、くり出したが、その穂先と穂先は、交差もせなんだ。

槍をすてて、三尺余の大太刀を抜いたが、抜くのさえのろくさく、構えも、あわれなくらい隙《すき》だらけであった。

双方、数歩すすんで、

「えい！」

「やっ！」

と、振り下ろしたが、これまた、切先と切先は、三寸もはなれて、空を截《き》った。

流石《さすが》に、審判者の中務大輔も、うんざりした顔つきになった。

組打ちになったが、具足の重さに四肢の自由を奪われたかなしさで、芋虫がころがるに似て、対手を組み伏せるどころではなかった。

このおり、中務大輔から正面にあたる幔幕が、ひとゆれしたかとみるや、さっと、姿をあらわしたのは、丈六尺余の甲冑武者であった。

遠い時代から、ひと飛びに、出現したかと思われるくらい、威風堂々たる武者ぶりであった。黒一色の武之具《もののぐ》で、猿頬《さるぼお》もまた、漆黒の光を放っていた。

風のごとくに、奔《はし》るや、組み合う二少年の上を躍り越えて、中務大輔の前で、ぴたりと立ちどまり、

「それがしは、岡部丹波守長教の後胤に御座候。……敦盛の面は、それがしの顔につけてこそ――」

言いざま、長槍を、三方めがけて、さっとくり出した。

面は、生きもののように、宙を踊るや、宛然《さながら》、吸いつくように、武者の顔へ、ぴたっと、とまった。その瞬間、すでに、それまでつけていた黒い猿頬は、はずされて、左手にあった。

「中務大輔殿いかに！」

高らかに、武者は、言った。

成程、面は、ひさしく、この武者の出現を待っていたように、その白く煌《きら》めく端麗な相は、黒い武之具に、ぴったりと似合って、さわやかなまでに、活《い》きた。

中務大輔は、思わず、軽く頷《うなず》いた。

「ごめん！」

武者は、踵《きびす》をまわして、悠々と立ち去ろうとした。

少年たちは、すでに、はなれて、立ち上がり、この偉丈夫へ、畏怖《いふ》の眼眸《まなざし》を送っていた。

その行手の幔幕から、ふらりと、眠狂四郎が、歩み出るや、武者は、すでに予期していたらしく、すっと、一歩退って、長槍を構えた。

みじんの隙もなく、殺気は、陽の中の焰《ほのお》のように、めらめらと燃え立った。

狂四郎は、しかし、両手をダラリとたらしたまま、

「風魔の血気者、とみたが、そうか?」

と、問うた。

「左様――」

「岡部丹波守の後胤といつわるのは、一向にかまわぬが、その面が、癩に崩れた顔をかくすためのものであったと知った上で、強奪せんとしているなら、当然、祟《たた》りの程は、覚悟して居ろうな?」

「祟りなどと――笑止なことを、眠狂四郎が申すのか!」

「お主自身が、癩でない限り、なろうことなら、思い直すがよい、と親切に忠告しているのだ」

「問答無用っ!」

武者は、じりっと、一歩詰めた。

狂四郎は、冷笑して、

「あばたの醜面《しこづら》では、女を犯すのに不便ゆえ、その面を欲しがっているのなら、それは、

料簡《りょうけん》ちがいであろう」

と、言った。

武者は、狂四郎に言いもおわらせずに、凄《すさ》まじい気合を発して、突撃して来た。

狂四郎は、そのままの自然な姿勢で、不動であった。

武者は、地を蹴《け》って、躍るや、一族独特の飛翔《ひしょう》の術もあざやかに、狂四郎の頭上を飛んで、幔幕のむこうへ、消えた。

狂四郎は、なぜか、抜き撃たず、追いもしなかった。

通り魔のごとく、その武之具姿を、駿馬《しゅんめ》に乗せて、往還を駆けぬけて、「江戸館《えどやかた》」に戻りついた風魔六郎太は、正門をくぐって、たづなを引くやいなや、おそろしい呻《うめ》きを発して、地べたへころがり落ちていた。

奥の間へかつぎ込まれて、その敦盛の面をはずされようとすると、狂人のように悲鳴を迸《ほとばし》らせて、のたうった。

夢買いの老人が、むりやりに、面をはがすと、無慚にも、生皮がむけて、面の裏側にくっついていた。

狂四郎が、七之助に命じて、昨夜のうちに、内藤家へ忍び込ませ、面の裏側へ、猛毒を塗らせておいたのである。

人柱の女

一

上野広小路から吉原大門《よしわらおおもん》へかよう辻駕籠《つじかご》を、どういういわれか、金太駕籠と称《よ》ぶ。あるいは、酒代《さかて》をねだるので、金太と称んだのであろうか。

金杉下町から、下谷竜泉寺へ出る往還に、これらの辻駕籠は、とぐろを巻いて、客を待っていた。客は、多く、大店《おおだな》の表戸が降りてから、こっそりと遊びに出て来た番頭手代であった。

そろそろ、五つ半（九時）であったろう。

「は、は、はっくしょいっ！」

と、大きなくさめをした先棒が、

「ちょっ！　どうも、今夜あたり嬶《かかあ》が、間男してやがるような気がしてならねえ。雲州、そろそろ、あきらめて、ひきあげるか」

と、後棒に言った。

「まあ、待ちな、参州。空に、おぼろ月があらアな。うかれて出て来る野郎が一人や二人はいるだろうぜ」

「しのび来るかと待つ月空に、あれも恋やら雁《かり》一羽、か。……どうも、近頃、嬶のやつ、そぶりが面妖《おか》しいや」

煙管《きせる》をくわえ乍《なが》ら、首をひねってから、なかば無意識に、煙草《たばこ》入れの根付の火受けに、ポンと吸殻をはたいて、新しいのを詰めると、吸いつけようとした——とたんに、

「火を貸せ、駕籠屋」

と、声がかかった。

「へー？」

きょろついたが、あたりに人影はない。

どちら側も、寺院の高い土塀である。

「火を貸せ、と誰か言ったぜ、雲州。きいたろう？」

「ああ、きいた。……声はすれども、姿は見えずだ」

何気なく呟《つぶや》いたとたんに、ぞくっとなって、首をちぢめた。

「畜生！　びっくらさせやがる。狐《きつね》か？」

打てばひびくように、

「狐ではない」

と、こたえる声があった。

先棒、後棒は、同時に、とび上がって、息杖《いきづえ》をつかんだ。

すると、駕籠のたれが、あげられて、

「火だ」

山岡頭巾《やまおかずきん》をかぶった武士が、いつの間にか、乗っていたのである。

「げっ！」

肩棒のさきにさげてあった小田原提灯《おだわらぢょうちん》を、わななく手にとって、さしつけた。

「わ、われは……」

「さむらいだ」

「い、いつの間に――」

「そんなことはどうでもよい」

すっと片腕のばして、提灯を取りあげると、金細工の煙管をくわえた顔へ、近寄せた。

赤い灯に浮き出したのは、白銀の仮面であった。

鋼鉄を研《と》ぎ出した仮面は、おそろしく美男だが、底知れぬ冷たさを湛《たた》えて、駕籠舁《か》きたちに固唾《かたず》をのませるに足りた。

駕籠舁きたちは、作られた薄い唇から、紫煙が吐き出されるのを、茫然《ぼうぜん》と、見戍《まも》ったた。

たれがおろされた。

「吉原《なか》までやれ、駕籠屋」

命じられて、駕籠舁きたちは、呪文《じゆもん》にかかったように、ふらふらと、かつぎあげた。

「急げ。急がぬと、寿命がちぢまるぞ」

脅かされて、夢中で、走り出した。

鷲《おおとりじんじや》神社の前を過ぎて、とある引手茶屋の店さきへ着けたが、一向に降りて来る気配がない。

いくど呼んでも、返辞がないので、怖《こ》わ怖《ご》わ、息杖のさきで、たれをあげてみると、大きな石が、乗せてあった。

変化《へんげ》だとか幽霊だとかが、信じられた時代であった。駕籠舁きたちは、化生にしてやられたと信じた。

その時、すでに、仮面をつけた武士は、その引手茶屋の二階に、すっと上がっていた。

風魔一族の中でも、「疾風《はやて》」と異名をとった風魔一郎太が、この男であった。

つけている仮面は、六郎太が奪って来た敦盛《じゆうろく》の面であった。

駕籠舁きたちを仰天させるぐらいの素迅《すばや》いいたずらは、常のことであった。

引手茶屋では、仮面をつけていることは、べつにあやしまれなかった。身分をかくすために、能面をかぶって来る客はいたからである。熨斗目《のしめ》の、三剣葵《さんけんあおい》の紋服をつけていたし、態度も大様であった。

「久喜卍《くきまんじ》の紅葉太夫《もみじだゆう》を買いたい」

と、申出たが、もうおそいから、どうでございましょうか、と小首をかしげられた。

久喜卍は、総籬《そうまがき》（大店）で、紅葉太夫は、そこの昼三（昼夜三分――昼だけでも三分、夜だけでも三分の）女郎だったのである。

先年、久喜卍が火事になった時、昼三花魁《おいらん》は、長羅宇《ながらう》の煙管と煙草入れだけを持って逃げた。隣の一分店の女郎は、銅盥《かなだらい》を持って逃げた。

「さすがは、昼三花魁と一分女郎のちがいだ」

と、評判になった、という。

紅葉太夫あたりなら、仲ノ町を道中するのに、五百両の衣裳《いしょう》をつけたし、身請けしようと思えば、一万両用意しなければならなかった。

いま時刻、ふらりと上がった初会客が、そうかんたんには呼べなかった。

一郎太は、懐中をさぐると、無造作に、仲居の膝《ひざ》の前へ、切餅《きりもち》（二十五両包み）を四個投げた。

「これだけあれば足りるか」

これには、仲居も、目を瞠《みは》った。

「なんとかいたしましょう」

「駕籠屋、また会うたな」

大門外の衣紋坂《えもんざか》が、日本堤へつきあたる辻の、小さな稲荷《いなり》の祠《ほこら》の前で、不意に、声をかけられて、参州、雲州は、地べたから、はねあがった。

祠のうしろから、すっとあらわれたのは、仮面の武士で、花魁らしい、長襦袢《ながじゅばん》いちまいの女を、肩にかるがると、かついでいた。

「すこし遠いが、三田までやってもらおう、……酒代だ」

ちゃりんと、足もとへ抛《ほう》ったのは、小判二枚であった。

「木の葉ではないぞ。ひろって、噛《か》んでみよ」

笑い声をたてて、ぐったりと死んだようになっている女を、駕籠へ乗せた。

「さあ、やってくれ。三田は、薩摩《さつま》屋敷だ」

自分は、つき添うて歩くつもりであろう、たれをおろした。

二

三田薩摩屋敷の、御側御用人調所《ずしょ》笑左衛門《しょうざえもん》宅の奥座敷に、長襦袢姿で横たえられている花魁らしい女が、発見されたのは、翌朝も、陽《ひ》が高く昇った頃合いであった。

なにかの品物をとりに入った女中が見つけて、悲鳴をあげたことだった。

昏々《こんこん》として睡《ねむ》りつづけて、ようやく意識をとりもどしたのは、日暮れがたであった。

消え入りたげな風情で、吉原仲ノ町、「久喜卍」の花魁紅葉太夫だ、と告げた。どうやって、ここまで運ばれたのか、当人も全くおぼえがなかった。冷たい鋼鉄の仮面をかぶった客の敵娼《あいかた》をつとめているうちに、いつの間にやら、睡ってしまって、あとは何もわからない、という。

主人の笑左衛門は、両御隠居（島津重豪《しげひで》、斉宣《なりのぶ》）の御続料掛《おつづきりようかか》りを勤め、財政たてなおしに寸暇をおしんでいて、夜もおそくなって、帰宅した。

この事実をきいたが、べつにおどろきもせずに、奥座敷に入って、紅葉太夫を見ると、

「昨日、わしの許《もと》へ、妙な手紙を寄越した者が居る。吉原の女郎をお届けする故、これを、養女にして欲しい、とな」

「…………」

紅葉太夫は、びっくりして、笑左衛門を見たが、すぐに俯向《うつむ》いてしまった。

「養女にしてくれたならば、あらためて、後日、嫁にもらいに参上する、というのじゃ。虫のいい話ではある。わしは、茶坊主上がりだが、女郎を養女にする程、恥知らずではない。……それとも、お前は、わしの養女になる理由でも持って居るかな？」

紅葉太夫は、かぶりをふった。

「どういうわけで、わしをえらんだのか、一向に合点がいかぬ」

笑左衛門は、翌朝、薩摩藩の負債五百万両という巨額をどう片づけるか、という重大

な用向きで、西丸老中水野忠邦の側頭役《そばがしらやく》武部仙十郎をたずねて、ふと、このことをもらした。

その手紙の差出人が、風魔一郎太、という署名であったときくや、武部老人の面相がにわかにひきしまった。

そして、急の使者が、眠狂四郎へ、奔《はし》った。

その奥座敷に入った狂四郎は、無言で、いきなり、紅葉太夫の長襦袢の前を――下裳《したも》も、容赦なくめくって、膝を開かせた。

内腿《うちもも》の奥には、朱の葵紋《あおいもん》の刺青《いれずみ》が、ほどこされてあった。

「幼い頃、神かくしに遭《お》うて、知らぬ間に、このいれずみがされていたのだな？」

「はい――」

「女郎には、何歳の時に売られた」

「十四でございます」

「両親は？」

「父は物心つかぬ頃亡くなり、母は永らく、胸を患《わず》ろうて、わたくしが、吉原へ参りましてからも、数年臥《ふ》せておりました」

「父の素姓は――？」

「浪人であったとだけ、きいております」

女郎らしからぬ、どことない品をそなえた女であった。気質も優しそうであった。花魁としては、じゃまになる淋《さび》しそうな翳《かげ》をひいていたが、それが、こうして別の場所に置くと、あわれをそそることになるようであった。

「そなたは、この薩摩藩と、何かゆかりがあろう！」

狂四郎は、正視して、問うた。

「かくさずともよい。打明けてもらおう」

「………」

「そのいれずみは、いわば、一種の結納のしるしと言える。そなたをえらんだのは、そなたが、ただ眉目《びもく》うるわしく生れたからだけではない。そなたの氏素姓が正しい、とみとめた上でのことだ。それだけの調査をしておいて、そなたを拉致《らち》して、いれずみをほどこした。……風魔一郎太なる人物が、理由なくして、当家の養女にしようと企《はか》ったとは考えられぬ。そなたが、薩摩藩にゆかりがある所以《ゆえん》だ」

紅葉太夫は、しばらく俯向いていたが、そっと顔を擡《あ》げて、狂四郎を見た。

「母から、身売りする際、泪《なみだ》で、きかされたむかし話でございますが……」

三

宝暦三年末のことであった。

幕府は、島津家二十四代重年《しげとし》に、木曽川《きそがわ》工事手伝いを命じた。これは、容易ならぬ負担であった。

木曽川は、信濃より美濃《みの》を経て、伊勢の海に入る延長五十六里余の大河であり、その支川分流は二百二十三里という長さである。

長良川《ながらがわ》とは、美濃国安八郡小藪村の北方で会う。

揖斐川《いびがわ》とは、同油島千本松において、合す。

ところで、木曽川の沿岸は、むかしより、氾濫《はんらん》はなはだしく、尾張、美濃の住民たちは、言語に絶した苦しみに遭うていた。徳川幕府に入ってから、尾張の沿岸では、丹羽郡犬山より海西郡前ヶ須まで、約十二里の間に、堅牢《けんろう》な堤防を築いて、ようやく、その土地は安泰となった。

しかし、対岸の美濃方面は、まだ、計画のみで、なかなか、着工されず、毎年のように、水害に苦しんでいた。

それというのも、尾張は、将軍家親藩の権威をもって、むりやり、公儀から予算をもらって、やりとげてしまったからであり、対岸の美濃の諸藩には、その実行力がなかったのである。

ようやく、幕府は、美濃西南部落が、十一年間もひきつづいて水害を蒙《こうむ》っている惨状を嘆願されて、治水工事を決行することにした。しかし、すでに、幕府自身、財政傾き、とうてい、予算を組むわけにいかなかった。

で――、島津家に、工事手伝いを命じたのである。薩摩藩とても、内証は苦しく、尋常の決意では、引受けられなかった。家老平田靱負《ひらたゆきえ》が総奉行となり、大目付伊集院十蔵が副奉行となって、まず、薩摩国産を抵当として、用金三十万両を調達した。そして、江戸および鹿児島より動員した諸役人以下、足軽、下人まで加えて、総人数千人にのぼった。

幕府側では、勘定奉行一色周防守《いっしきすおうのかみ》を総監督とし、工事場所を四区に分轄《ぶんかつ》して、その計画をすすめた。

工事は、宝暦四年二月二十二日に開始し、五月二十二日に一時中止し、九月二十日再び着手し、翌五年三月二十八日に成功した。一時中止したのは、雪融《ゆきど》けの増水によって、梅雨期となり、工事困難となったからであった。

工事のもっとも困難をきわめたのは、揖斐川が、長良川の分流大榑川《おおくれがわ》を合せ、東南に流れ、木曽川に合する油島千本松であった。

油島締切工事は、まさに、未曽有《みぞう》の冒険であった。

これを能《よ》く成しとげたのは、総奉行平田靱負の緻密明敏《ちみつめいびん》な頭脳力と、果断不屈の実行力であった。

ところで――。

封建の時世においては、言語に絶する難工事にあたっては、必ず、地神水神の意《こころ》を鎮《しず》めるための人柱をたてるしきたりであった。

平田靱負は、こんな迷妄など、一笑にふしたが、無知な人夫たちは、人柱をたててもらえなければ、仕事をせぬと、さわぎたてた。すでに十七名の犠牲を出している人夫群も、必死であった。

いくらなだめすかしても、徒労と知った靱負は、やむなく、神意をうかがうと称して、揖斐神社に、三日間、参籠《さんろう》した。そして、帰って来ると、神意を得た、と言って、人夫たちを集めさせると、次のような申渡しをした。

これより七日間のうちに、七色の元結《もとゆい》をつけた女が、当現場に参り、仮橋を渡ろうとしたならば、捕えて、人柱にいたせ。もし、七日間のうちに、神意にしたがう女が現われなければ、七色の元結をつけた等身大の人形を埋めよ。

もとより、こんな神託があったわけではない。靱負の創作であった。

この神託の噂《うわさ》は、たちまちに、尾張、美濃一円にひろまった。女たちは、おそれて、七色の元結をつけることはおろか、どんな用事が起っても工事場の近くへは足を向けなくなった。

人夫あいての淫売婦《いんばいふ》さえも、姿を消したときいて、靱負は、ひそかに、微笑した。京の人形屋に、等身大の人形を注文することも忘れなかった。

ところが——。

七日目の昏《く》れがた、油島千本松の間道を、一人の女が、辿《たど》って来て、工事場に架けられた仮橋の袂で、立ちどまった。

すわ、と人夫たちが、小躍りしてとり囲んでみると、気品のある武家の妻女であった。髷《まげ》を覗《のぞ》くと、まさしく、元結は、七色であった。

神意に叶《かな》った女が、ついに、最後の時刻になって、現われたのである。

この報告をきいて、靱負は、暗然とした。夢にも考えなかったことである。道に迷うた他国の女に相違あるまいが、あまりに偶然の不運に遭うたものである。

しかし、申渡したのは、総奉行たる自分であった。

——やむを得ぬ！

その家族に対しては、後日詫《わ》びる手段がある、とほぞをきめたところへ、場所奉行大野鉄兵衛が、血相を変えて、おとずれた。

その武家の妻女を引見したところが、意外にも、それは、鹿児島からはるばる良人《おっと》をたずねてやって来た靱負の妻守枝だったのである。

おのれの妻、ときいて、靱負は、一瞬、かっと双眼を瞠《みは》った。しかし、驚愕《きょうがく》を抑えて、声は洩《も》らさず、しばらく、目蓋《まぶた》をとじていた。

やがて、靱負は、おちついたひくい口調で、

「わしの妻であることは、内聞にいたすよう——」

と、言った。

守枝の心が、読めたからである。妻は、人柱になるためにやって来たのである。

鉄兵衛は、言うべき言葉がなかった。

翌朝、靫負は、人夫たちが見戍《まも》るなかで、守枝に会った。ともに、言葉は交わさず、ただ、目と目で、無量の想《おも》いを通じあった。

普請奉行川上彦九郎《ふしんぶぎょうかわかみひこくろう》が、そばに寄って、なにか願いの儀があれば、即座に叶えよう、と促すと、守枝は、揖斐の城下に、七歳になる娘を、召使をつき添わせて、置いて来たゆえ、よろしくおたのみ申上げまする、と告げた。いささかもとり乱したところもなく、まことに、美しい態度であった、という。

陽が傾いた頃、守枝は、生きて、土中に、埋められた。

靫負は、その時刻、宿舎にあって、守枝がつれて来たわが子を膝にのせ、守枝が故郷の菩提寺《ぼだいじ》からもらって来た、じぶんの戒名を記した白木の位牌《いはい》の前に、坐《すわ》っていた。

良人として、かくばかり悲痛な、断腸の想いをあじわわされた人物は、封建の時世でも稀有《けう》であったろう。

工事完了してから、靫負は、一死もって、費用の予算を超過した責めに任ずる旨を、公儀および藩主に、言い送った。

靫負は、普請奉行、元締役、場所奉行らには、その責めに任ずる必要はない、と極力説いたが、奉行たちは肯《き》き入れなかった。

靫負以下四十九名が、割腹して果てた。

薩摩隼人《さつまはやと》の、信義を重んじ、死を見ること帰するがごとき典型的な一例が、これである。

靫負の家は断絶し、一人娘は、遠く奥州平泉《おうしゅうひらいずみ》の姻戚《いんせき》に貰《もら》われて行き、それなり、消息は絶えていた。

はからずも——。

花魁紅葉太夫は、その平田靫負の孫娘だったのである。

四

ふっと——夢買いの老人は、褥《しとね》の中で、目をさました。

——何者かが、そこにいる!

墨を流したような闇《やみ》の中にひそむ存在を、とぎすました感覚がさとった。

物音が起ったのでもなかったし、気配すらも察知したわけではない。

これは、きたえた神経が、本能となって働く霊感といえた。睡りの底にも、絶えず、冴《さ》えた神経を用意している老人であった。

目蓋をひらいただけで、修練によって、睡っている時の状態とすこしもかわらぬ息づかいをつづけて、

——どうする？

と、声なく、闇へむかって問うた。

すると。

うてばひびくように、しずかな声が、応《こた》えた。

「老人、たのみがある」

目をさましたのを、ちゃんと、さとったのである。それを待っていたに相違ない。

眠狂四郎であった。

「お主か——」

老人が、動かずにいると、

「そのまま——」

と、抑えた。

「どういうのだな、これは？」

しかし、狂四郎は、それにこたえるかわりに、まず、燧石《ひうち》を切って、角行燈《かくあんどん》に、灯を入れた。

それから、懐中から、とり出した品を枕元《まくらもと》に、置いた。

敦盛《じゆうろく》の面であった。

老人は、横目で見て、

「お主、一郎太をも斬《き》ったのか？」

と、訊《たず》ねた。

「これまで、わたしが出会った手練者《てだれ》のうち、最も敏捷《びんしょう》な業前の持主であったゆえ、ただ、この面を奪うのが、せいぜいであった。……買って頂けまいか、老人？」

狂四郎は、微笑し乍ら、申込んだ。

「いかほどでな？」

「五千両」

「五千両！　これはチト高い」

「断わられないように、こういう夜陰に乗じた参上のしかたをした。断わられれば、略奪することになる。強盗は性分に合わぬので、取引は納得ずくにいたしたい」

「五千両を、どうするのだな？」

「吉原仲ノ町、久喜卍の花魁紅葉太夫の身請け代とする。……紅葉太夫を拉致したのは、風魔一郎太であることは、すでにご承知であろう」

「………」

老人は、天井を、じっと仰いでいたが、

「床の前の畳を上げるがよかろう」

と、言った。

狂四郎は、すっと床の間に寄るや、小柄《こづか》を抜いて、畳の縁へ刺して、ぐいと、持ち上げた。

瞬間――老人は、動こうとした。敷具の下には、短銃がかくしてあったのである。

「動かぬことだ！」

狂四郎が、鋭く、制した。

「敗けて、悔やまぬいさぎよさが、老人、お手前の長所ではないか」

老人は、苦笑して、あきらめた。

畳の下は、虚《うろ》になっていて、石の上に、鉄櫃《てつびつ》が据えてあった。

蓋をひらいた狂四郎は、さんぜんたる黄白の光に、

――やはり、そうか。

と、頷《うなず》いた。

それは、いまの世には滅多に見ることのできぬ慶長大判であった。無数に、びっしりと、詰まっていた。

そうではあるまいか、と想像して、忍び入ってみた狂四郎である。

これほどの慶長大判を蓄えている風魔一族は、やはり、ただの徒党ではないのである。

狂四郎は、蓋を閉め、畳を元通りにすると、老人に言った。

「この慶長大判で、身請け代を支払おうとすれば、久喜卍では、目をまわして、受けとりかねると考えられる。ご面倒だが、当節の粗悪小判に換えて、お手前の方から久喜卍へお届け願えまいか」

老人は、この言葉をきいて、完全に自分の敗北をみとめた。

「しかと、承知した」

「忝《かたじ》けない。では——」

一揖《ゆう》して、出て行こうとする狂四郎を、老人は、呼びとめて、言った。

「お主は、どうやら、ここらあたりで、われらが一族にとって、生かしては置けぬ敵となったようだな」

狂四郎は、ふりかえって、冷やかな微笑を老人の寝顔へおとし、

「これまで、わたしという男を、味方につけた徒党はない。わたしは、常に、独歩している。敵にまわして頂いた方が、気楽なのだ。そういう男なのだ、わたしは——」

不敵な口上を、退去の辞とした。

四人貝

一

当時、江戸には、蔵前《くらまえ》風俗とか、蔵前かたぎとか、称するものがあった。そのくらしぶり、遊びかたに、大層な金をかけ乍《なが》ら、すこしも目に立たぬようにする大通《だいつう》を意味した。

蔵前とは、すなわち、札差のことであった。竜紋の蝙蝠羽織《こうもりばおり》に、結城紬《ゆうきつむぎ》を、踝《くるぶし》までの短さに、きりっとつけて、いかにも商人《あきんど》らしかった。

味噌漉縞《みそこしじま》のお召縮緬《ちりめん》などを、ぞろりと裾長《すそなが》に着ている風俗は、一時代前のことであった。

尤《もっと》も、十八大通《じゅうはちだいつう》などと称される通人が、吉原で名を売ったのは、安永から寛政のはじめ頃にかけての時期であった。一番有名なのは、大口屋暁雨《おおぐちやぎょうう》。次いで知られているのは、文魚《ぶんぎょ》などである。文魚は、日本橋西河岸の材木屋で、本名を山城屋太郎次郎《やましろやたろうじろう》という。純金の針金で髪を結ってみたり、夏の暑い最中に火鉢をかかえて、幇間《ほうかん》や芸妓《げいぎ》をおどろかせ、実は、灰のかわりに白砂糖を、炭火のかわりに、小判を入れていたり、仲間と富士登山をした時、何も持たず、小さな風呂敷包《ふろしきづつ》みを、頸《くび》に巻きつけていたが、頂上に立つや、やおら、その中から、鼠花火《ねずみはなび》を出して、あげてみせたり——途方もない遊興をやってのけた。のち零落《れいらく》して、厩河岸《うまやかし》の間口二間のぼろ家に住んでいたが、ある大名の隠居が、文魚の河東節《かとうぶし》をききたくなって、三味線弾き二人を供に、おとずれて、所望すると、快く応じて、むかしと聊《いささ》かもかわらぬ美声でうたってみせた。隠居は、たとえ零落しても、その方は芸人ではないから、と金子の代りに八丈縞五反を与えた。すると、文魚は、即座に、三味線弾きにむかって、二反ずつをくれてやり、のこり一反を、世話になっている隣家の左官に届けてしまったそうである。

もはや、この時代には、そのような徹底した大通はいなかったが、吉原などでの遊びに粋《いき》を競うことは、かわりはなかった。

しかも、それは、決して、大仰な、派手な遊びではなかった。芸妓が、寒中見舞いに、客先にくばる甘露梅（青梅を紫蘇《しそ》で巻いて、糖蜜《とうみつ》に漬けたもの）を、旦那《だんな》が手ずから作ってやり、梅の種の代りに、金の小粒を入れておいてやるとか。

花魁《おいらん》部屋に泊った翌朝、半桶《はんおけ》と微温湯《ぬるまゆ》を入れた嗽茶碗《うがいちゃわん》が持参されるが、その少量の嗽茶碗の湯で、うがいをして、しかも顔を洗って、一滴の水も無駄にしないように骨を折るとか。

そういったたぐいの趣向を、よろこんでいたのである。

さて――当時、吉原の遊びで、大通のあいだに流行《はや》っていたのは、「貝合せ」であった。

使用する貝は、伊勢国二見産の蛤《はまぐり》であった。いうまでもなく、上下二枚の貝が、隙《すき》間《ま》なく、ぴったりと合うように、耳の波形のぎざぎざがあるのだが、これは、たとえ貝の大きさは同じでも、決して他の貝の一枚とは合わぬ。これの特徴を利用したのが、「貝合せ」で、来歴は古い。むかしは、貝の内側に、百人一首を書いたりして、風雅な遊びであった。

世相の頽廃《たいはい》とともに、これは、怪しげな淫事《いんじ》のひとつになっていた。

すなわち――。

その日、通人たちは、それぞれ一個ずつの蛤を持参する。その中に、めいめいが工夫した煉《ね》り香を容《い》れておく。（香には、陰陽の別があって、それぞれの好みで、陽の香を用いる者もあり、また陰の香を使う者もあった）

敵娼《あいかた》の花魁には、前日から躰《からだ》を潔《きよ》めさせておいて、牀《とこ》入《い》りするや、その秘処に、持参した蛤を挿入する。通人は、もっぱら、前戯の愛撫《あいぶ》に心をこめる。そのうちに、蛤の中の香は、熱くなった粘液につつまれて、溶ける。その夜、通人は、花魁をいやが上にも昂奮《こうふん》させ、身もだえさせ乍らも、自らの物は触れないのである。

一刻《とき》ののち、花魁を、入浴させ、美しく粧《よそお》わせて、広間に並ばせる。

使用した貝は、二つに分けて、一片（地貝）は小函《こばこ》にしまって花魁の背後にかくしておき、他の一片（出貝）は、集めて、種盆に置く。これから先の方法は、そのまま、五種の香——所謂《いわゆる》源氏香を踏襲する。

通人たちに招かれた浮世絵師だとか講釈師だとか俳諧《はいかい》の宗匠だとか幇間だとか料亭の主人だとか役者だとかが、大真面目《おおまじめ》に、うやうやしく、種盆をまわして、蛤の片側の香をきく。

その折、並んでいる花魁たちは、前を捲《まく》って膝《ひざ》を拡《ひろ》げる。

香のきき手連は、四ン匍《よつば》いになって、花魁たちの股間《こかん》を嗅《か》いでから、その匂《にお》いが、種盆の香のうちのどれと同じかを、ききわける。

これが、記録にとられ、のこらず終ったところで、花魁たちは、背後の小函を把《と》って、地貝をとり出して、前へ置く。

種盆の方の出貝が正しく配列してあれば、二枚はぴったりと合うのである。

いわば、花魁の秘処を、日頃ひいきにしている手輩に嗅がせる遊びであった。

眠狂四郎が、ふらりと、吉原の金瓶大黒《きんぺいだいこく》に登楼した日、この「貝合せ」が、行われようとしていた。

二

狂四郎は、「貝合せ」を知らなかった。

可愛《かわい》い禿《かむろ》の口から、それがさも立派な行事のように教えられた狂四郎は、そのばかばかしさに、苦笑した。

――札差たちは、巨万の財産を蕩尽《とうじん》した文魚のおろかさを嗤《わら》っている。しかし、文魚は、渠《かれ》らのように、人間を侮辱するような淫靡《いんび》な遊びはしなかった、文魚が生きていて、これをきいたら、逆に、鼻のさきで、せせらわらうだろう。

「ほれ……ご覧《ろう》じませ、狂様。……大通がたが、花魁をおつれになって、広間へお行きなさいます」

禿が、障子をほそめに開けて、前の廊下を通って行く江戸屈指の大金持たちを、尊敬と好奇の眸子《ひとみ》で、覗《のぞ》き見乍《よ》ら、狂四郎を呼んだ。

床柱に黙然と凭りかかっている狂四郎は、動こうとはしなかった。

しかし、跫音《あしおと》が通りすぎてしまった時、

「そなた、今日の大通たちは、五人だと申していたな?」

「あい。五人ざます」

「四人のようであったな。花魁は、たしかに五人であったが……」

「いえいえ。五人のおかたが、花魁の手をひいて、お行きなさいました」

「すると、一人は、幽霊であったか」

「え？」

「脚がなかったようだ。跫音がきこえなんだぞ」

「まあ、気味のわるいことを仰せじゃ」

禿は、首をすくめた。

その時は、それだけの話にして、狂四郎自身、そのことは忘れてしまった。

禿が、広間の様子を窺《うかが》いに出て行って、半刻《はんとき》ばかり過ぎてから、ばたばたと駆けもどって来ると、息をはずませて、

「やっぱり、わたしがお祈りしたのが、叶《かの》うた！　瀬川菊之助丈が、ぴったりと、五つの貝を合わされましたぞえ。……そしてな、今日は、浮舟でありましたわいな」

うれしそうに、ひいきの役者の勝を、告げた。

五種の香では、その陰陽のすべての変化をかぞえると、五十四種になる。それを、源氏物語の五十四帖《じょう》になぞらえて、源氏香という。

今日の結果は、源氏物語の五十帖にあたる「浮舟」であった、という。

翌朝――といっても、午《ひる》ちかく。

狂四郎は、騒々しい、菅掻《すがが》きに追われるようにして、廓《くるわ》を出ると、なかば放心のから

だを、日本堤にはこんだ。

談亭に預けてあるちさを見舞ってやらねばならぬ、と先日から考えてい乍ら、つい、億劫《おっくう》で、足を向けていない狂四郎であった。

自分のような無頼の、虚無の徒に、献身してくれるのは、亡くなった美保代ひとりでたくさんであった。

ちさが、あまりに美保代に似ていることも、心に重かったのである。

——しかし、今日あたりは、見舞ってやらねばなるまい。

浅草寺《せんそうじ》末寺の、腰高塀がならんだ、曲りくねった裏道を抜けて行こうとした狂四郎は、

「もうし——」

と、呼ばれて、われにかえった。

色褪《いろあ》せた幟《のぼり》にかこまれた小さな稲荷《いなり》の祠《ほこら》わきに、十二、三歳の少女が、彳《たたず》んでいた。ひどく貧しい装《なり》をしていたが、顔だちはおっとりして、氏素姓ありげであった。

「蠟燭《ろうそく》を買うて下さいまし」

左手をさし出した。細い掌《てのひら》の上には、燃えのこりの、五分にも足らぬ蠟燭があった、祠の供物石《くもついし》から、盗んだものに相違ない。

「どういうのだ？」

狂四郎は、訊《たず》ねた。

「吉原《なか》におかよいのおかたなら、この意味はおわかりと存じます」

おとなびた口調で、言った。

「それは、知っているが……」

一本の蠟燭を、畳の上へ立てておき、裾をからげた芸妓が、股《また》びらきして、その上で中腰になると、三味線を弾き乍ら、だんだん、腰を落して行き、炎が陰毛を焼くまでに近づけても、すこしも、その弾きかたを狂わせぬ——といった卑猥《ひわい》な芸当が、吉原では、演じられていたのである。

「そなたが、三味線を弾いてみせるというのか？」

「いえ。三味線は弾けませぬが、歌なら唄《うた》えます」

廓の界隈《かいわい》で育てば、花魁や芸妓が、おのが理想となるのであったろう。そして、それが演ずる芸が、いかに下等卑猥であっても、羨望《せんぼう》の念は、すこしも減じることはなく、かえって、あまりにくらしが貧しければ、それを真似《まね》て、聊《いささ》かなりとでも、親をたすけようという料簡《りようけん》になるのか。

女がそこを示せば、男は悦《よろこ》ぶもの、と思い込んだ挙句の、いわば、けなげなひとり決意といえた。

狂四郎は、行き過ぎようとした。

少女は、あわてて、走ってその行手をふさぐと、

「では……貝合せを、して下さいまし」

と、右手をさし出して、ひらいてみせた。

蛤が一個のせてあった。

美しく彩色してあり、これは、あきらかに、通人たちが使用した貝であった。衣紋坂《えもんざか》あたりの溝に、こうした品がよくすててあるが、それをひろったものであろう。

狂四郎は、少女の必死な表情を、黙って見下ろした。

少女は、微《かす》かに顫《ふる》える手で、蛤を、狂四郎に渡した。

それから、急いで、祠の前の石狐《いしぎつね》へ、よじのぼると、前を拡げた。

「ここへ、入れて下さいまし」

そう言って、目蓋《まぶた》をとじた。

その瞬間であった。

それまで、忘れていたことが、突然、非常に重大な意味をもって、狂四郎の脳裡《のうり》に甦《よみがえ》ったのは――。

花魁をつれて、廊下を通って行った大通五人の姿を、禿はたしかに見とどけているにも拘《かか》わらず、部屋の中にいた自分は、四人の跫音しか、ききとらなかった――そのことであった。

狂四郎は、袂《たもと》をさぐった。小判一枚がのこっていた。

それを、目蓋をとじた少女の、いままで蛤をにぎっていた掌へ、そっと、つかませてやると、離れた。

少女のはげしい驚きと悦びの叫び声を、うしろにきき乍ら、

——あの夢買いの老人が、蔵前の連中と交際《つきあ》っていることは、充分に考えられることだ。

と、自身に言いきかせていた。

べつだん跫音を消さねばならぬ場所ではなかったということは、そうした歩きかたが習性になっている人物であった。狂四郎は、夢買いの老人が、いつも、そうした歩きかたをしているのを知っていたのである。

あの老人が、大町人たちに近づいていることは、何かの大きな野望を抱いているからに相違ない。

大通を誇っている商人たちならば、重大な取引にあたっても、暗黙裡の趣向を凝らすのではあるまいか。とすれば、「貝合せ」も、ただの淫靡な遊びごとではあるまい。

蔵前の商人——貝合せ——浮舟——割符。

こうつないでみることに、なんの無理もない。

直感力というものは、いわば、闇《やみ》にともされた灯にもたとえられよう。ふとしたきっかけから、ある一点に気がつくや、その筋道の全てが、明るく照らされたように、了解

されるのであった。

まさに、狂四郎のカンは、冴《さ》えた。

——そうか!

この男が、生き甲斐《がい》をおぼえるのは、こういう時であった。

三

満ちて来る潮が、大川の流れにさからって、ひそやかではあるが、月明りに、それとはっきり判《わか》る動きをしめしはじめる時刻であった。

点《とも》しのこされた両岸の家の灯が、水面でせわしくゆれていたし、舟は船綱《もやい》をきしらせていたし、波に洗われる葦《あし》も、ささやくように、微かな音をたてていた。

人影の絶えた大川端を、ゆっくりとひろって来た狂四郎は、どっしりとした黒い船体を、石垣へ横づけている一艘《いっそう》の樽廻船《たるかいせん》を、彼方に見出《みいだ》して——あれだな、と合点《がてん》した。

夜に入って、大川に到着したものとみえた。仲仕たちが、積荷を担ぎ出すのは、明朝のことになる。

河岸道に沿うて、右側は、倉庫が幾棟もつらなり、日が昏《く》れるとともに、森閑《ひっそり》として、猫いっぴき横切らぬ地域であった。

それだけに、満ち潮の起す変化が、妙に無気味な気配をこめる。

後方から、一梃《いっちょう》の駕籠《かご》が、かなりの速力で、近づいて来た。狂四郎は、予期していたもののように、つと、物蔭《ものかげ》へ、身をかくした。

樽廻船の前でとめられたその駕籠から、あらわれたのは、おもてをかくしていない夢買いの老人であった。

架《か》けられた足踏板を渡って行くと、その跫音にすぐ応じて、船上に、灯を持った人影が出て来た。

「割符は？」

その問いに老人は、黙って、懐中から、畳紙《たとう》をとり出して、手渡した。対手《あいて》は、それを披《ひら》いて、頷《うなず》いた。貝合せの貝であった。

老人は、みちびかれて、船倉へ降りた。

同じ大きさの薦包《こもづつ》みの荷が、びっしりと積まれてあった。老人は、それに捺《お》された焼印の番号をかぞえて、五十番の荷の前に立った。

すなわち、昨夜、吉原の金瓶大黒における貝合せで、合わされた源氏香の五十帖「浮舟」とは、この荷のことを意味していたのである。

老人は、匕首《あいくち》を抜くと、縄を切って、薦を剝《は》いだ。

あらわれたのは、鉄の格子造りの大箱であった。けものの呻《うめ》くような声が、中から洩《も》れた。

老人は、袂から鍵《かぎ》をとり出して、蓋をひらくと、双手で扶《たす》けて、とじこめられている人間を、ずるずると、そこへ、ひき出してやった。

頭髪も髯《ひげ》も、ぼうぼうとのび放題になっていて、人相も判別し難かった。囚人の布子《ぬのこ》をまとうた躰《からだ》は、痩《や》せさらばえていたが、骨組みはおそろしくがっしりしていて、こういう苦難にも堪えられる男とみえた。

鉄の鎖が、右の手くびと左の足くび、左の手くびと右の足くびと、交差してつないでいて、立つことも叶わなくしていた。

「遠い海路を、よう辛抱したな。船は無事に、江戸に到着した。安心してよい」

老人は、灯をかかげ乍ら、微笑して言った。

「あっしを、島抜けさせたのは、お前さんかい？」

男は窪《くぼ》んだ眼窩《がんか》の底から、猜疑《さいぎ》の光を放って、陰気な声音で、訊ねた。

老人、それにこたえず、

「お前は、とんだ災難に遭って八丈島に送られていたのだな。これは、政道がまちがっているためだ。……だがもう、安心してよい。妻子にも、会わせて進ぜよう」

「あっしを、島からさらって、こんな鎖でつないで、江戸へつれ戻ったのには、なにか、こんたんがあるにちげえねえ。そいつを、きかせてもらおうじゃねえか」

「勿論《もちろん》、お前が可哀《かわい》そうで、島抜けさせたわけではない。……お前は、三年前、公儀が、闕所物《けっしょぶつ》を、どこかへ隠匿《いんとく》する際、人夫頭《がしら》であったな。これは、ちゃんと調べてあることだ。かくしても無駄だ」

「………」

「お前は、その時、人夫たちの労賃のあたまをはねた罪を問われて、八丈島へ送られた。遠島になるほどの罪ではなかった。然《しか》るに、裁きもされずに、島送りとなった。何故《なにゆえ》か、お前には判って居《お》るかな？」

「………」

「隠匿した闕所物が、秘密の品であって、世間に知られては困るために、お前を、遠島にしたのではなかったかな。ほかの人夫たちも、それぞれ些細《ささい》な罪を問われて、佐渡へ送られてしまったそうな」

「そ、そいつは、本当ですかい？」

男は、愕然《がくぜん》となった。

佐渡の金山へ送られるのは、重罪を犯した者か、さもなければ、無宿者であった。江戸で一戸をかまえた土方人足が、佐渡へつれて行かれることなど、あり得なかった。

遠島ならば、赦免の希望があった。金山掘りは、生地獄へ抛《ほう》り込まれるのを意味し、再び娑婆《しゃば》へ戻る可能は、万に一もなかったのである。

「さて、どうであろうな、甚五郎《じんごろう》。お前は、闕所物をかくした場所を、ひと言もらすだけで、妻子に会えるばかりか、これからの生涯を、のぞむがままに、太平楽でくらせる。これを、約束しようではないか」

老人は、いかにも穏やかな口調で、促した。

「ふん――」

男は、せせらわらった。

「浮世の表と裏を、こういうあんばいに、手酷《てひど》く見せつけられちゃ、少々脳味噌《のうみそ》が足りなくても、知恵がまわるようになるぜ。鎖でつないだまま、江戸の水の匂いをちょっぴりかがせておいて、泥を吐かせる。吐かせたとたんに、ばっさりやって、大川へ蹴込《けこ》むという寸法だろう。その手にゃ乗らねえ。……あっしののぞみは、まず、この鎖を解いてもらいてえことだ。相談は、それからのことにしてもらおうじゃねえか」

「成程な、それは、もっともな申し分だ。しかし、甚五郎、浅知恵をまわしすぎて、あこぎなかけひきをやったために、せっかくの救い手を慍《おこ》らせる、という場合も考えられるのではないかな」

「あっしを島抜けさせて、ここまで運んで来た御苦労様の手口を見りゃ、泥を吐かねえ限りは、そうかんたんに、片づけはしめえ、と思いやすぜ。慍って、損するのは、お前さんの方さ。せいぜい大切に扱ってもらいてえね」

すると――。

「どうやら、甚五郎のかけひきの方に、理屈がありそうだな、老人」

その皮肉な言葉が、背後から、あびせられた。

咄嗟《とっさ》に、懐中にかくしている短銃を、摑《つか》もうとしたが、冷たい白刃が、頸根《くびね》に触れるのが、一瞬はやかった。

「お気の毒だが、今夜も、わたしの方が、勝負をもらった。あきらめて頂こうか、老人」

「……む！」

老人は、みとめざるを得なかった。

「甚五郎、こちらへ寄れ」

狂四郎は、命じた。

甚五郎が、いざって来るや、狂四郎は、左手で脇差《わきざし》を抜きざま、二本の鎖を、ひと撃ちに、両断した。

甚五郎は、

「有難《ありが》てえ！」

叫ぶや、いきなり、荷箱のひとつをかかえあげて、蓬窓《あかりまど》へたたきつけ、玻璃《はり》をみじんに砕くや、

「どこの何様だか知らねえが、ご浪人さん、恩にきるぜ」

と、言いのこして、文字通り脱兎《だっと》の勢いで、とび出した。

水音をきき乍ら、老人は、うしろの狂四郎に、

「どういうのだな。眠狂四郎？　……これは虻蜂《あぶはち》とらずと申すものではないか。お主が、わしをだしぬいて、彼奴《きやつ》から、隠匿場所をきき出したというのであれば、話は判る。ただ、遁《に》がしてやったのでは、双方とも、なんの益にもならぬではないか」

「老人、お手前は、先夜、わたしを敵にまわす、と言われた。敵味方にわかれたからには、まず、対手を敗北させることを考える……。あの男をつかまえるのは、これはまた、これで、別の競争だろう。どうやら、この方も、わたしに分があるようだ」

狂四郎のうそぶきに、夢買いの老人は、苦笑した。

しかし、いまは、わるあがきしないだけの度量はあった。

狂四郎が、立ち去って行く気配をきき乍らも、老人は、べつに、動こうとはしなかった。

秘密塚

一

東の空が、淡々《あわあわ》とした夜明けの色を刷《は》いた頃あいであった。

浜町河岸《はまちょうがし》の百本杭《ひゃっぽんぐい》に、黒い濡《ぬ》れ首が、ひとつ浮いていた。潮がさして来ると、よく土左衛門がひっかかる場所であったが、これは、生きた首であった。

落窪《おちくぼ》んだ目を底光らせつつ、音もなく流れを切って、杭から杭へ、移って行く。口には、雁《がん》のように一本の葦《あし》をくわえていたが、これは、河岸道に人影が現われると、すばやく水中にもぐって、これで、呼吸をするためであった。

眠狂四郎に鎖を断ってもらって、蓬窓《あかりまど》を破って、大川へ遁《のが》れた囚徒甚五郎に、まぎれもなかった。

水はぬるんでいても、まだ衣更《ころもがえ》したばかりの季節であったし、一夜を水中に浸っていた甚五郎の五体は、氷のようにひえきって、もう我慢のならない、ぎりぎりの状態が来ていた。葦をくわえている歯は、絶えず、顫《ふる》えて、がちがちと鳴っていた。

――お！

甚五郎は、彼方《かなた》の空地に、焚火《たきび》の赤い色をみとめて、目を剝《む》いた。同時に、そちらから流れて来る一種異様な匂《にお》いを、鼻孔に吸い込んで、ひくく呻《うめ》いた。

それは、普通の腹具合で、嗅《か》いだならば嘔吐《おうと》を催す獣の肉を炙《あぶ》る臭気であった。腹の皮が、背中に貼《は》りつくほど飢えきった甚五郎にとっては、とうてい、じっとしていられない誘惑であった。

葦をかきわけ、石垣をよじのぼるのも、夢中であった。

濡れねずみのからだを、夢遊病者のように、蹌踉《そうろう》と、焚火の熾《さか》んに燃えあがる空地へ、はこんでいった。

焚火をかこんで円陣をつくっているのは、一瞥《べつ》で異様な一団と判《わか》った。

しかし、これは、いまの甚五郎にとっては、かえって、好都合な救い手に見られた。

ためらわずに、近づくと、

「あっしは、川流れでござんす。火の気を頂きてえ」

そうたのんだ。

川流れ、とは溺死者《できししゃ》のことであった。そして、ただあやまって溺《おぼ》れた人間ではない、意味も含んでいた。

白昼の町中を通れば、塩を撒《ま》かれそうな忌わしい風体の男たちは、一斉に、甚五郎を

仰いだが、誰も一語も発しようとしなかった。甚五郎は、その無気味な沈黙に堪えられず、

「島帰りでござんす。おすそを頒《わ》けちゃ下さいますまいか」

と、願いつつ、懐中から、革袋をとり出して、一両小判をつまみ出すと、一人の手へ渡した。この革袋は、眠狂四郎から、鎖を断ってもらった際、すばやく与えられた品であった。中に、小判五枚と貝合せの蛤《はまぐり》の一片（出貝）が入れてあったのである。

甚五郎の三十七年の生涯は、甚だ惨めなものであった。父親は、五両三分二人扶持《ぶち》の一季半季の渡り徒士《かち》であったが、落度があって、主人から、打ち首になった。物心ついた時には、若い男をつくった母親にすてられて、なんの縁故もない家を、転々とたらいまわしにされ乍ら育《なが》った。生きのびるということは、どんな虐待にも堪えるということでしかなかった。

伝馬町の牢獄《ろうごく》へ、いくたびも抛《ほう》り込まれ乍ら、地虫のような生命力で、土方人足の頭にまでのし上がったのは、やはり一片の気骨を喪《うしな》わなかったからに相違ない。

甚五郎は、しかし、信頼される、口のかたい強情男と見込まれたために、かえって、せっかくつくった平穏な家庭をも破壊される不運に遭わねばならなかったのである。

命じられた公儀御用の仕事については、絶対秘密をまもるという血判をとられたもの

だったが、それにも拘《かか》わらず、仕事がおわるや、人夫たちの労賃のあたまをはねたという無実の罪をきせられて、八丈島へ送られてしまったのである。

ともあれ――。

甚五郎が、赤い焚火を見つけ、獣肉の匂いをかいだのは、眠狂四郎にたすけられたのを運のつきはじめとして、どうやら、次の運をひろったことになったか、とみえた。

島抜けをした身にとって、無事にかくれる場所は、江戸八百八町内に、そうざらにありはしなかった。

甚五郎が出会ったのは、皮剝《かわは》ぎの群であった。元来、屠獣《とじゆう》を義とする不浄の使役は、穢多頭《えたがしら》弾左衛門《だんざえもん》が統率する一団の仕事であったが、近頃、穢多は、獄舎の使役、刑科の執行、燈心《とうしん》販売などで多忙になり、直接屠獣の皮剝ぎはしなくなっていた。つまり、甚五郎が出会ったのは、穢多よりも、もっと下級の種族であった。

この種族が、剝いだ皮革を、穢多が買い入れて、陣太鼓やその他軍用の諸皮細工を製するのであった。

いわば、日本の国にあって、最下等の人間たちである群に、島抜けの川流れだと告げて、一両小判を挨拶《あいさつ》代りにさし出した甚五郎が、無下に扱われるはずがなかった。

はたして、しばらくの無気味な沈黙ののちに、小判を受けとった一人が、腰をずらして、席をあけてくれた。獣の肉も、前に置かれた。

甚五郎は、それに嚙《かじ》りついて、文字通り骨までしゃぶった。

肉の匂いを慕いながらも、おそろしい敵と知って近づかずに、多数の犬が、遠吠《とおぼ》えていたが、なかに、勇敢な奴が一匹、甚五郎の背後まで寄って来た。しかし、甚五郎が投げてやった骨を銜《くわ》えようとはせずに、ひくく唸《うな》りつづけたのは、後で思えば、意味があったのである。

腹が盈《み》ち、乾いた布子をまとうと、疲れが一時に出て、そのまま、甚五郎は、立てた膝《ひざ》に顔を伏せて、睡《ねむ》った。

小突かれて、目をさますと、夜はすっかりあけていた。夜のうちに皮剝ぎを終った群は、黙々として、浅草はずれの小屋へ帰って行く。甚五郎は、これに従った。

小屋に着いて、首領の前につれて行かれた甚五郎は、仲間にはできぬが、当分の間なからかくまってやろう、という願ってもない言葉を与えられた。のみならず、甚五郎と同様に、大川へ身を投げた心中のかたわれである女を救ってかくまっているゆえ、これと同じ小屋に住むように、と命じられた。

女は、まだ三十前の、意外な器量良しであった。

その夜から、甚五郎は、三年間もおさえていた欲情を迸《ほとばし》らせて、白い豊かな女体をむさぼる快楽に酔うことができた。甚五郎は、このまま、この小屋で、一生をすごしてもいい、と思った。

またたく間に、七日間が過ぎた。

女が、吉原の格子女郎であったことが、甚五郎に、さらに、あらたな幸運がもたらされる期待を抱かせた。というのは、甚五郎は、眠狂四郎から渡された革袋の中に、美しく彩色した蛤の一片が入っている意味を、解きかねていたのだが、女は、即座に、それを説明してくれたのである。

「これは、貝合せの出貝の方だよ。地貝は、その浪人さんが持っているに相違ない。……ほら、この出貝の中に、ちゃんと住所が書いてあるじゃないか。これを持って会いに来い、という謎《なぞ》さ」

「成程――」

甚五郎は、合点した。

――あの浪人も、闕所物《けつしよぶつ》のかくし場所を知りたいのだ。遁してくれた恩がえしに、ひとつ、教えてやるか。どれくらいのねだんで買ってくれるか、こいつは、当ってみるのもわるくねえ。

二

借りた房屋から一歩も出ない眠狂四郎の無為なくらしが、つづいていた。

ついに、ちさを一度も見舞ってやることなく、今日になっていた。

旅へ出たい、という気持がしきりに動いていた。

片づけなければならぬ風魔一族との争闘も、次第に面倒に思われて来ていたのである。

風魔一族の陰謀が、どのようなものか、ほぼ輪郭が明瞭《めいりよう》になって来ると、その無謀さがばからしくなっていた。こちらから、進んで、たたきつぶすまでもなく、自ら墓穴を掘っていることは、疑う余地はなかったのである。

「先生――」

いつの間にか、因果小僧の七之助が庭に入って来ていて、ひどく緊張した面持で、

「大丈夫でござんすか、そうやって、のんきに寝ころんでいなすって――？」

と、小声で、問うた。

「なにがだ？」

「隣の家に、ただ者じゃねえ浪人が、五、六人も、入り込んで居りますぜ」

「五日前からのことだ」

「風魔の野郎どもに、ちげえねえ。先生の寝首をかくこんたんでいやがるんだ」

「ちがうようだ」

「ちがう？　風魔の野郎どもじゃねえと仰言《おつしや》るんで……」

「うむ」

「しかし、どうもあっしが窺《うかが》った様子じゃ、先生を狙《ねら》っているとしか思えねえ」

「窺ってはいても、寝首をかく目的ではない。おれの行動を監視しているにすぎぬ。いわば、たのみもせぬのに、護衛しているようなものだ。……七之助！」

「へい」

「今朝から、塀のむこうを、物売りの同じ女が二度、通った。もし、三度通ったら、呼びとめて、買ってくれ」

「へえ――？」

七之助は、訝《いぶか》って、首をかしげた。

「何を買おうと仰言るんで？」

「むこうが売りたいものを買えばよい」

狂四郎は、懐中をさぐると、一両小判を四、五枚、抛《ほう》った。

七之助は、目を剝いて、

「冗談じゃねえ。呼び売りが、小判で買う代物を持っているわけがありませんや」

「ねだんをきいてみろ。一分や二分では売らぬ筈《はず》だ」

――こりゃア、何かあるな。

七之助は直感した。

それから、四半刻《しはんとき》ばかり過ぎてから、塀のむこうから、はたして、呼び売りの女の声が、ひびいて来た。

「ちいんぴん……ちいんぴんは、要らんかねえ……」

「ちいんぴん、だと？」

七之助は、ちょっと、その意味が判らなかったが、

「あ——珍品か」

苦笑して、すぐに、木戸から出て行った。

吹流しに被《かぶ》った手拭《てぬぐい》の上へ大笊《おおざる》をのせた、三幅前垂、黒の手甲、白い脚絆《きゃはん》といういでたちの女が、近づいて来た。

「おう——姐《ねえ》さん、売ってもらおうじゃねえか」

「あいな」

女は、にっこりして、大笊をおろした。七之助が覗《のぞ》いてみると、あきれたことに、貝合せの蛤の片方が、たったひとつ、ころがっているだけであった。

「なんでえ、こりゃ？」

「三両でございます」

「なにを?!」

七之助は、あきれて、女を睨《にら》みつけた。

女は、声音をひそめると、

「こちら様は、眠狂四郎様のおすまいでございましょう？」

「それが、どうした？」

「眠様なら、この蛤を、三両が五両でも、買って下さいます」

「畜生！　大層もなくふっかけやがる」

狂四郎から、高値であることを言いふくめられているのでなかったならば、七之助は、
呶鳴《どな》りつけたかも知れなかった。

七之助が戻って来ると、狂四郎は、起き上がって、その出貝を受けとった。

自分が記しておいたこの家の住所は消されて、代りに、

『こんや、亥下刻《いのげこく》、あすか明神』

と、書かれてあった。

「七之助――」

「へい」

「飛鳥《あすか》明神、というのは、小塚原《こづかつぱら》にあったな」

わざと大声で、言った。

「へい、箕輪《みのわ》の天王とよんでいる社でござんすね」

七之助は、隣家にぬすみ聴く耳があることを気にし乍ら、こたえた。

「そこの境内が、今夜、真夜中に、修羅場となる。三人や四人は、生命をおとすことに

である。

なろう」

七之助は、黙って、頷《うなず》いた。

狂四郎は、あきらかに、隣家のぬすみ聴きの耳に、きかせるために、そう言ったので

三

飛鳥明神社の、大鳥居をくぐって右折すると、小塚の上に、巨巌が据っている。瑞光《ずいこう》石《せき》、と称す。往古、双神が老翁《おう》に化《け》して、この石上で、議論をたたかわし、いつ果てるとも知れなかった、という。おそらく、上古の荒墓であろう。

眠狂四郎は、その巨巌の下の、供物石に腰をおろしていた。小塚をめぐって、細流れがあり、懸樋《かけひ》から落ちる遣水《やりみず》の音が、小さく、単調に、ひびいていた。

薄雲を貼《は》った空に、おぼろ月があり、地上の影は淡かった。

ひとつの影が、大鳥居をくぐるや、すぐに、こちらを見わけて、近づいて来た。

小ざっぱりした職人ていの身なりになった甚五郎であった。

「先日は、お慈悲を蒙《こうむ》りまして、有難う存じました」

鄭《てい》重《ちょう》な物腰で礼をのべた。

狂四郎は、腰を下ろしたままで、挨拶《あいさつ》を受けてから、

「はじめに、わたしの方からことわって置く。お前が胸に抱いている秘密は、たぶん、天下の一大事であろう。お前自身も、およその臆測《おくそく》はついて居《お》ろう。わたしには、それは、直接なんの利害もないことだ。ただ、秘密が重大であればあるほど、人間という奴《やつ》は、いずれは、誰かに打明けずにいられないものだ。とすれば、きき手に、わたしがなることが、いちばん当を得ているようだ。どうやら、お前にとって、わたしが、最も正直な取引対手《とりひきあいて》だからだ。お前の言い値で買うし、買ったあとで、お前になんの危害も加えはせぬからな」

「よく承知して居ります。貴方様《あなたさま》が、どういうお方か、噂《うわさ》でもうかがいましたし、先日のお振舞いからも、お人柄が充分にうかがわれます。……百両で、お買い取り下さいまし」

「いま、ふところにはないぞ」

「結構でございます」

甚五郎は、語りはじめた。

三年前、甚五郎を頭とする土方二十人は、千住大橋から、屋根船に乗せられた。乗せられる時、目かくしをさせられたので、ただ、荒川を下って行くのだ、とだけしか、わからなかった。やがて、海へ出て、また、川に入って、溯《さかのぼ》りはじめたが、これは江戸川らしいと推測できただけであった。

陸路なら、めくらでも、里程は、見当がつくであろうが、停められたり漕《こ》がれたりをくりかえしつつ流れを溯る旅は、時刻によって、どれだけ江戸を離れたか、全く不明であった。

とある場所で、上陸させられたのは、月のない夜であった。

川幅がおそろしく広かったことと、立った地点が、屏風《びょうぶ》をたてたような絶壁の真下であったことだけが、甚五郎の記憶にのこっている。

急勾配《きゅうこうばい》の石段があって、そこを登ると、断崖《だんがい》のちょうど中腹に、十坪ばかりの平らな空地があって、かなり大きな馬頭観音の御堂《みどう》が建っていた。

甚五郎たちは、昼の間は、その御堂の中へとじこめられ、真夜中に、御堂裏手の絶壁に、洞穴を掘りぬく作業を課せられたのであった。

絶壁は、岩石だったので、難工事であった。人目をはばかって、昼をさけたために、よけいに、作業は、はかどらなかった。掘り出した石と土は、下の船が、何処《どこ》かへ運んで行った。

二十日ばかりで、五間余の洞穴がくりぬかれた。そして、その奥に、太古の住民のすまいでもあったかとおぼしい、十畳敷きぐらいの大空洞があるのを発見して、土方たちは、自分たちの仕事が終了したのをさとったことだった。

それを待っていたように、五艘《そう》の船が、鉄の大長持を数十個乗せて、到着し、土方たちは、これを、大空洞へ、運ばせられた。

甚五郎が、そこまで語った時、狂四郎は、

「待て――」

と、とめた。

何者かが、どこか近くにひそんで、ぬすみ聴いているらしい、と直感したのである。

その気配を明確に察知したわけではなかった。冴《さ》えた神経にふれて来る動きも気息もあったわけではない。

霊感に似た狂四郎の直感力が働いたのである。

狂四郎は、供物石から立ち上がると、目に見えぬ潜伏者に対して、

「おい！　風魔の御仁《ごじん》、そろそろ、姿を現わしてもよかろうではないか」

先手を打って、声をかけた。

「応《おう》！」

このこたえは、かたわらの懸樋の筒口から、出た。

狂四郎は、苦笑した。迂闊《うかつ》であったというほかはない。竹筒を通せば、十間の彼方《かなた》からでも、ぬすみ聴くことは可能だったのである。

……忽然《こつねん》として。

瑞光石の上へ、躍り上がった者は、夜目にも無気味に光る敦盛《じゅうろく》の面をつけていた。

風魔一郎太。

狂四郎は、そう見てとった。

「ははは……」

面の下から、おのが間法を誇る哄笑《こうしよう》が発しられた。

「眠狂四郎！　今日に到って、ようやく、此奴《こやつ》と連絡がとれたか。笑止！　われら間法の達人は、すでに此奴が、川から匐《は》い上がった時から、その所在をつきとめて居るぞ。その方法をまず教えてやろうず！　此奴を監禁した檻《おり》の中には、三年余の虜囚たりし体臭がしみ込んで居った。それを、飼いならした狗《いぬ》にかがせて、追わせるならば、その行方をつきとめるに、なんの造作があろうや、此奴め、小ざかしくも、皮剝《は》ぎの群に、身をひそめようといたした。そこで、われらは、その首領を懐柔し、此奴を安堵《あんど》させるためには、女までもあてがってやった、と知れ。強情者とききおよんでいたので、此奴自身が進んで、お主に白状するまで気長に待ってくれた。……はははは、どうだ、眠狂四郎、逸を以《も》って労を待ち、近きを以って遠きを待つ、とはこれを言うぞ！」

うそぶきつつ、凄《すさ》まじい殺気を、巨巌上からあびせかけた。

とたんに、甚五郎が、けだものじみた叫びを発して、脱兎《だつと》のように奔《はし》り出した。

「下郎！　うぬが任務は済んだぞ！」

風魔一郎太の右手が、おどった。

おぼろ明りを縫った手裏剣は、甚五郎のせなかへ、吸い込まれた。

「うわわあっ！」

たかだかと、ばんざいし乍ら、甚五郎は、二、三歩泳いで、撞《どう》とぶっ倒れた。

「眠狂四郎！　いかに！」

風魔一郎太は、瑞光石を台にして、まさに鬼神にでもなったような、気勢をあげるや、

「お主は、この一郎太から、面を奪って、われら一族の長老に、あろうことか、五千両で売りつけ居った。この屈辱を、いまこそ、返してやる。……抜け！　お主の円月殺法が、はたして、わが飛翔《ひしょう》の術を破るか否か、見とどけてやる！　抜け！　抜け！　抜けっ！」

――さしずめ、舞台で大見えをきった、高麗屋《こうらいや》の酔い心地といったところか。

狂四郎は、胸のうちで冷笑しつつ、ゆっくりとあとへさがった。

「抜かぬか、狂四郎！」

「あいにくだが、今夜は、こちらは、見物の側にまわる」

「なにっ？」

「お主と闘う役割は、わたしではない。黒指党という格好の敵が、いるのを忘れては居るまい」

狂四郎の言葉のおわらぬうちに、音もなく、数個の黒影が、大鳥居をくぐって来た。

「おのれっ！　眠狂四郎ともあろう者が、助勢をもとめ居ったか！」

「こちらがもとめたわけではない。勝手に、むこうが、買って出たまでだ」

隣家に移って来て、狂四郎を監視していた浪人者たちは、黒指党の面々だったのである。狂四郎の動いて行くところをさぐれば、自然に、風魔一族の動向が判る、と評議して、この手段をえらんでいたのである。

眠狂四郎が、ななめ後方へ、二段に跳んで二間をさがるのと。

風魔一郎太が、瑞光石を蹴って、宙を翔《か》けるのと。

黒指党五名が、地上を掠《かす》めて、そこへ殺到するのと。

それは、全くの一瞬裡《り》になされた。

猛禽《もうきん》が、怒濤《どとう》にいどみかかる——それに似て、一郎太が、宙を翔けつつ抜きはなった一剣を、黒指党の白刃陣の中へ、振り込んだ時、狂四郎は、しかし、その凄絶《せいぜつ》の闘いへは、目もくれずに、地べたに匐い伏した甚五郎のそばへ、歩み寄っていた。

踞《かが》み込んでみると、すでに事切れている。

しかし——。

甚五郎の右手がさしのばされた地面に微《かす》かに、文字らしいものが記されているのを、狂四郎は、みとめた。

断末魔の苦痛の下で、指書きしたものに、相違なかった。

ありじごく（蟻地獄）

そう読めた。

憤怒剣

「盗奪にあらず。迎えて、慇懃《いんぎん》を通じ、
その実父をして、安堵《あんど》せしむるのみ。
風魔三郎太敬白」

一

眠狂四郎が、旅に出ることをことわりに、立川談亭の家へ立寄ってみると、偶然にも、その筆痕《ふであと》が、床の間の山水にのこしてあった。すなわち、ちさが拉致《らち》された直後であった。

談亭は、まだ、席亭から、戻って来ていなかった。

狂四郎は、床の間にむかい立って、動かなかった。

不吉な予感が、黒い霧のように、おのれを包むのをおぼえた。

格子が開き、談亭の陽気な声が、帰宅を告げた。

土間にぬいである履物《はきもの》をみとめて、客は狂四郎と知り、

「主が来た来た、主が来た、やっこらさあ、でやって来た。ゆうべから、ちゃあんとわかっていたんだ。辻占《つじうら》に出ていたアな、辻占に――」

首をふり乍《なが》ら、襖《ふすま》をあけて、

「へへへ……、くやしくも、惚《ほ》れた弱味があればこそ、恋しい文も書きあぐね、しかたなくなく泣き寝入り――しかし乍ら、さり乍ら、今夜は、ひとつ、ねがいますぜ、先生。……恨みつ恨むその後は、なんにも言わず、ひとつ夜着《よぎ》――」

言い乍ら、狂四郎が立ったまま、動かぬのに不審を起して、その視線を追って、談亭は、ぎょっとなった。

「な、なんだ！　こ、これは！」

床の間へ近よって、

「げっ！」

と、唸《うな》った。

「先生っ！　は、はやくっ！　……お前様にも、責任があるんだ！　あ、あんまり長くすてておくから――いけないいっ！　はやく、たすけに、行かなくっちゃ――。愍懃を通じ、だと……べらぼうめ！　先生、思案している場合じゃありますすまい」

「談亭――」

狂四郎は、踵《きびす》をまわし乍ら、

「もしかすれば、間に合わぬかも知れぬ。そんな予感がする」

「冗談じゃない！」

談亭は、憤然となった。

「天に目あり、眠狂四郎に刀ありっ！　はやくっ！」


たてきった、温気《うんき》のこもった、ほの昏《ぐら》い部屋の、畳の上へ仰臥《ぎょうが》させられて、ちさは、正常な意識を喪《うしな》ったかわりに、当ておとされたあいだに、風魔三郎太に嚥《の》まされた秘薬によって、対手《あいて》の意志のままに動く一種の催眠状態に陥っていた。

眉《まゆ》が一毛もなく、眸子《ひとみ》の間隔がひらき、顴骨《かんこつ》が鼻梁《びりょう》と同じ高さにまで突き出している。みるからに異様な面貌《めんぼう》をもった逞《たくま》しい若者は、ちさの上に、掩《おお》いかぶさって、

「よいな、今宵、そなたは、妻になるのだぞ！」

と、熱気をこめた息吹きを、ちさの寝顔へ吐きかけた。

「はい――」

ちさは目蓋《まぶた》をとじたまま、頷《うなず》いた。

ちさにとって、そうささやいてくれるのは、狂四郎以外の何者でもなかった。

「よし――。よいか、はずかしゅう思うてはなるまいぞ。妻となるからには、良人《おっと》に、心も身もゆだねなければならぬ。なにをされても、どのように扱われても、すなおに、

したがうのだ」

　風魔三郎太は、羞恥《しゅうち》が、正常な意識を甦《よみがえ》らせることを警戒して、くどく、呟《い》いきかせた。

「はい。はずかしゅうは思いませぬ。……どのようにでも、なさいませ。ちさは、うれしく存じて居《お》りまする」

「うむ、うれしいか」

「はい。うれしい！……ちさは、貴方《あなた》様のためなら、どのようなふるまいでも、いといませぬ」

　三郎太は、猟犬が、生贄《いけにえ》にくらいつくように、らんらんたる眼光を、白い寝顔に刺しつつ、口を近寄せた。

　ちさは、唇がふさがれると、わななく双手をあげて、男の肩にすがった。

　三郎太は、胴へまわした片腕に力をこめて、抱き締めつつ、その胸をはだけさせた。

　そして、唇から、まるい頤《おとがい》へ、のどへ、そして、ふっくらと盛りあがった隆起へ、口を移した。

　熟れた小さな梅の実にも似た乳首が、男の口に銜《くわ》えられるや、生れてはじめての強烈な快い戦慄《せんりつ》で、ちさは、四肢の骨を、ひしめくほど、かたく、こわばらせた。

　三郎太は、空いた片手で、徐々に、前をはだけさせた。

……男子の手で、下肢を拡《ひろ》げさせられるという、不安をまじえた好奇のふるまいは、処女にとって、生涯ただ一回かぎりの大事であるだけに、この上もなく優しく扱われたいと、本能がのぞむ。

この醜い異相の若者は、どこで経験を積んだか、ちさを好奇の波に漂わせつつ、巧みな手さばきで、なんの遅滞もなく、ゆたかな白い脚を、ひろびろと、くまなく、視野の中に、露《あら》わにさせていた。

肉置《しし》きゆたかな、弾力にみちた、肌理《きめ》こまかな腿《もも》や、臀《しり》や、腹を、ゆっくりと撫《な》でてのひらは、すこしも、さきを急がなかった。

ちさの肌膚《はだ》は、どの部分も、その愛撫《あいぶ》に応《こた》える敏《さと》い感度をそなえていた。

……半刻《とき》が、経《た》った。

ちさが、われにかえったのは、凄《すさ》まじい呶号《どごう》に、耳朶《じだ》を搏《う》たれたためであった。

目ざめる速度は、ゆるやかであった。

遠いところから、その呶号がとんで来るのをきいたあとで、じぶんの上から、重いものが動いて、退《の》くのを、おぼえた。

次に、意識したのは、からだの一部に、異物を塡《は》められている不快感であった。微《かす》かな疼痛《とうつう》をともなって居り、それが秘すべき、羞恥の個処であるだけに、ちさの意識は、困惑した。

はっきりと、じぶんをとりもどしたのは、吻号する声が、実父軍兵衛のものであることを、さとった瞬間であった。

はっ、となって、眸子をひらいた刹那《せつな》、ちさは、仰臥したわが身の、無慚《むざん》なかたちを、知った。

ちさは、名状しがたい悲鳴を迸《ほとばし》らせて、はね起きた。

二

「恥を知れいっ！　恥をっ――」

老いた、短気な、贋闕所物奉行《にせけっしょぶつ》は、憤怒のために、瘧《おこり》のように、全身を顫《ふる》わせていた。

処女を奪い済ませた醜い異相の若者は、悠々《ゆうゆう》と袴《はかま》をはき乍ら、その吻号を、きき流していた。

「娘を、つれて来てくれ、とたのんだが、犯してくれとは、たのんだおぼえはないぞ！　お、お主は、それでも、徳川家嫡流を誇る風魔一族の旗本かっ！　恥を知れいっ！」

「うるさいぞ、老人！」

三郎太は、じろっと、冷たい一瞥《べつ》をくれて、言った。

「な、なにっ！」

「たしかに、犯してくれとは、たのまれはせなんだ。しかし、犯さぬ、と約束したおぼえもない」

「雑言、ゆ、ゆるせぬっ！」

逆上した軍兵衛は、思わず、脇差《わきざし》へ手をかけた。

「わしが、斬《き》れるのか、老人」

三郎太は、せせら嗤《わら》った。

「うぬっ！」

軍兵衛は、ぱっと、抜きはなった。

もとより、この若者の腕前に、敵《かな》わぬことと知りつつ、抜かずにはいられなかった。

軍兵衛は、私欲をもって、風魔一族に加担して、公儀が隠匿した闕所物を取得せんと企てたのではなかった。

軍兵衛は、風魔三郎秀忠が、まさしく、徳川将軍家嫡流と知って、三河譜代の臣として、二信なき義によって事を断ずる決意をしたのであった。

すなわち――。

現将軍家をしりぞけて、風魔三郎秀忠をこそ、その地位に即《つ》かせるべきである、と。

風魔一族がかかげる正々の旗、構える堂々の陣こそ、永年不遇をかこっていた軍兵衛にとって、

「日月は地に堕《お》ちず！」

と、奮いたつ最大の魅力をもっていたのである。

そのむかし——。

徳川家康の草兵となって、あるいは、三方原《みかたがはら》に一敗した家康をまもって、武田信玄二千の手勢をしりぞけて、浜松城へ無事に帰らせ、あるいは小牧山の陣で、豊臣秀吉を慄然《りつぜん》たらしめて、軍を収めて、楽田に還《かえ》らせ、さらにまた、石田三成挙兵の報に、急遽《きゅうきょ》、軍をめぐらす家康をして、後顧のうれいをすてさせるために、上杉景勝の謀臣直江山城守《なおえやましろのかみ》を説いて、心をひるがえさせた風魔三郎秀忠こそ——。

実は、家康の実子だったのである。

さらに、おどろくべき事実があった。

二代将軍秀忠は、家康の実子ではなく、その母西郷局《つぼね》が家康の妾《めかけ》となった時、すでに、やどしていた前夫の種だったのである。前夫というのは、きわめて身分のひくい士であった。家康は、その美貌《びぼう》に心をひかれて、孕《はら》み児《ご》を自分の子として認める条件をつけて、その良人を承服させて、貰《もら》い受けたのである。

秀忠が、家康の実子ではないことは、当時幾人かが知っていたが、二代将軍となってからは、この事実は厳秘にふされ、いやしくも、文書類からは、これを匂《にお》わすことさえもゆるさなかった。

西郷局が、翌年に生んだのが、まことの秀忠であり、それまで、異父兄の方は、秀正といい、せいぜい数万石の小大名にされるように運命づけられていた。

不幸であったのは、実子秀忠が、元服の年に、癩《らい》を発したことであった。稀《まれ》にみる頭脳と武芸の天稟《てんぴん》を備えていた秀忠は、その時、すでに、家康のあとを継ぐことを、天下に公にされていた。

癩者となった秀忠は、これを辞せざるを得なかった。やむなく、家康は、相貌の酷似している異父兄秀正を、秀忠と名のらせて、こっそりと、弟と、地位を入れ替らせたのであった。

その天賦は、百年に一人も現われまい、とまで称された秀忠を、廃すれば、徳川家の将来を危ぶむ取沙汰《とりざた》がされるに相違なかった。これをおそれたための、配慮であった。

異父兄は、凡夫ではなかったまでも、天下人たる器量など到底持合せていなかった。家康から、叱責《しっせき》されたり、うとんぜられたりした記録がのこっているのは、そのためである。とにもかくにも、二代将軍職を完《まっと》うし得たのは、臣下に逸材が多かったためである。

まことの秀忠は、蔭《かげ》に姿をかくして、風魔三郎となり、自ら忍びの術を学び、千人の草兵を組織し、これをおのが手足のように訓練して、おそるべき戦闘力をそなえるにいたったのである。

家康が、天下を取るまでに、いかに、風魔草兵が、蔭にあって、絶大なる働きをしめしたか、かぞえきれぬ。しかも、その功績は、一言半句も、記録にはとどめられなかったのである。

朝比奈軍兵衛が、このかくれたる事実を知って、ふかく感動し、その後裔《こうえい》の遠大なる陰謀に加担することを誓ったのは、一徹な人柄として、当然であった。

それだけに、一族の中心勢力の分子たる若者が、野盗のごとく、わが娘を犯す惨忍《ざんにん》な所業は、断じて許せなかった。

この時、もし、ちさが、狂気のごとく、部屋からのがれ出ようとしなかったならば、軍兵衛は、三郎太に斬りかかって、その反撃をくらって、あえなく、血煙りをあげさせられたに相違ない。

三郎太は、ちさにとびかかって、これを抑えた。

三

眠狂四郎は、すでに、この屋敷の庭の一隅に立って、ちさの悲鳴をきいていた。

しかし、そこへ奔《はし》るのをはばむ五本の白刃が、狂四郎の眼前に在った。

風魔一族の面々であり、黒い布で包んだ顔は、孰《いず》れも年配者のものとみえた。高低に各自の好みを示しつつ構えた青眼に、そのおちつきがあった。

五つの切先から放たれる殺気は、殆《ほとん》ど感じられないくらいであった。

それだけに、無気味といえた。風魔一族が、二百年のあいだ伝え継いだ正しい古流は、もとより、眼目は、必勝を身に備える霊妙不測の術——すなわち、刀を用いずして勝つ変化無極に至ることに相違ない。

離勝——勝ちを求めずして勝つことを謂《い》うのであるが、古流は常に、剣と体とが一如《いちじょ》になって神に入るこの奥義をもとめている。

技が冴《さ》えて、しかも年配のおちつきをもてば、この古流は、おそろしいまでに心・気・力が調って、虚実自在の運剣となる。

狂四郎は、五士が、一呼吸もたがえずに、さっと抜刀するのを看《み》た刹那《せつな》に、

——強いな！

と、合点したのである。

じりりっ、と肉薄されて、狂四郎は、一歩退《さが》りつつ、無想正宗を抜いて、地摺《じず》り下段にとった。

ひさしぶりにつかう、円月殺法であった。

五剣のうち、孰れが斬り込んで来るか、判断しがたいままに、狂四郎は、ゆるやかに、無想正宗を、旋回させはじめた。

それに応じて、敵は、徐々に、陣形を扇型にひらきはじめた。

狂四郎の宙に描く円に対して、渠《かれ》らは、その体位を移して、地上に円をつくったので

ある。

　正面の敵だけが、動かなかった。そのかわりに、円月殺法の魔気をふせがんとして、青眼から、切先を挙げて、双腕を水平にさしのべ、刀身を、眼前に直立させた。

　狂四郎が、これにふみ込んで、真っ二つに斬り下げることは、容易であった。なぜなら、対手は、自らのぞんで、囮《おとり》になったからである。

　斬り下げた刹那、狂四郎もまた、他の四士から襲われるに相違なかった。

　それを躱《かわ》す迅業《はやわざ》は、狂四郎の得意とするところ乍ら、これが当今の剣法ならば、それはさまで難事ではなかった。凄まじい殺気が、刃風に乗って、吹きつけて来るからであった。

　それを感じる本能が、迅業を生むことになるのである。

　古流の完成した業前《わざまえ》をもった年配者ならば、むしろ殺気を消して、襲って来るであろう。

とすれば、間髪の差に狂いが生じるおそれがあり、両断されないまでも、深傷《ふかで》を負う場合なしとしない。

　狂四郎は、これを警戒した。

　無想正宗の切先が、みごとな半円を描いて、天をさした——瞬間、

「来いっ！」

五体の真《ま》っ芯《しん》から、その一語を迸《ほとばし》らせると同時に、狂四郎は、意表を衝《つ》いて、ぱっと、三尺を滑って、退った。

狂四郎が明けた空間へ、目にもとまらぬ迅さで、両端から、二刀が、振り込まれた。

この左右からの挾撃《きようげき》は、心気を頂点までせりあげて、必殺を期した凄まじいものであった。

それだけに、みごとに、狂四郎の策にかかった不覚の隙《すき》は、無慚であった。

「うむっ！」

「おっ！」

宙を搏《う》ったおのが剣の虚《むな》しさに、攻撃者たちが、互いに鏡に映したごとく、全く同じ動作で、退った狂四郎めがけて、摺り上げに、びゅっと薙《な》いだ瞬間には……狂四郎の速影は、大地を蹴って、地上六尺の空中に在った。

一瞬にして、崩れさった陣形のただ中へ、翔《か》け降りた狂四郎が、無想正宗を、石火に似て、ぞんぶんに揮《ふる》うのに、なんの造作もなかった。

白刃の閃《ひらめ》くところに、血煙りがあがり、黒装束はよろめいた。

ひくい断末魔のひび割れた声が、つぎつぎと虚空へ撒《ま》かれた。

真紅の生血の虹《にじ》をくぐり終えて、狂四郎が、その動きを停止させた時、五個の体は、ことごとく、地面へ横たわっていた。

風魔三郎太は、縁側に立って、これを見とどけた。

「眠狂四郎かっ！」

総身に充満させた闘魂を、その号嘯《ごうしゅう》に噴かせずにはいられなかった。

狂四郎は、人肉を断ったあとに来る陰惨な業念《ごうねん》を、その暗い双眸《そうぼう》に湛《たた》えて、口をつぐんだなり、待った。

すでに、ちさを犯してしまったこの若者を、狂四郎は、どのように、始末するか——それを考えていた。

三郎太は縁板を蹴るや、二間を飛んで、地上へ降り立った。

降り立った瞬間には、もう、腰の二刀を鞘走《さやばし》らせて、奇怪の構えを、誇示していた。

すなわち——。

二刀を、ともに、高だかと、頭上に直立にかかげたのである。胸から下は、完全に隙だらけなものにして、歩調も大きく、ずかずかと迫った。

そして、九尺の間合いをとるや、

「行くぞ！」

と、ほえた。

狂四郎は、三郎太の、まばたかず、かっと瞠《みひら》いた双眼に聚《あつ》められている光を、視《み》て、

——狂気か？

と疑ったくらいであった。

疑わざるを得ない白銀の炎そのものであった。

狂四郎が、しずかに、地摺り下段にとった刹那をはずさず、

「う――おおっ！」

猛獣の咆号《ほうごう》に似た唸りを発して、三郎太は、斬り込んだ。

左剣は首へ、右剣は胴へ――きえっ、と刃音鋭く、振りくれた。

狂四郎はその刃風にあおられたように、数尺とび退った。

そして、地摺り下段をとりもどそうとしたが、三郎太は、そのいとまさえも与えなかった。

こんどは、右剣を首へ、左剣を胴へ、斬りつけた。

狂四郎は、再び、とび退った。

流石《さすが》に、三度《みた》び襲うことは、破綻《はたん》を生じるおそれがあるので、三郎太は、もとの構えにもどって、

「いかに！」

と、叫んだ。

狂四郎が待っていたのは、この瞬間であった。

無言で、無想正宗を、投じた。

白刃は、電光石火の迅《はや》さで飛び、三郎太の股間《こかん》へ、突き立った。

名状し難い悲鳴をあげて、のけぞる三郎太めがけて、ひと跳びに躍りかかった狂四郎は、無想正宗を抜きとりざま、

「莫迦《ばか》っ！」

刎《は》ねあげに、その股間から腹部まで、斬り裂いた。

これほどの憤怒《ふんぬ》をもって、人を斬ったのは、狂四郎として、珍しいことであった。

四

日が昏《く》れて、狂四郎は、ちさを駕籠《かご》にのせて、房屋へ戻り着いた。

さきに入った狂四郎は、いつまで経ってもちさが入って来ないので、玄関へ出て、

「なぜ、入らぬ？」

と、促した。

格子の外に立っていたちさは、ますますふかくうなだれた。

「ここよりほかに、そなたの行くところがあるのか」

そう言われて、ちさは、しょんぼりと、入って来た。

ちさが、片隅に坐《すわ》ると、床柱に凭《よ》りかかって、片膝《かたひざ》を抱いた狂四郎は、闇《やみ》の降りた庭へ目をやり乍ら、

「往来のまん中を歩いても、石につまずいてころんで、怪我《けが》をする者もある。さらに不運な者は、大師詣《もう》でに出かけて、六郷を渡ろうとして、船がひっくりかえって、溺《おぼ》れ死ぬ。……人の生涯には、さまざまの運不運が起る。生きて行くためには、いやな記憶は、いそいで忘れることだ」

と、言った。

消え入りたげに、うなだれていたちさは、ふいに、わっと哭《な》き伏した。

狂四郎は、辛抱づよく、ちさが、哭きやむまで、待った。

ようやく、嗚咽《おえつ》をのこし乍ら、起き上がった時、狂四郎は、言った。

「牀《とこ》をとってもらおう。ひとつだけでよい」

「……？」

ちさは、濡《ぬ》れた眸を訝《いぶか》しげに、狂四郎に、あてた。

狂四郎は、はじめて、視線をまわして、ちさを見やった。

「そなたののぞみ通り、わたしは、そなたを抱く——」

ちさは、あわてて、無言で、はげしく、かぶりをふった。

狂四郎は、微笑した。

「そうするよりほかに、そなたに、いやな記憶を忘れさせるすべがあるか」

「い、いえ——」

「但《ただ》し、そのあとで、死にたければ、勝手に死ぬがよい。……今夜、そなたを抱くのは、そなたを生涯の妻にするためではないし、責任も持たぬ。……ただ、わたしに身を添えて来る女たちが、例外なく、不運に遭《あ》うことを、そなたもまた、証《あか》してくれた。そなたは、あの時、こうこたえたな。不運に遭えば遭うほど、女にとって、貴方様は、かけがえのないお方になる、と。……不運に遭うたそなたにとって、わたしは、かけがえのない男とならねばならぬ。そのために、抱くのだ。明朝、もし、わたしが、かけがえのない男ではなかったならば、そなたも、生きている甲斐《かい》はあるまい。止めはせぬ。手段は自由にえらんで、この世をすてるがいい」

そう言いきかされて、ちさの双眸《そうぼう》から、また泪《なみだ》があふれた。

うれし泪であった。

隠し砦

一

眠狂四郎は、旅に出た。

房屋の土間へ降りた時、送って出たちさには、

「いったん旅へ出たら、わたしは、江戸へ戻ることを考えずに、足が道をひろうにまかせる。それを承知なら、待っていてもらおう」

と、言いのこした。

ちさは、二年でも三年でもこの家でお待ちいたして居《お》ります、とこたえた。

希望をとりもどしたその明るい顔は、しばらく、狂四郎のまぶたの裏にのこっていた。

女というものの、ふしぎな強さを、今更に、おぼえつつ、狂四郎は、ふところ手で、急ぐでもない足どりで、日光街道を辿《たど》って行った。

目的は、ひとつあった。囚徒甚五郎が、断末魔の苦痛の下で、地面へ指書きした五文字「ありじごく（蟻地獄）」の謎《なぞ》を解くことであった。

千住、草加《そうか》、越ヶ谷、粕壁《かすかべ》——と過ぎて、古利根川べりに立った時、

——ここだな。

と、対岸を眺めて、狂四郎は、合点した。

対岸は、高い崖《がけ》になり、その崖の中腹に、観音堂が建てられ、朱塗の物見台が、はり出していた。幟《のぼり》も多数奉納されて、五月の風に、はためいている。

道中の人々は、足やすめに、この祠《ほこら》に詣《もう》でて、川景色をめでて、疲れをいやすことになる。名所のひとつにかぞえられているようであった。

その旅人のために、こちらの岸に、掛茶屋があった。

狂四郎は、床几《しょうぎ》に腰を下ろした。

十三、四の少女が、朱塗竈《しゅぬりかまど》のかたわらから、立ち上がって、お茶をいれるべく、音たてている真鍮《しんちゅう》の鑵子《かんす》の蓋《ふた》をひらいた。その時、奥から、曲り腰の老爺《ろうや》が出て来て、

「おさむらいさんなら、良い茶をいれて進ぜようか」

と、言った。

やがて、はこばれて来たお茶を、ひと口すすった狂四郎は、

——これは！

と感服した。舌に、とろりとしみる味は、なんともいえないコクがあった。

江戸の通人たちはまず、お茶というものに大層うるさい。元禄《げんろく》の頃は、金竜山に、五

分の奈良茶が出たのを珍しがったものだが、いまは、一流料亭では、一椀《ひとわん》の茶漬を供するのに、わざわざ、玉川の上流に早飛脚を走らせて、水を汲《く》んで来させる。茶漬飯に、一両二分を要求するなど珍しくはないのである。茶の銘、水の出所までも、飲み分ける口を持っていることが、当代通人の資格のひとつにかぞえられている。

もとより、このお茶は、江戸の一流料亭の出すお茶とは、ちがう。やはり、ひなびた味、といった方が正しい。しかし、このコクは、通人たちに飲ませれば、五両でも高くはない、とほめるに相違ない。

「あるじ、これは、ただの新茶ではないようだな」

「お口に合わねば、それまでのことでございますが、いかがでございます？」

「みごとな味だ」

「ありがとう存じます。……江戸のかたがたは、公方《くぼう》様をはじめ、茶事には、宇治茶をお用いになります。新茶を摘むには、八十八夜前後の吉日をえらんで、御物茶師が、ものものしい儀式を催される、とうかがって居りますが、さて、その味は、いかがなものでございましょうかな。宇治茶も、たくさんの肥料をもちいて、せいぜい葉をしげらせるのでございましょうからね」

「茶には、肥料をくれては、いかぬ、というのか？」

「肥料をくれた茶は、茶本来の味をうしないまするな。ほんとうの茶は、痩《や》せ地の山野に、自生しているものを、八十八夜を待たずに、桐《きり》の花が散る頃に、さっと摘まねばいけませぬ」

この裏山に、自分の茶園をかくしておいて、自然の生長にまかせておく。人工は加えない。葉の量こそすくないが、この風味は、肥料をくれた茶と、くらべもなるまい。

そう言って、微笑する老爺を、狂四郎は、ただの茶店のあるじではないな、と察知した。

「あの観音堂だが――」

狂四郎は、何気なさそうに、指さした。

「なにか、いわれがありそうだな」

「さよう、ずっとむかしのことになりまするが……」

老爺は、すぐに、ひとつの伝説を語った。

大きな戦《いく》さがあって、一方の大将の首級を挙げた武者が、ひきあげようとした際、流れ矢にあたって、斃《たお》れた。大将首は、川に落ちて、流れ去ろうとした。すると、その大将の愛馬が、川へとび込んで、その首の乱れ髪をくわえて、対岸へおよぎついた。

このさまを眺めた、大将麾下《きか》の武者たちは、奮い立って、首級を乗せた駿馬《しゅんめ》を先頭にたてて敵陣へ殺到し、ついに、最後の勝利を得た。

駿馬は、戦さがおわると、何所《どこ》へともなく、駆け去って、ふたたび、戻らなかった。

武者たちは、駿馬が、主君の首級をくわえあげた崖の中腹を、拓《ひら》いて、馬頭観音の御《み》堂《どう》を建てて、後代までの語り草とした。

これは観世音菩薩《ぼさつ》が、馬に化身して、世人を導くという系統に属する伝説のひとつであったが、たしかに、こちら岸から眺めれば、その断崖《だんがい》に拠《よ》って、敵をふせぐには、絶好の地形であった。

二

「あの崖の上は、どうなっている？」

狂四郎は、問うてみた。

「水田になって居ります」

老爺は、説明した。

つい三、四年前までは、崖の上は、塚原と称《よ》びならわされていた。すなわち、古い塚（土盛りした討死墓）がいくつかならんでいたが、この土地の豪士鍋谷甚兵衛《なべたにじんべえ》という者が、開墾を願い出て、許可されると、高燥の土地に、肥え土を一万貫ばかり運び上げて、みごとな水田にすることに成功した。水は、三里あまり上流から、溝渠《こうきょ》を掘って、みちびく大仕事であった。

爾来《じらい》、甚兵衛新田、と呼ばれるようになっていたが、地下《じげ》の人々は、いまでも、首をかしげている。

甚兵衛は、この大工事のために、八百年来の名家としてたくわえた財産を殆《ほとん》どつかいはたして、わずか五段あまりの水田をつくったのである。こんな、算盤《そろばん》に合わぬ、ばかばかしい仕事はなかった。

甚兵衛は、その無謀を、土地の長老たちから、責められた時、笑って、

「五段の田は、毎年、二十五俵の米を生む。わしの屋敷にねむっている家宝と称するしろものは、百年経《た》っても、何も生みはせぬ」

そうこたえたそうである。

その話をききおわった狂四郎は、胸の裡《うち》で、

——はたして、甚兵衛は、篤実な志によって、水田をつくったものか？

と、疑った。

——公儀のひそかな命令を受けて、つくったのではないか？

たとえば、街道筋を、行列が通りかかって、不意の敵襲を受けた場合、急遽《きゅうきょ》、難を、あの馬頭観音堂に避ければ、防禦《ぼうぎょ》は、完璧《かんぺき》であろう。そのためには、崖上は、敵を廻さぬために、深田にしておく必要がある。

この日光街道は、将軍家が、しばしば、東照宮へ詣でる往還である。将軍家が、道中するのは、日本全土のうち、この街道を措《お》いて、ほかにはないのである。将軍家の生命

を狙《ねら》う者にとっては、唯一の機会を、この街道上に、えらばねばならぬ。

当然、公儀としては、万一の危難を考慮して、沿道の幾個処かに、隠し砦《とりで》を設けておく必要があった。たしかに、寛永のむかしから、隠し砦は、設けられているに相違ない。厳秘にふされて、誰人も気がつかないだけのことなのだ。

闕所物《けつしよぶつ》の戎器《じゆうき》を、この隠し砦にひそめておけば、さらに、防備万全の目的に叶《かな》う。

これは、おそらく、白河楽翁《しらかわらくおう》の指示によるものと考えられる。架空の敵をおもんぱかっての処置ではなかった。げんに、風魔一族という、奇怪な、おそるべき徒党が、日光の山奥から、なにかの陰謀をなさんとして、続々と、江戸市中へ、降りて来ているのである。この一族が、御成り行列を襲って、将軍家の首級を刎《は》ねる企てを抱いていると、想像したとしても、これを杞憂《きゆう》とわらうわけにはいかぬ。

白河楽翁は、すでに、風魔一族の正体を知っていたので、これに備えて、黒指党を組織したのではあるまいか。

公儀にとって、風魔一族の正体を、世間に知られてはならないのである。そこに、楽翁の苦慮があった。兵を動かして、殲滅《せんめつ》することは、さまでの難事ではなかろうが、それができないところに、つらさがあった。隠密《おんみつ》の謀計を用いざるを得ないのである。

一方、風魔一族側は、闕所物の戎器が、日光街道に沿うた隠し砦のうちの、どれかに、隠匿《いんとく》された、とかぎあてて、これを略奪せんと、企てた。そのために、闕所物奉行朝比《あさひ》奈修理亮《なしゅりのすけ》の実兄軍兵衛を味方にひき入れてみたり、八丈島に流されていた人夫頭甚五郎を、島抜けさせてみたりしたのである。

隠匿場所が、あの馬頭観音堂の裏側の、絶壁の中であることは、判明した。

狂四郎も、知ったが、風魔一族も、知った。

狂四郎は、風魔一族に、戎器を渡さぬために、ここに来たのである。

「おやじ――」

狂四郎は、老爺に、言った。

「お前は、むかしは、江戸で名うての御用聞きではなかったのか？」

ふいの言葉に老爺は、反射的に、不用意に、鋭い目つきになった。それは、まさしく、長年、その職に就いていた者のみが放つ光であった。

「当ったようだな。お上に命じられて、ここに茶店を出して、あの馬頭観音を、見はっている――そうだな。異変が起れば、ただちに狼火《のろし》をあげるということになる」

そう言いすてて、狂四郎は、茶代を置くと、落間《おちま》を出た。

良いお茶をのませて、その風味が判《わか》る客に対しては、警戒する。老爺のその方法を、看破した狂四郎は、先手を打ったのである。

歩き出そうとして、狂四郎は、老爺の烈《はげ》しい視線をせなかに感じると、頭をまわして、

「お前に、予告しておこう。ここ一両日中に、たぶん、二十名を下らぬ一団が、あの観

音堂へ、参詣《さんけい》に来るだろう。どのようななりになっているか、街道を来るか、船で溯《さかのぼ》って来るか、それは、わからぬが、お前の目なら、見抜けるだろう。その時は、威勢のいい狼火をあげることだ」

三

狂四郎は、橋杭《はしぐい》の無い組出し枠《わく》で支えた仮橋を渡り乍《なが》ら、

——この橋なら、一人の力で、切って落せるな。

と、見てとった。

橋袂《たもと》から、すぐに急勾配《きゅうこうばい》の石段になった。

観音の境内は、きわめて最近、絶壁を崩してひろげられたとおぼしく、百坪ばかりあった。

本殿も、これも再建されたばかりで、木の香がただようていた。階《きざはし》をのぼって、格子から覗《のぞ》くと、本尊は、崖の岩石に刻まれてあった。

甚五郎たちが、洞穴をくり抜く作業をはじめた三年前は、御堂と絶壁は、はなれていた筈《はず》である。したがって、本尊は、御堂の中に安置されていた。ところが、再建された御堂は、絶壁にくっつけられ、前の本尊は、すてられて、絶壁の岩石に刻まれた観世音菩薩が、本尊になりすましている。

——そうか！

狂四郎は、頷《うなず》いた。

——この本尊が、すなわち、洞穴を閉じている扉になっているのだ。

足をかえした狂四郎は、崖上へ通じる石段をのぼって行った。

崖上は、茶店の老爺にきかされた通り、一望の水田であり、苗の植えつけをするばかりに、水が湛《たた》えられてあった。

そのまん中を、畦道《あぜみち》が通じていた。

左右の断崖縁は、高い樹《き》が植えてあって、通れないようにしてあった。

さらに、要心ぶかいことには、水田が切れると、防風林をへだてて、二間幅の堀が設けてあり、通路は、川に架けたと同じ、組出しの仮橋であった。

狂四郎は、林の中に、古風な構えの屋敷をみとめた。

——鍋谷甚兵衛のすまいだな。

直感すると、まっすぐに、その冠木門《かぶきもん》をくぐった。

玄関は、由緒《ゆいしょ》ある家柄を象徴して、黒光りする檜《ひのき》の一枚戸が二枚、閉められていた。

案内を乞おうとするよりも早く、その二枚の戸が、さっと開かれた。

四名の武士が、すでに、狂四郎を待ちかまえていた。

いずれも、差料を抜きうちの構えに摑《つか》んで、烈しい敵意を示した。

「黒指党のかたがたか——」

狂四郎は、相変らずのふところ手で、ひくい声音で、言いあてた。

「たのみもせぬのに、出すぎた振舞いは無用だ！」

一人が、あびせかけて来たが、狂四郎は冷たい微笑で応じた。

「駑犬《どけん》は、両虎《りようこ》を相たたかわせておいて、その弊《ついえ》を受ける、ということわざがあるが、あいにく、駑犬には、火薬や鉄砲は不要ゆえ、それが欲しくてやって来たと、かんちがいしないで頂きたい。……おのおのがたも、いわば、野禽《やきん》がいるからこその、走狗《そうく》と存ずる。野禽が尽きれば、走狗も烹《に》られる。あせらずに、ゆっくりと、野禽を狩って頂きたいものだ」

悠々と書院に通る狂四郎を、党士たちは黙って見まもるよりほかはなかった。

主人の甚兵衛があらわれると、狂四郎は、いきなり、言ってのけた。

「一両日中に、馬頭観音が蟻地獄と化す。それを見物に参った。押しかけ逗留《とうりゆう》だが、木食草衣に馴《な》れている客だから、もてなす手間ははぶいてもらってよい」

甚兵衛は、烈しい驚愕《きようがく》に、慴怖《しゆうふ》の色を交えた表情で、狂四郎を瞶《みつ》めた。

「蟻地獄と仰言《おつしや》いましたな」

「言った」

「どうして、ご存じで——？」

狂四郎は、襖《ふすま》のむこうで、黒指党の面々が、再び殺気を発するのを感じつつ、

「茶屋では、良い茶を出された。この家では、良い地酒が出るものと期待している。ひとつ、願おうか」

と、言ったことである。

四

総鼠色《ねずみいろ》に金の紋散らしの唐艸蒔絵《からくさまきえ》の、豪華な女乗物をまもった、三十余名の行列がしずしずと、この岸辺に到着したのは、それから三日後であった。

挟箱《はさみばこ》や乗物の紋は三葉葵《みつばあおい》であった。

大奥から、御台所《みだいどころ》の代参として、名のある老女が、日光廟《にっこうびょう》へ、参詣《さんけい》に行く道中と、みえた。

茶店の老爺は、よもや、それが、先日の浪人者が忠告してくれた一団とは思いあたらず、孫娘とともに、地べたに膝《ひざ》をついた。

行列が、そのまま、仮橋を渡りはじめるや、はじめて、

——はてな？

と、訝《いぶか》った。

大名でも、観音堂にのぼろうとすると、乗物から降りて、少数の供をつれて、徒歩で、

仮橋を渡る。

婦人ゆえ、乗物から降りないのはわかるとしても、全員が渡って行くのは、どういうものであろう?

老爺は、はっとなった。

先日の浪人者の予告が、脳裡《のうり》を掠《かす》めたのである。

あわてて、店奥へかけ込むと、狼火の道具をつかんで、裏手へ走り出た。

しかし、そこには、いつの間にか、行列の一員が、待ちかまえていた。

「狼火をあげて、どこへ報《し》らせる?」

にやりとすると、仰天する老爺へ、抜きつけの一閃《せん》をあびせ、血煙りあげるのへ一瞥《べつ》もくれずに、おもてへまわり、街道の左右へ、油断のない目を配った。

街道上は、巡礼親娘や、遊山《ゆさん》風の町人夫婦など、ちらほらとちらばっているだけで、のどかな風景であった。

この時、狂四郎は、気配を消して、すっと茶店に入っていた。

落間の床几《しょうぎ》に、音もなく腰を下ろして、行列が、観音堂へのぼって行くのを眺めた。

往還上に立った見はり役は、その狂四郎に、まだ気がつかぬ。

女乗物に、人が乗っていないことは、石段をかつぎ上げられる様子で、あきらかであった。境内へのぼりついた一行の行動は、すばやかった。

女乗物の中から、さまざまの道具をとり出すや、御堂《みどう》の中へ、ふみ込んで行った。本尊を浮彫した岩石を破壊しようとする音響が、ひびきはじめた。

狂四郎は、冷笑した。

——自ら、墓穴を掘るとは、このことだ。一族の将来を暗示しているかのようだ。

老爺の孫娘は、朱塗竈のかたわらで、何事が起るのだろう、と小さく縮こまっている。祖父の非業の最期は、気がついていないのである。

「おっ！　眠狂四郎っ！」

見はり役が、はじめて、その存在に気がついて、刀を抜きはなって迫った。

「おちつけ！」

狂四郎は、観音堂から目をはなさずに言った。

「あの崖から、どんな宝ものが、ころがり出るか、あの世へのみやげ話に、見とどけてからでも、おそくはあるまい」

「うぬがっ！」

猛然たる一撃が、来た。

狂四郎は、床几に腰かけたまま、その刃風に合せて、腰から、無想正宗を、送り出していた。

男は、狂四郎の脇《わき》をよろめき、二、三歩たたらをふんで、少女の前へ、撞《どう》っと、のめった。少女は、魂消《たまげ》る悲鳴をあげた。

狂四郎は、ふりかえって、

「足蹴《あしげ》にしてやってもよいぞ。そなたのじいを殺した男だ」

と、言った。

その時——。御堂の内部から、なんとも形容し難い轟音《ごうおん》が噴いたと思うや、格子戸を突きひらいて、白い奔流が、ぐわっと迸《ほとばし》り出て来た。

砂であった。

岩扉が開かれるや、洞穴につまっていた夥《おびただ》しい砂が、一挙になだれ出て、作業に従事していた人間たちに躍りかかって、ひと埋めにすると、境内めがけて、轟々《ごうごう》と奔《はし》り出て来たのである。

そして、それは、物見台をひと呑《の》みにし、幟をなぎ倒し、巨大な瀑布《ばくふ》となって、境内から、川めがけて、落下しはじめた。

境内には、なお、半数の者たちがいたが、いたずらに狼狽《ろうばい》するばかりで、なだれる砂中でもがきつつ、川へころがり落ちて行く仲間の姿を、見送らねばならなかった。

崖上の樹木の蔭《かげ》にひそんでいた黒指党の面々が、出現したのも、この時であった。

その手には、鉄砲があった。

いかに、風魔一族に、飛翔《ひしょう》の剣技があっても、気を呑まれた矢先に、頭上から、狙撃《そげき》されては、これを躱《かわ》す余裕もすべもなかった。

のこらず、銃火をあびて、木偶《でく》のように、ころがった。

狂四郎は、冷然として、この惨たる光景を、見とどけた。


「観音様が怒って、砂を吐き出して、甚兵衛新田のまん中が、一段歩ばかり、陥没してしまったそうな」

そんな噂《うわさ》が、ひろまった頃、狂四郎は、みなし児《ご》になった少女をつれて、幸手宿《さつてじゅく》の旅籠《はたご》に泊っていた。

番頭のたのみで、正直そうな六十六部と相宿になると、ふと思いついて、

「江戸へ行くのか？」

と、訊《たず》ねた。

「はい、伜《せがれ》が、加賀鳶《とび》の纏持《まといも》ちをつとめておりますので、江戸見物がてら、参りました」

ちょっと自慢げに、こたえた。

「たのみがあるが、きいてもらえまいか」

「なんでございましょう」

「この娘を、もらってくれぬか」

唐突に、きり出されて、六十六部は、きょとんとなった。

狂四郎は、事情を説明した。

六十六部は、うなずいた。

「よろしゅうございます。おひき受けいたします。さいわい、伜は、子なしでございますし、嫁も気だてのいい女でございますから、こんな器量よしなら、よろこんで、養女にしてくれましょう。いいみやげができましてございます」

人間を束縛する不自由な封建の時代ではあったが、庶民の人情は厚かったのである。

六十六部は、狂四郎が添えた二十両の金を、ついに、受けとらなかった。

狂四郎は、深夜のうちに、その二十両を、そっと、少女の荷物の中へ入れておいてやって、飄然《ひょうぜん》と、宿を出て行った。

透し目侍

一

まことに、ひさしぶりのめぐりあいでございました。

半歳《とし》ばかり江戸に滞在してから、この夏は、ひとつ、房総をひと巡りしてくれようと、行徳《ぎようとく》から船橋を過ぎて、大和田、臼井《うすい》を越えて、佐倉宿へ出て参りました。この年まで、もう三十年も薬売りをやっているのでございますから、この佐倉宿にも四度ばかり、やって来て居《お》ります。

御城下の小橋を渡れば、松並木。お城のわきを数町行けば、台地になって、三叉《みつまた》の辻《つじ》。麻賀多明神の玉垣道が、御用屋敷の彼方《かなた》に見える。辻を、街道にとれば、自分の泊る商人宿がある。などと、すっかり、そらんじて居ります。

本町はずれに、紅葉《もみじ》の大樹のある茶店がございまして、ここで出す茶漬がおいしかったのをおぼえて居りまして、ふと、立ち寄ろうとしましたところ、そこの床几《しようぎ》に、あのご浪人さんが、腰かけておいでだったのでございます。

おなつかしさに、胸をはずませて、ご挨拶《あいさつ》申上げますと、

「化《ふ》けたな。薬屋」

と、仰言《おっしゃ》いました。去年、長患いしまして、いっぺんに十年も年とってしまいましたが、てまえは、そのお言葉を、いたわって下さったものと受けとりました。

ご浪人さんの彫のふかいお貌《かお》は、あいかわらず、孤独な暗い色をたたえておいでございましたが、気のせいでございましょうか、以前とはどことなくちがっているように感じられました。

なんとなく、お供をすることになり、あとに従いまして、黒の着流し姿ぜんたいに漂う、さびしげな翳《かげ》を眺めたとたんに、

——そうか、と合点が参りました。

そのお貌にも、いつか、寂しい翳が滲《にじ》んでいたのでございます。

——このおかたも、しだいに、人間らしゅうおなりになる。

常に、独歩をお好みになり乍《なが》ら、その孤独の寂しさを、お貌からかくせなくなったのも、これが、人間の哀《かな》しさというものでございましょう。

お別れしてから、はやいもので、もう三年経《た》っていたのでございます。

成田へ泊って、あくる朝、山坂を越えて、酒直村へ降り、印旛沼《いんばぬま》の落水の流れる川筋に沿うた堤の道を辿《たど》って、安食《あじき》宿に至ると、また日が昏《く》れました。

どこへ行こうというあてのないご浪人さんは、てまえが、佐倉でも成田でも、おとくい様廻りをしているあいだ、古い神社やお寺などを、眺めておすごしでございました。またてまえどもには一向に興《わ》の湧かぬ田舎《いなか》景色も、ご浪人さんの目には、どのように映るのか、てまえが、そこを一刻《とき》もはなれていて、戻って参っても、同じ場所に、じっと、腰を下ろしていらっしゃいました。

翌朝、利根川を渡るために、渡し小屋の前に立った時、予感と申すのでございましょうか、てまえは、ふっと、船の中で、何かが起るような気がいたしました。

渡しを待っているのは、男女とりまぜて十人あまり——いずれも、在郷の者も旅の者も貧しいみなりばかりで、ご浪人さんのほかに、お武家は二人おいででしたが、一人は、ひと目で、博徒《ばくと》の用心棒と見てとれましたし、もう一人は、紋さえも判じがたくなった、継ぎはぎだらけのおんぼろをまとい、風呂敷包《ふろしきづつ》みを頸《くび》に巻きつけた、尾羽打枯らしたという言葉そのままの御仁《ごじん》でございました。

ひどい眇目《すがめ》で、神経痛を病んでいるのか、絶えず、顔の半面を、びくびくと痙攣《けいれん》させているのも、見苦しゅうございました。

七、八歳の男の子をつれているところを見ると、江戸から、夜逃げでもして来たかとも、想像されたことでございます。

威勢よく見えたのは、用心棒の連れの若い無職者《やくざ》だけで、筋骨も逞《たくま》しいし、血色もいいし、目つきも鋭く、動作がいかにもきびきびして居りました。

この無職者が、船に乗る前から、しきりに、ご浪人さんを気にして、ちらりちらりと、ぬすみ視《み》ていたのでございます。

在郷の者たちが、こそこそとささやきあっているのを、きくともなく、きいていると、この無職者は、背中いちめんに渦巻きの刺青《いれずみ》のある鳴門《なると》の長次、という曲賽師《いかさまし》の由でございました。

……船が、流れに乗って出て、船頭が、のどかな船唄《ふなうた》をきかせはじめた頃、それに誘われたように、二羽の揚羽蝶《あげはちょう》が、ひらひらと、頭上を舞いはじめ、客たちは、所在なさに、それを、ぼんやり仰いで居りました。

と――。

艫《とも》にいた用心棒が、急に、ぬっと立つや、

「ええいっ！」

凄《すさ》まじい懸声とともに、居合抜きの迅業《はやわざ》を、そのめおと蝶に、送ったのでございます。

みごとな腕前でございました。

ひと振り、宙を走らせただけなのに、二羽とも、川面《かわも》へ落ちたのでございます。

どっと、乗客たちは、どよめきました。

ただひとり、無表情で、遠景色へ、眼眸《まなざし》を置いていたのは、てまえのとなりのご浪人さんだけでございました。そうでなくてはなりませぬ。ご浪人さんの目には、そんな迅業など、曲芸師の見世ものほどにも映らなかったに相違ありませぬ。

博徒の用心棒などをつとめるには、こけおどかしな見かけ倒しの剣技を示して高く買わせるのは、うなずけることでございます。

あいにくだったのは、同じ船中に、百年に一人も現われないような使い手が乗合せていたことでございました。

二

船が、むこう岸の渡し場に着くと、用心棒と鳴門の長次は、まっさきに上がって、さっさと、先を急いで行きました。

いちばんあとから上がったてまえが、ご浪人さんに、肩をならべますと、

「薬屋――。眇目というものは、場合によっては、とくをするようだな」

と、唐突に仰言いました。

てまえどもの前を、お子連れの貧しいお武家が、歩きかたまで貧乏くさく、歩いておいでだったのでございます。

「なんでございましょう？」

てまえは、仰言る意味を、受けとりかねて、お顔をうかがいました。

すると、ご浪人さんは、冷たく微笑なさり乍ら、

「眇目のうえに、絶えず顔面をひきつらせていると、一切の表情をかくせる、ということを発見した。面白いではないか」

と、仰言いました。てまえには、一向に、面白くもなんともございませんでした。

鹿島《かしま》、銚子《ちょうし》に夜下りする船が幾艘《いくそう》もつないである土手通りから降りて、並木道にさしかかった時でございました。

不意に、松の木蔭《こかげ》から、無職者と用心棒があらわれて、行手をさえぎったのでございます。

鳴門の長次は、ツツ……と、ご浪人さんの前に来ると、仁義をきる踞《かが》み姿勢をとって、

「失礼さんにござんすが、まっぴらおひかえなすって――。お初に、お目にかかりやす。おてめえ、佐倉宿一円の縄張りを持つ風神藤兵衛《ふうじんとうべえ》の身内にて、鳴門《なると》の長次《ちょうじ》と申しやす。お見知り置き下せえまして、爾後《じご》ご昵懇《じっこん》にお願え申しやす。就いては、このたび、風神藤兵衛の弟分流山孫太郎《ながれやままごたろう》が、跡目相続に当りまして、不肖この鳴門の長次が、盆筵《ぼんござ》をあずかることになりやした」

立板に水を流すような口上を、ご浪人さんは、ふところ手で、黙って、きいておいででございました。

「あっしどもには、貴方様《あなたさま》が、今日、わざと遠まわりして、そこの渡しから、我孫子《あびこ》に

お入りなさるのは、見通させて頂きやした。……貴方様が、木更津《きさらづ》の仏《ほとけ》政親分からおたのまれなすった透し目の旦那《だんな》であることは、この鳴門の長次の賽《さい》の目で、当てさせて頂きやした」

ご浪人さんは、その挨拶に対して、ずうっと無言をまもっておいでてございます。

すると、用人棒も、歩み寄って来て、

「御直参《ごじきさん》ともなれば、それがしなどとはちがい、あらそえぬ品格もおありになる。また、無礼を承知で度胸のほども、先程試させて頂き申した」

と、申しました。

船中で、二羽の揚羽蝶を斬《き》り落してみせたのは、業前を誇示するためではなく、ご浪人さんが、目あての御仁かどうか、たしかめる目的だった、と判《わか》りました。

ご浪人さんだけは、その迅業に、すこしも、驚かなかった。そこで、この男だ、と思い込んだ、という次第でございます。

透し目の御家人《ごけにん》。

この御仁の噂《うわさ》は、江戸市中くまなく廻るあきないをやっているてまえも、きいて居りました。ご公儀直参の御家人のうちに、種無し曲賽《いかさま》の天才がいて、しかも、他の者が曲賽を使えば、盆に伏せた壺皿《つぼざら》の中の賽ころの目を、宛然笊《さながらざる》を透し見るように、ぴたりと当てるところから、透し目侍と、称《よ》ばれている、という。

もとより、神様ではありませんから、普通の賽ころが、自然にころがって出す丁目半目を、当てることは不可能でございましょう。

透し目侍は、相手が曲賽を使う場合には、それが人間によって出される目であるゆえ、鮮やかに、看破する、というわけでございました。

「わたしが、透し目侍なら、どうするというのだ？」

ご浪人さんは、お訊ねになりました。

すると、長次は、すかさず、懐中から、切餅《きりもち》（二十五両包み）ひとつ、とり出して、ぽんと、地べたに置きました。

「面倒な口上は、柄に合わねえので、略させて頂きやす。なんにも仰言らず、これをおひろい下せえやして、江戸へお戻り願いとう存じます」

ご浪人さんは、薄ら笑って、

「安いな、長次」

「へえ――？」

長次は、じろっと、険しい眼眸を挙げましたが、黙って、もうひとつ、切餅をつかみ出すと、先のひとつへ、重ねました。

「薬屋、どなたかの落し物だ。ひろっておいてくれ」

ご浪人さんは、そう言いすてて、歩き出されました。

「透し目の旦那――」

長次が、あわてて呼びとめて、

「江戸へお戻りになるのなら、道がちがってやしませんか?」

「江戸へは、戻らぬ。我孫子へ行く」

冷然として、そうおこたえでございました。

「なに?!」

長次は、さっと血相変えました。

「そちらは、勝手に、地べたへ、五十両すてた。そこで、こちらも、勝手に、ひろったまでだ。……不服か?」

「じゃ、我孫子へ来るというのは、どういうんでえ?」

「わたしは、江戸へ戻ることを、承知したおぼえはない。ただ、安い、と申したら、もう一個、すてただけではないか。早合点だったな、兄哥《あにい》――」

「ふざけるねえっ!」

長次は、凄《すご》い形相になって、長脇差《ながわきざし》へ手をかけました。

ご浪人さんは、それに、平然と背中を向けて、歩き出されました。

用心棒が、長次のわきから、すべるように出て、その背後へ迫るのを、てまえは、並木へ身を避けて、固唾《かたず》をのんで、見まもりました。

「おい――」

凄味のある一声をかけた用心棒は、ご浪人さんが、振向かれるや、居合抜きに、鞘走《さやばし》らせた。いや、鞘走らせようと、いたしました。

唖然《あぜん》としたことでございました。

抜いた刀は、鍔元《つばもと》から三寸あまりで、両断されていたのでございます。

用心棒が、居合抜きをくれようとした刹那《せつな》、ご浪人さんの右腕が、ひらっと躍って、白い光が飛ぶのを、みとめたものの、はっと気づいた時には、ご浪人さんはもう、右手を下げていらっしゃいましたし、刀は、ちゃんと鞘に納っていたのでございます。

用心棒が、鞘から三寸あまり抜きかけたところを、すぱっと両断して二尺の白刃を鞘の中に残させてしまったわけでございます。刃金を截《き》る音さえも、ひびかせない冴《さ》えた神技だったのでございます。

折れ刀を、ふりかざして、あっと狼狽《ろうばい》した格好は、甚だ滑稽《こっけい》なものでございまして、てまえも、思わず、失笑してしまいました。

「用心棒殿。蝶を斬るようなわけには、参らなんだな」

皮肉な言葉をのこして、ご浪人さんは、もとのふところ手になって、歩き出されて居りました。

三

我孫子宿に入って、旅籠をきめますと、てまえは、すぐさま、鳴門の長次が、なぜ、透し目侍を、江戸へ追い帰そうとしたか、さぐりに出かけました。

そして、日昏れてから、てまえが、ご浪人さんに持ち帰った話は、次のような次第でございました。

我孫子宿の博徒の親分は、流山三右衛門といい、大力無双の男で、大変な好色漢だったそうで、七人も女房をとりかえて居りました。前の六人は、いずれも、乗り殺したという噂でございました。

悪業を積んでいるので、敵も多く、外出にはいつも鎖帷子《くさりかたびら》をつけていたと申します。

二十日あまり前に、夏を思わせるひどく蒸し暑い日があって、つい、近所の用たしに、それを脱いで、出かけたところ、不意の襲撃をくらって、殺されたのでございました。

下手人は判らず、蔭口によれば、七人目の女房のひそかなさしがねかも知れない、ということでした。と申すのは、上野寛永寺の子院三十六坊のうちのどれかで、納所《なっしょ》を勤めていた実弟が、女狂いと窃盗の廉《かど》により、傘《からかさ》一本で追放されて、一月ばかり前から、舞い戻って居りましたが、これが相当の美男だったので、三右衛門の七人目の女房が懸想して、人目を忍ぶ仲になっていたらしいのでございます。

兄を殺せば、親分の地位と女が、おのがものになると、姦婦《かんぷ》としめし合せた破戒坊主が、最近自分が招いた用心棒にたのんで、闇討《やみう》ちにしてしまった、というわけでございました。

もとより、証拠がないこととて、実弟が、還俗《げんぞく》して、跡目相続をすることは当然の仕儀ゆえ、真正面から反対する者もいなかったのでございます。

博徒の跡目相続ともなれば、これはやかましい仁義としきたりがあることは、すでにご承知でございましょう。全国の親分衆を招いて、相続披露をするとなると、莫大《ばくだい》な費用を要します。そこで、披露前に、大がかりな賭場《とば》をひらいて、かせぎまくらねばなりませぬ。その際には、一般堅気の旦那衆から、まきあげて、祝儀に来た親分衆の代理には儲《もう》けさせて帰すのが、仁義なのでした。

こうなると、自然にころがって出る賽の目では、思い通りに、博奕《ばくち》ははこばない。いきおい、曲賽でやることになる。そこで、三右衛門の兄貴分にあたる佐倉の風神藤兵衛の許《もと》から、種無し曲賽使いの達人である鳴門の長次が、借りて来られた。長次は、いわば、親分衆公認のいかさま師だったのでございます。

ところが、破戒坊主の跡目相続には、不服な親分衆も、いたわけでございまして、殊に、かねてから三右衛門と犬猿の間柄であった木更津の仏政兵衛は、なんとかして、その跡目相続を妨害してやろうと考えた挙句、まず、費用つくりの賭場を荒してやることにしたのでございます。

鳴門の長次が、曲賽を使うなら、こっちは、江戸から透し目侍を呼び寄せて、いかさま目を看破させて、堅気の旦那衆に、教えさせてやろう、という計画をたてたわけでございます。

鳴門の長次も、さる者で、その計画をかぎつけて、先手を打って、途中で、透し目侍を待ち受け、これを江戸へ追いかえそうとしたのでございます。

ご浪人さんを、透し目侍とまちがえたのは、鳴門の長次一生の不覚でございました。

ご浪人さんは、てまえの報告をおききとりになると、

「今夜の賭場では、ごっそり儲けさせてもらうことになるな」

と、お笑いになったことでございます。

四

賭場は、我孫子宿で名のある橘屋《たちばなや》という造り酒屋の酒倉があてられて居りました。

てまえを連れて、ご浪人さんがお入りになった時、もろ肌ぬいで、勇ましい渦巻の刺青をあぶら汗で光らせた鳴門の長次が、紙張りの籐《とう》の壺皿に、鹿《しか》の角の骰子《さいころ》を抛《ほう》りこんで、くるっとまわして、ぱっと、盆蒲団《ぼんぶとん》の上に伏せたところでございました。

中盆《なかぼん》が、「勝負！」と声をかけるまでの、息づまる沈黙の間、長次は、ご浪人さんを、

じろっと、睨《にら》み上げました。

ご浪人さんは、そ知らぬふりで、ぐるっと見わたされました。そして、微《かす》かに、にやりとなさいました。

——ああ、そうか！

てまえも、はじめて、合点が参ったのでございます。

片隅にお子連れの、あの尾羽打枯らしたお武家が、片膝《かたひざ》を抱いて、壁に凭《よ》りかかり、あいかわらず、びくびくと、顔面の筋肉を痙攣《けいれん》させていたのでございます。

「眇目というものは、場合によっては、とくをするようだ」

と、仰言った意味が、はじめて、判りました。

透し目侍は、このお武家だったのでございます。

ご浪人さんは、しばらく勝負を、眺めておいででしたが、やがて、てまえに、

「やるがいい。……あの眇目が、二度またたいたら半だ、三度またたけば、丁だ」

そっと、お告げになりました。

てまえは、勝負に、加わりました。

賭場につめかけた堅気の旦那衆は、二十人あまり。親分衆の代理も、恰度《ちょうど》同じ頭数でございました。

……およそ一刻半《いっときはん》が過ぎて、そろそろ九つ（午前零時）になろうとする頃あいになる

と、もはや、堅気者と渡世人方の勝負は、逆転することは叶《かな》わぬくらい、大きくひらいてしまって居りました。

ご浪人さんを透し目侍とばかり思い込んでいる鳴門の長次は、その様子にだけ全神経を配って居りましたので、てまえを含める旦那衆が、本当の透し目侍の合図をぬすみ見るのは、まことにやさしいことでございました。

刀を抱いて、壁に凭りかかったご浪人さんが、全くの無表情で、微動もなさらなかったことは、鳴門の長次を、どんなに苛立《いらだ》たせたことでございましょう。

渡世人側は、当然、長次が、自分たちに勝たせるものと思っただけに、次第に、負けがこむと、場の空気を険しくいたしました。

不意に、

「長次っ！」

渡世人の一人が、もの凄い形相で、突っ立ち上がりました。

この男は、こんどこそ、長次が、やるだろうと思って、負けを一挙に取りかえすだけの大金を、賭《か》けて、あっさり、背負い投げをくらい、ついに、肚《はら》を据えかねたのでした。

「てめえ、どこのどいつから、いくらの目腐れ金で、買われやがった？」

呶鳴《どな》りつけられて、長次が、

「ち、ちがうんだ！」

と、必死にかぶりをふって、代理方を、悃願《こんがん》するように見わたす様子は、まことに惨めでございました。

「ちがうたあ、何がちがうんだ！　この野郎っ！」

ぱっと、長次の肩を蹴《け》とばすのをきっかけにして、渡世人側は、一斉に席を立ってしまいました。

旦那《だんな》衆は、大あわてで、儲けた金を懐中にいたしました。てまえも、勿論《もちろん》、大急ぎで、金をつかんで、ご浪人さんのそばへしりぞきました。

「お前は、ひと足さきに、宿へ戻っていてくれ」

ご浪人さんは、ゆっくりと立ち上がり乍らそう仰言いました。

あとから、おひとりで、夜道をおひろいになるご浪人さんに向って、流山一家が、襲いかかったことは、申上げるまでもございますまい。

しかし、半刻おくれて、旅籠へおもどりになったご浪人さんのご様子は、何事もなかったように、もの静かなものでございました。

偶然に、子供をつれたその貧しい姿に、ばったりと出会ったのは、翌日の午後、山二つ越えた布施村《ふせむら》の、東海寺という古いお寺の石坂においてでございました。

茶店から、行き過ぎようとするその姿をみとめて、ご浪人さんは、呼びとめられました。

「失礼なおたずねをするが、お手前は、仏政兵衛から、いかほどの報酬を受けられた？」

「一文も受けとっては居り申さぬ」

顔面をひきつらせ乍らの、返辞は、それでございました。

「何故に――？」

「天下の直参が、博徒風情から、やとわれるわけには参らぬ。成田詣《もう》でのついでに、気まぐれに、博徒どもをからかってみただけのことでござる」

「さようか――」

ご浪人さんは、微笑なさいまして、

「そのお子が、賭場に忘れた玩具を、この薬屋が、ひろったと申して居る。お返ししょう」

と、てまえに、目くばせなさいました。てまえは、すばやく、薬袋に、切餅《きりもち》二つを入れて、そのお子に、お渡ししました。

お武家は、怪訝《けげん》そうに見上げるわが子へ、

「そなたが睡《ねむ》っているあいだに、どこかの親切な御仁が呉《く》れたものであろう」

と、言いきかせておいて、こちらへ、かるく一礼すると、行き過ぎて行かれました。

淡々としたその態度には、これこそまことのおさむらい、と感じ入らずにはいられなかったことでございます。

馬庭念流

一

日光街道の、雀《すずめ》の宮から宇都宮まで、二里一町。並木は、往昔堀田加賀守正盛《おうせきほつたかがのかみまさもり》によって寄付された一万本の杉であった。

加賀守正盛は、三代将軍家光が薨《こう》ずや、同日、家に帰って殉死した敬恭篤実の士であった。この並木をつくるにあたっても、後代に鬱然《うつぜん》たらしめて聊《いささ》かも慙《は》じぬように、一本一本を自ら厳重に吟味した、と伝えられる。

眠狂四郎は、遠い時代の、忠誠ひとすじに生涯をつらぬいた人物を、このみごとな老杉《ろうさん》のつらなりに偲《しの》び乍《なが》ら、ゆっくりと歩いて行く――。

加賀守正盛の父は、勘左衛門正利《かんざえもんまさとし》といい、もとは微禄《びろく》の旗本で、使い番など勤めていたが、その子が将軍家に寵《ちよう》せられ、十六歳の角髪《つのがみ》にも拘《かか》わらず叙爵《じよしやく》して、一万石を賜わり、その後次第に身を延ばして所領を加えられ、二十四歳で小姓組頭に出世するのを看《み》て、

「父として案ずるに、正盛に、何の天賦もなきことは明らかなるにも拘わらず、これ程の君のご寵愛は、全く納得し難きところ。必ず、後日、福は転じて、禍となるべし。老いの身として、その悲惨に遭うにしのびず」

と、一夜、梅一枝を瓶に活《い》け、奇楠をくゆらし、白無垢《しろむく》に無紋の麻裃《あさがみしも》で、割腹して果てたのであった。

だが、さいわい、その父の心配は杞憂《きゆう》におわり、正盛は、三十に満たぬうちに、宿老の職に就き、信州松本から下総国《しもうさのくに》佐倉城に移って、十二万石の大名となり終《お》せた。正盛は、無二の寵臣になり乍らも、その寵に傲《おご》らず、常に恭倹己《きょうけんおのれ》を持したのである。

将軍家光が、神田旅籠《はたご》町より、馬を駆って本城に帰るや、徒歩《かち》の従者の大半は、みな常盤橋《ときわばし》で落伍《らくご》し、わずかに、馬腹に添うていたのは、六名であったが、これも、下乗橋に至る前につぎつぎとおくれてしまい、ただ一人、堀田加賀守のみ、本丸大玄関に達して、家光の佩刀《はいとう》を受けとって、捧げて奥へ入った、という逸話がのこっている。

このような忠良の臣なればこそ、その残した並木は、他の往還の並木とは比べもならぬ美しさを、後世に示し得ているのであろう。

だが……。

その欝蒼《うっそう》たる老杉の下を、ひろい乍らも、この日は、いかにも暑かった。

生来あまり汗をかかない狂四郎であったが、めずらしく、額にじんわりと滲《にじ》むのをおぼえて、編笠《あみがさ》が欲しいと思ったぐらいである。

やがて、街道は、鈎《かぎ》の手に曲った取手《とりで》の地点に、さしかかった。（この取手という名は、どの町の入口近くにもあって、万一の場合に備えて、敵襲を邀《むか》えるために設けられた曲路である。矢弾の直通を妨げ、味方は並木の蔭《かげ》にひそむことができるのである）

一人の巨《おお》きな坊主が、その曲り角の老杉の根かたに、大胡坐《おおあぐら》をかいていた。顔は、饅《まん》頭笠《じゅうがさ》にかくれて、視《み》えなかったが、病んでいることは、うすよごれた法衣をはだけた厚い胸を――濃い胸毛をふるわせて、喘《あえ》がせているさまで、あきらかであった。

通り過ぎようとした狂四郎は、ふと、腰の印籠《いんろう》に、蘭医の曽田良介からもらった気つけ薬を入れているのを思い出して、足を停めた。

「ご坊、暑気あたりならば、薬を進ぜようか」

声をかけると、大坊主は、いちど呻《うめ》いてから、笠をあげた。

有髪《うはつ》であった。総髪を、無造作に、藁《わら》でたばねていた。年配は、四十前後であろうか。戦国の頃の、武者修業者は、斯《か》くもあろうかとおもわせる魁偉《かいい》な、しかもひきしまった面貌《めんぼう》であった。双眸《そうぼう》は、苦痛で細められ乍らも、兵法に秀でた者のみがそなえている冴《さ》えた光を喪《うしな》ってはいなかった。聊《いささ》かの反《そ》っ歯《ば》が、豪快な造作を破綻《はたん》させていたが、それは、険悪な相になるのを、あやういところでくいとめるのにも役立っていた。

修験道ならば、有髪も納得できるが、身は雲水になり乍ら、たばね髪でいるのは奇妙であった。太い青竹を杖《つえ》にして、肩に凭《よ》りかけている。

巨漢は、狂四郎を仰ぐや、無理に反っ歯を、にやりとむいて、

「鬼の霍乱《かくらん》でござるわい。放念されい」

と、言った。

「薬をきらって居《お》られるのか?」

「いや、いかなる妙薬も、この病いには利《き》き申さぬ。ただ……ひとつだけ利くものがござるが、目下は、それを断って居り申すのでな」

狂四郎は、偏屈な人物にはなれているので、問答は無用とみて、そこをはなれた。

二

宇都宮は、日光街道中第一の繁昌《はんじよう》の地である。町すじは、四十八町。

その入口の小橋を渡ったところに、臨時の掛茶屋が設けてあった。

葦簀《よしず》を張り、一畳台を三つばかり並べて、緋毛氈《ひもうせん》を敷いた、かんたんな茶屋であったが、通行人をひきとめているのは、赤い前垂掛の女ではなく、紋つき羽織に、袴《はかま》をつけた初老の人物で、その指図《さしず》を受けて立働いているのも、きちんとしたみなりの男たちばかりであった。

中央の一畳台に、ひとかかえもある壺《つぼ》を据え、柄杓《ひしやく》で、湯呑《ゆの》みに注いで、道行く人々

を呼びとめて、ふるまっているのであった。

湯呑みを受けとってみて、これが上等の酒だとわかる前に、上戸ならば、数間もてまえで、その佳《よ》い香に、のどをならしているのであった。

狂四郎は、一瞥《べつ》をくれただけで、行き過ぎようとした。

すると、指図の人物が、いそいで、前をふさぎ、

「おそれ入りまするが、お願いの儀がございます」

と、言った。

「いかに芳醇《ほうじゅん》であっても、ふるまい酒は、性に合わぬゆえ、断わりたい」

狂四郎は、冷やかに拒絶した。

「いえ、おさむらい様がたに、往来にてお召し上がり頂く無礼はつかまつりませぬ。……てまえ、当宇都宮の玉泉園のあるじにございます。本日が庭びらきにあたりまする。お立ち寄り下さいますれば、光栄に存じます」

いんぎんに、招待した。

宇都宮の茶亭「玉泉園」は、有名であった。将軍家が、日光参廟《さんびょう》の毎《たび》に、休息するからであった。

二代将軍秀忠は、元和《げんな》八年四月、父家康の七周忌の法会《ほうえ》を修《じゅ》すべく、日光へ参詣《さんけい》したが、その途次、本多上野介正純《こうずけのすけまさずみ》の宇都宮城に宿さず、玉泉園に泊った。上野介に、謀《む》

叛の企てがあるという、前城主奥平信昌の正室加納殿（将軍秀忠の姉・亀姫）の密告によるためであった。

上野介正純には、もとより、そんな野望など毛頭あるべくもなく、将軍家御旅館とするために、居城を、数万の人数を促して、改築したのであった。その大規模な奉仕の努力が、かえって、身の仇《あだ》となり、不審を蒙《こうむ》って、失脚の禍因となったのである。

爾来《じらい》、代々の将軍家は玉泉園で休息するしきたりになっていた。

玉泉園の持主は、ただの郷士にすぎなかったが、将軍秀忠が宿泊したおかげで、毎年多額の下賜金を受けるようになり、代々の当主が、造営に努力して、関東随一と称せられるまでに、立派な庭園にしあげていたのである。

「わたしのような素浪人を、何故に、公儀御用の名園に招くのだ？」

と狂四郎が、問うと、主人は、微笑し乍ら、こたえた。

「失礼乍ら、一芸に達しておいでの方とお見受けつかまつりましたれば……」

「無芸だからこそ、こうして素浪人で放浪いたして居る」

こたえつつ、狂四郎の心が、ふと動いた。

十一代将軍家斉《いえなり》が大御所となり、大納言家慶《だいなごんいえよし》が、その職に即《つ》いたのは、昨年である。

今秋あたり、十二代将軍家を継いだ報告に日光参廟がある筈《はず》であった。風魔一族の不穏な動きも、これに関連があるのである。

――公方《くぼう》の宿泊所とあれば、見物しておこうか。

どうやら、この玉泉園主人は豪腹な人物と、みえる。将軍家来臨の名園の、庭びらきに、庶民にふるまい酒をして、一芸ある者と見れば、何処《どこ》の何者ともわからぬのも平気で、招致しようとする。もしかすれば、公儀からお咎《とが》めを蒙るかも知れぬ趣向を、平然として、やってのけているのである。

「無芸と断わった上で、かさねて招かれるならば、参ってもよい」

「どうぞ、おいで下さいまし。当方に、なんのお願いがあるわけではございませぬ」

「では、参る前に、ひとつ無心がある」

その酒を瓢《ひさご》にわけてもらいたい、と狂四郎は、たのんだ。

やがて、瓢を携《さ》げて、狂四郎がひきかえして来たのは、取手の曲り角であった。

巨漢は、まだそこに大胡坐をかき、腹部までひきはだけて、苦しげな息づかいをつづけていた。

狂四郎は、瓢の栓を抜くと、黙って、その口を、巨漢の鼻さきへ、さし出してやった。

狂四郎は、鬼の霍乱《かくらん》を、大酒家が酒を断って長旅をしているために、起したものと観《み》てとったのである。あるいは、この巨漢は、あのふるまい酒の前を、我慢して通り過ぎたために、この苦痛を生じたのかも知れなかった。

巨漢は、芳香を嗅《か》がされると、一瞬、ぶるっと、瘧慄《おこりぶる》いを起した。

そして、狂四郎を睨《にら》みあげると、

「殺生であろう！」

と、呻くように、口走った。

「せっかく、持参したのだから、飲まれては、いかがだ？」

狂四郎は、皮肉に、瓢の口を、対手《あいて》の鼻さきから、引こうとはしなかった。

「い、いや！　飲まん！　断じて、飲まん！」

せわしく、肩を上下させ乍ら、巨漢は、かぶりをふった。

「どうしてもか？」

「どうしてもだ！」

「では――やむを得ぬ」

狂四郎は、瓢を傾けた。美酒は、地面へ、たらたらとこぼれ落ちはじめた。

とたんに――。

巨漢は、物も言わずに、猿臂《えんび》をのばして、狂四郎の手から、瓢をひったくると、

「ええい、くそ！　死して酒壺《しゅこ》と為《な》らんだ。南無《なむ》っ！」

言いはなっておいて、一気に飲みはじめた。

狂四郎は、冷やかな微笑を泛《うか》べて、しばらく見戍《まも》っていたが、つと踵《きびす》をかえした。

十歩あまり遠ざかった時、

「待たっしゃい！」

大声で、呼びとめられた。

頭をまわすと、巨漢は、笠の下から、らんらんと煌《きら》めく眼光を送って来た。

五合の酒は、たちまち、渠《かれ》を、活きかえらせたとみえた。おそらく、二十年以上も、昼夜、酒を彝《つね》にし、別腸《べっちょう》に容《い》れていたに相違ない。なにかの事があって、酒を貶《しりぞ》けていたものであろうが、やはり、忘れることは不可能であったのだ。

「お主――」

にたりとして、

「その差料は、幾十もの生血を吸うたとみたが、痩身《そうしん》の無防備さは、なんとしたことか？」

と、問うた。

狂四郎は、しかし、冴えた眼眸《まなざし》を返しただけで、返辞を与えずに、去った。

狂四郎は、曽《かつ》て、五体の防禦《ぼうぎょ》のために、隙《すき》をつくるまいと心がけたことはない。狂四郎の立ち合うところは石火の機を看《み》て、刹那《せつな》の変を生ずるのを常とする。殊更に、隙をつくるまいと、心を、どこかに置くことは、すでにそれが破綻《はたん》の因となるからであった。もとより、不動心などというものを、信じたことのない男である。心は動くもので、それゆえにこそ、機を看、変を生ずることが可能となる。

いわば、有漏《うろ》の業力をもって生きて来た、といえる身が、仏書をひもとく時を持つ筈もなかったが、いつか、金剛経の一節に「まさに住《じゅう》するところなくして、その心を生ず」とあるのを、きいて、頷《うなず》いたことはある。

といって、自ら、八方破れをひけらかしたこともない。業念を抱いた男らしく、それをかくしもせずに、動きたいように動いているのであったし、またそれが、いちばん、楽であった。対手が、勝手に、嫌悪したり、警戒したり、あるいは、慴怖《しゅうふ》したり、してくれるのを、気にかけたこともない。

しかし、無防備だ、と指摘されたのは、はじめてであったので、これは、街道を歩き乍ら、胸裡《きょうり》にのこった。そう言った時の、巨漢の双眼には、侮蔑《ぶべつ》の色も、感嘆の色もなく、ふしぎなものを眺める、いっそ無邪気な色を湛《たた》えていたのである。

三

玉泉園は、その名のごとく、細流れと池泉を観賞要素として、配樹、配石を行い、書院の前の寄敷石から、沢渡り石をならべ、これを伝って、いくつかの茶亭に行けるように構成されてあった。

さして広くはないが、外露地、内露地の変化のある景趣は、後日まで脳裡にのこるに足りた。

開けはなった書院には、十名あまり、孰《いず》れも一芸に秀でていそうな人物たちが、集まっていた。さして美貌《びぼう》とはいえないが、すずやかな眸子《ひとみ》の動きにふしぎな魅力を示す若い女性も、ひとり交っていた。

里女《さとじょ》とよばれるこの女性は、盃《さかずき》をいくらすすめられても、いちども拒まず、さらに頬《ほお》を染める様子もなかった。

玉泉園主人から、一芸を所望されると、すぐに承知して、一反の紅《あか》い練絹《ねりぎぬ》を借り受けて、これを空中にうち振り乍ら、舞いはじめた。

ひとすじの紅い流れは、あるいは、彼女のなよやかな総身を、くるくると巻き包んだかとみるや、さっと竜のごとく躍り飛んだ。次の瞬間には、紅蓮舌《ぐれんじた》のように、天井を匍《は》いめぐった。とみるうちに、しだいしだいに、使い手の手もとへ、短く縮んで行き、ついには消えはてるかとも思われた。

とたんに、再び、無数の波を描いて、客人たちの顔前へ、うねり出た。なかの一人が、たわむれに、つと、猿臂をのばして、摑《つか》もうとしたが、絹は生きもののごとく、さっとのがれていた。

舞いおさめた里女は、狂四郎を、じっと見据えて、何か一手、奥義をおみせ願わしゅう存じます、と申出た。

狂四郎は、すげなく、ことわった。

すると、一人はなれて、酒をのみつづけていた三十がらみの壮漢が、のそりと立って、

「曲槍をごらんに入れる」

と言った。

池泉の中の沢渡り石に立った渠《かれ》の手には、成程、奇妙な槍が持たれていた。二尺あまりの双刃《もろは》が、三日月のように反っているのであった。

「おのおのがたの、お手元の品を、何《な》んでもよい、投げて頂きたい」

その所望に応《こた》えて、椀《わん》の蓋《ふた》が、茶托が、皿が、小鉢が、焼魚が、鶉豆《うずらまめ》が、はては箸《はし》までが、たてつづけに投げられた。

壮漢は、これらを、ことごとく、曲槍の穂先で受けて、あるいは刺し、あるいは真二つに割ってみせた。

里女が、つと、縁側へ立った。

「手裏剣を、お受けあそばすや?」

冴えた冷たい声で、言った。

「もとより、のぞむところ——」

壮漢は、ぴたっと、青眼の構えをとった。

里女は、あたまから、笄《こうがい》を抜きとって、左手を前方へさしのべて、徐々に、左半身になり、笄を置いた右手を、後頭のやや上方に構えた。これを、いわゆる手裏剣の矩《かね》と

いう。

狂四郎は、それを眺めて、

——できる！

と、知った。

同時に、里女の双眸《そうぼう》が、目蓋《まぶた》をとじたのを看て、頷いた。

盲目で打つ手裏剣術「銭投法」を、狂四郎は、先頃、風魔一族の狂女によって、目撃している。

——この女も、風魔一族か。

狂四郎は、にやりとした。

一瞬——里女は、鋭い気合とともに、笄を投げた。

飛石上の壮漢は、わずかに、身を沈めただけであった。

次の瞬間、一座の口々から、驚嘆の声が発した。

曲槍の穂先に、みごとに、笄は、突き刺さったのである。

しかし、それは、穂先と笄の間に、一個の朱塗りの木杯がはさまったためであった。

すなわち——。投げられた笄を、穂先が受けとめる直前に——全く間髪《かんぱつ》の間に、その木杯が、第三者の手で、投げ込まれたのである。

空中を飛ばせば、その曲面によって、うねって飛ぶであろうさかずきを、槍と手裏剣の中間に投げて、双方から刺し通させる、という業は、神技にひとしい。

「みごと！」

広間の入口に、声があった。

鬼の霍乱《かくらん》を起していた巨漢が、そこに、仁王のように、立っていた。

巨漢の視線は、狂四郎に当てられていた。木杯を投げたのが、狂四郎であることを、見てとったのである。

玉泉園主人が、いそいで、巨漢を座に迎えに、立って行った。

巨漢は、馬庭念流九世《まにわねんりゅうきゅうせい》樋口十郎兵衛《ひぐちじゅうろうべえ》定雄《さだお》であった。

樋口十郎兵衛は、旧知の間柄である日光流奥村光典《おくむらみつのり》と、ひさしぶりに手合せすべく、先月、今市をおとずれた後、日光の山奥に入って一月あまりすごして来たのである。日光山中に入るには、僧形をしていなくては、許されないので、この姿に相成った、と語ったが、何故に、そこに入り、何をして来たかは、かたく、口をつぐんだ。

宴会は終った。

樋口十郎兵衛は、玉泉園に泊ることになり、狂四郎を、ひきとめた。

四

深夜――三更をまわった時刻。

池泉に浮いた沢渡り石の上で、一間をへだてて、眠狂四郎と樋口十郎兵衛は、剣を把《と》って、対峙《たいじ》していた。

対峙してから、すでに、半刻《とき》が過ぎていた。

流れのはやい雲を縫う下弦の月が、東側の水面から、西側の水面に移っていた。

狂四郎は、地摺《じず》り下段。

十郎兵衛は、上段。

その半刻の間に、狂四郎は、一回、円月殺法を、月光の満ちた宙に、描いていた。

十郎兵衛は、その妖しい誘いに乗って来ず、不動であった。

馬庭念流の剛剣は、先の太刀である。それが、円月殺法を能《よ》くふみこたえて、斬《き》り込もうとしないのであった。

これは、狂四郎としても、はじめての経験であった。これから、さらに、半刻、いや一刻を費やしても、この対峙は崩れまい、と思われた。

ふっと――。

狂四郎は、自嘲《じちよう》をおぼえた。

十郎兵衛が、構えたまま、半眼で、睡《ねむ》っているのを、さとったのである。

真剣の試合をし乍ら、睡るとは！

まさに、未《いま》だ曽てあり得ない不敵の振舞いといわなければならぬ。

狂四郎は、いきなり、右足の草履を、対手の顔面めがけて、蹴《け》りとばした。

刹那《せつな》――かっと、双眼をひき剝《む》いた十郎兵衛は、颶風《ぐふう》のような熱気を噴かせて、

「ええいっ!」

と、沢渡り石を蹴って、躍った。

狂四郎は、幻影のように、音もなく、後方の石へ、跳び退《さが》った。

剛剣は、狂四郎が跳び退りつつ、ぬぎとばした左足の草履を、両断した。

再び、円月殺法の地摺り下段と、馬庭念流の上段が、対立した。しかし、こんどは、ものの五秒とつづかなかった。

「眠狂四郎氏、止《よ》そうか」

十郎兵衛は、おちつきはらった声音で、言った。

「わしは、睡気が去った。睡らずに居れば、お主の殺法をふせぐことはできぬ。……まだ、死にたくはない」

――人間ができている。

狂四郎は、そう感ずると、構えをすてて、しずかに、無想正宗を、腰に納めた。

十郎兵衛も、剛剣を鞘《さや》に落すと、

「後学のために、うかがって置くが、円月殺法を能くふみ耐えた者を、お主は、どう斬

る？」

と、訊《たず》ねた。

すると、狂四郎は、

「殺法と名づけてはいるが、わたしの剣は、殺人剣ではない。斬らねば斬られるから、斬るまでのこと。お手前の方から斬りつけて来なければ、こちらは、一夜中でも立って居る」

そう言いすてた。

だからこそ、睡っている対手に対して、剣を送らずに、草履を投じた狂四郎であった。

網笠門《あみがさもん》を抜けて、出て行こうとした狂四郎は、かたわらの植込みの蔭に、人がひそんでいるのを感じた。

たぶん、里女であったろう。

魔性の女

一

生涯の半分を、旅でくらすあきないをしていると、足が向くままに歩いているようでも、いつか、以前にまわったコースを辿《たど》っているものである。

薬売りの松次郎は、楡木《にれぎ》という宿《しゆく》で、おとくいをひとまわりしてから、今市へむかおうとした時、ふと、見知らぬ山奥に入ってみたくなった。

尤《もつと》も、ずっと以前のことだが、朋輩《ほうばい》のなにがしから、楡木から七里ばかり奥に入った山間に、ふしぎな部落があって、そこでは、こちらが薬売りであると言うと、大笑いされ、はんたいに、おそろしくよく効く薬草を幾種類か呉《く》れられた、という話をきいていて、ふと思い出したのである。

朋輩は、その時、意味ありげに、にやにやして、

「薬をもろうただけじゃない、その薬が、どれほど効くか、試しもさせられたぞ。男冥利《みようり》につきる試しをな。……口どめされたので、名もところも、教えられぬが、ひと

つ、かぎあててみてはどうじゃ。今生の思い出になろうわい」

と、つけくわえたものであった。

ほら吹きの男ではないので、そんなところもあるのか、と思ったが、いつか忘れていたのである。

――犬も歩けば、棒にあたるかな。

そんな気持で、松次郎は、爽《さわ》やかな朝風の中を、楡木の宿から、北へ――山麓《さんろく》の細道を辿って行った。

午《ひる》ちかくになって、松次郎は、険しい勾配の山坂をのぼりついて、とある峠へ立った。

遠くかすんでいるのは、赤城山のようであった。梅雨空《つゆぞら》めいて、厚く張った鈍色《にびいろ》の雲の下を、薄い綿雲が、かなりのはやさで移行していたが、雨模様にはなりそうもなかった。

のぼって来る途中は、風が樹々《きぎ》を鳴らしていても、いくども汗をぬぐわなければならなかったが、ここでは、風は涼気をはこんで来て、肌につめたいくらいであった。

これからさきは、九十九折《つづらおり》の下り坂である。

峠の上は、白っぽく禿《は》げたひとにぎりの平地になっていて、小さな阿弥陀堂《あみだどう》が建っていた。雨乞《あまご》いのために建てられたものに相違なく、庇《ひさし》からつるした幾本もの縄には、田螺《たにし》がいっぱい、はさんであった。

堂のうしろは、原始の密林で、前は、のぞいてみただけで、足がすくむような、深い谷であった。断崖《だんがい》にしがみついて、匐《は》いうねっている松で、その底は、かくれているが、どうやら、渓流のようであった。

庇の下に、腰かけて、松次郎が、破籠《わりご》をひらいて、午食を摂《と》ろうとしたおりであった。

いまのぼって来た坂を、かけあがって来るせわしい馬の蹄《ひづめ》の音が、きこえて来た。こんな険しい勾配を、馬を責めているのは、ただごとではないように思われて、松次郎は、箸《はし》を置いて、首をのばした。

一頭の荒馬が、首からあらわれたとみるや、躍るように、峠へかけあがって来た。

そして、通り魔のように、阿弥陀堂の前を掠《かす》めすぎて行ったが、その瞬間に起った出来事は、旅の薬売りを、仰天させるに充分であった。

この一瞬のことを、順序だてて記せば——。

かけあがって来た荒馬は、鞍《くら》も置かず、腹を、一本の太い荒縄で巻かれているだけであった。のみならず、乗り手は、まだ十三、四歳の少年であった。風になびく髪を、藁《わら》でたばね、跣《はだし》であった。馬の胴をおさえている、むき出した脚《あし》の白く細いのが、つよい印象にのこった。

——これは！

と、松次郎が、目を瞠《みは》って仰いだ――その刹那《せつな》であった。

突然、密林の梢《こずえ》から飛び出した一匹の大猿が、阿弥陀堂の屋根をはねて、荒馬の頸《くび》めがけて、跳びついたのである。

そのはずみをくらって、乗り手は、重心をうしなって、小さな体を、断崖へはねとばされ、深い谷底へ、顚落《てんらく》してしまった。

荒馬は、大猿をのせたまま、駆け去って行った。

まったく、これは、猿が人間を追い落して、馬を奪った、としか見えぬ出来事であった。

二

まことに、きもをつぶすとは、あのことでございました。

てまえは、あわてて、断崖ぶちへ出て、目もくらむような下を、のぞき込みましたが、岩を匐っている松が、視野をさえぎってしまって、何も見えませぬ。

まず、十のうち九までは、たすかる見込みはない、と思われましたが、荒馬を乗りこなすほどの山の少年なら、もしかすれば、生命だけはとりとめているのではなかろうかと思いなおして、そこは、薬売りというあきない柄からも、みすみす見殺しにはできぬ、と降りられそうな個処をさがしました。

さいわいに、九十九折を三曲りしたところから、斜面がなだらかになり、灌木《かんぼく》もしげっていて、なんとか無理すれば、降りられないこともない、と見当つけまして、薬荷をそこに置いたことでございました。

さよう、ものの二間も下りましたろうか。急にまた、上の道を、幾頭かの馬が駆けぬけて行くのを、きいて、顔を仰がせますと、いずれも、はだか馬を、少年たちがあやっているのでございました。

仲間と見て、手を貸してくれ、と呶鳴《どな》ってみましたが、こちらへ目をくれず、必死の様子で、たちまち、駆け下って行ってしまいました。

谷底は、せせらぎもひびかぬくらい静かな細い流れが、ひとすじ、うねって居りました。

どうしたことか、落ちた少年の姿は、いくら見まわしても、そこにはなかったのでございます。流れ際《ぎわ》に立って、はるかな上を仰ぎますと、そこからは、はっきりと、峠の断崖縁までが見通せましたので、ころがり落ちた場所は、ほかにあろう筈《はず》がありませぬ。死なないまでも、大怪我《おおけが》をしていれば、動ける筈がないわけでございます。

狐《きつね》にだまされたような、妙な気持でございます。

白昼夢でもみたように、茫然《ぼうぜん》として居りますと、遠くから、馬の蹄の音が、ひびいて参りました。

やがて、流れをさかのぼった地点に、迅《はや》い影を、木の間がくれに掠めて来たのは、あとから駆けて行った数頭の荒馬でございました。

そして、みる間に、てまえの前の、流れのやや上の斜面を、それらは、土煙りをあげて、とび過ぎて行きました。つまり、九十九折を降りれば、この谷間へ着くわけでございました。

てまえは、峠へ置いて来た蘘荷を、取りに行かなければならぬか、と思うて、うんざりしてしまいました。しかし、取りに行かないわけに参りませぬ。

一度、降りて来たところを、のぼって、こんどは重い荷をかついで、九十九折を、てくてくと辿って、谷底へ降り来るという無駄骨は、なんとも腹立たしいものでございました。

里へ出た時には、すでに陽《ひ》は落ちて、歩き馴《な》れた足も、一歩一歩が、鉄の鎖をひきずっているように重く、てまえとしたことが、夕靄《ゆうもや》にかすむ見知らぬ家々を眺めて、ふっと、故郷のわが家がなつかしくなったものでございました。

運のわるい時には、かさなるものでございまして、ようやく辿りついたその村では、恰度《ちょうど》、寒食《かんじき》の行事をやっていたのでございます。

ご存じでもございましょうが、この寒食というのは、支那《しな》のふるい習慣が伝わって来たのだそうでございまして、年に、春秋二回、まる二日間、断食をすることでございます。はじめは、火を用いない日ときめていたのが、いつの間にか、炊飯しない、断食ということになったものでございましょう。

火の気を断って二日間をすごし、入相《いりあい》暮六つになって、村長《むらおさ》の家に集まり、はじめて、行燈《あんどん》に灯《とも》を点します。儀式がおわって、村人たちは、その火をわけてもらって、家へもどり、はじめて、炊事をゆるされるのでございます。これは、日本中、草ぶかい田舎《いなか》に行けば、すこしも珍しい行事ではありませぬ。

旅の者が、そこで、うっかり、持参の弁当でもつかおうとすれば、村人から、ひどう叱《しか》りつけられるくらい、厳重なしきたりでございます。

疲れはてた上に、食事まで禁じられては、あきないどころではなく、村長の屋敷内の下男部屋へ、身を寄せたものの、どうにも空腹に堪えられず、庭さきの井戸で、せめて、水腹にしようと、釣瓶《つるべ》へ口をつけた時でございました。

急に、あたりが、さわがしくなり、屋敷の中からも、人々が走り出て参りました。

門のところへ出てみたてまえは、唖然《あぜん》としたことでございます。

あの峠で、大猿にはねとばされて、断崖をころがり落ちた筈の少年が、いつの間にやら、その荒馬にうちまたがって、かつかつと蹄《ひづめ》の音もたからかに、戻って来ているではありませぬか。村人たちは、これを、歓声あげて、迎えているのでした。

かすり傷さえ負うた様子は、ありませぬ。

なんのことやら、さっぱりわけがわからず、かたわらに立っている下婢《はしため》に、話をきいてみますと――。

この寒食の日には、一年最大の行事である競《くら》馬《べうま》が、近隣七カ村によって、催されるのでございました。これは、水争いからはじまった行事でございました。毎年、田植になると、谷間の細い水を、七カ村が奪いあって、血を見るほどの騒動を起すのが常であったので、代官が思案した挙句、競馬によって、水の分配率をきめることにさせたのでございます。ずっとふるく、五代将軍様の頃からはじめられたこの行事は、ただの娯楽ではないだけに、各村とも必死になり、今日では、競馬のための駿馬《しゅんめ》を、遠方まで出かけて行って買って来るまでになっているのでした。

もちろん、馬の加重を軽くするために、騎手に少年をえらんで、これに、毎日その駿馬を責めさせるというあんばいだったのです。

競馬、と申しましても、野を馬場にして走るわけではなく、てまえが越えて来た山を中心にして、およそ、十里の距離を駆けとばす大がかりなあらそいでございました。

で――裸馬《はだかうま》に、少年が乗っていたことは、判《わか》りましたが、大猿に馬を奪われて、谷底へ落下した少年が、無事だったばかりか、みごとに、一番になって、戻りついたことは、全く合点が、参らぬことでございました。

三

暮六つの、火入れの儀式が、座敷でおわって、村人たちが、その火をもらって、ぞろぞろと、立ち去った頃あいを見はからって、松次郎は、食事をつかわせてもらうべく、下男部屋を出て、母屋の台所へ行こうとした。

月のある庭を横切りかけると、

「薬屋――」

ふいに、耳なれた声が、かかって、松次郎は、はっと、首をまわした。

月あかりに、ふところ手の黒の着流し姿が立っているのを、松次郎は、夢ではないか、と見なおした。

「旦那《だんな》様！」

ごくっと、生唾《なまつば》をのみ下して、

「お、おどろきました！」

「はは……、偶然であったな」

「ど、どうして、こんなところへ？」

「気まぐれだ」

そうこたえて、狂四郎は、

「べつに、秘境というところでもなさそうだが……」

と、呟《つぶや》きすてた。

「なんと仰言《おつしや》いました？」

松次郎が、訊《き》きかえしたおり、一人の若い女が、狂四郎のうしろから来て、かたわらを通りすぎて行った。

あきらかに、この里の住人ではなかった。

「あの女に、さそわれて、なんとなく、ついて来た」

狂四郎は、松次郎に、告げた。

松次郎の知らぬことだったが、宇都宮玉泉園で、紅《あか》い練絹を振って舞った里女《さとじよ》という女であった。

次の朝、狂四郎が、樋口《ひぐち》十郎兵衛とわかれて、玉泉園を立ち出た時、里女が、路上に待ちうけていて、

「秘境をたずねる興味は、お持ちになりませぬか？」

と、誘ったのである。

「秘境とは――？」

「伊賀甲賀の里にもまさる、秀《すぐ》れた忍者をつくる里でございます」

「そこへ、貴女《あなた》は、何の目的で行く？」

た。

「その忍者を買いに参ります」

里女は、平然として、こたえた。

この女を、風魔一族とにらんでいた狂四郎は、その誘いに応じたのである。

狂四郎は、松次郎をつれて、母屋に入った。

里女は、すでに、座敷で、村長と対坐《たいざ》していたが、懇意の間柄のように見受けられ

やがて、かなりの御馳走《ごちそう》がふるまわれ、地酒も旨《うま》く、狂四郎と松次郎は、村長が立ち、つづいて里女が立っても、なお、盃《さかずき》を口にはこんでいた。

「ふしぎなことがございます」

松次郎は、峠で目撃した出来事を、語った。

黙ってきいていた狂四郎は、

「そうか――」

と、合点するところがあった。

「どういうのでございましょうね。てまえには、さっぱり、わけがわかりませぬ」

松次郎が、首を振ると、狂四郎は、薄ら笑って、

「間法《かんぼう》というやつだろう」

と、こたえた。

「間法と申しますと？」

「少年は、猿に馬を奪われたのではない。猿に馬を与えたのだ」

「はあ——？」

「峠の上まで、馬をのりあげた少年は、このあとの下りは、おのが身よりも軽い猿に、あやつらせておき、自身は、断崖の急斜面を滑り降りる。つまり、九十九折の下の谷底で、馬を待ちかまえていて、また、猿と入れかわる。こうすれば、うしろの連中を、よほどひきはなすことができるではないか」

「そんな軽業《かるわざ》が、できるものでございましょうか？」

「げんに、お前が、その目で見とどけて居るではないか。少年も猿も馬も、訓練次第で、どのような意外な業でもやってのける」

そう言いすてて、狂四郎は、ふらりと立ち上がると、座敷を出て行った。

四

てまえは、厠《かわや》にお行きになったものと思って居りましたが、いつまでお待ちしていてもお戻りになりませぬので、こちらも立って庭へ出ました。

豪族の館《やかた》と申してもよい立派な屋敷でございまして、中門があって、それをくぐると、池泉のある茶庭になり、入母屋《いりもや》の離れも建って居りました。

ふと——なにげなく目をやりますと、その離れへむかって、渡廊《わたどの》を行くのは、競馬に優勝した少年に、まぎれもありませぬ。

晴着をまとい、袴《はかま》までつけているので、あやうく見まがうところでございました。

離れの障子は、あかあかと灯に映《は》えていて、人の気配もある様子——。

てまえは、好奇心にかられて、そっと、跫音《あしおと》しのばせて、近づいてみました。

躙口《にじりぐち》の片引戸が、割れて、隙間《すきま》ができているのを、洩《も》れ灯で見つけて、てまえは、そこに蹲《こご》みかかったのでございます。

あきれたことには、そこには、華やいだ模様の褥《しとね》がのべられ、ご浪人さんを誘うて来たあの女が、燃えるような緋《ひ》の長襦袢《ながじゅばん》すがたで、その上に坐《すわ》っていたではありませぬか。

少年は、その前に、こわばった面持で、かしこまって居りました。

女はまるで、どこかの奥方様のような威厳をたもって、

「そなた、何歳になります？」

と、問いました。

「十四歳になります」

「修業は、苦しかったであろ」

「いいえ——」

少年は、勝利の誇りを、全身に滲《にじ》ませて、かぶりをふってみせました。

「これからさき、五年でも十年でも、修業をつづける覚悟は、できて居りますね？」

「はい」

「たのもしゅう思います。……そなたは、明日から、風魔一族じゃ」

「………」

「風魔一族は、やがて天下を支配いたします。風魔三郎秀忠殿は、将軍職にお即《つ》きになるお方です。そのお方のもとにあつまるのは、一騎当千のもののふばかり。そなたは、その一人になるのです」

「はい」

「氏素姓はなくとも、そなたは、風魔一族に加われば、やがて、旗本となり、大名となり、何十万石のご領主となりましょう。こころがけ次第で、大きな城の主《あるじ》になることができるのじゃ」

「はい！」

「わたくしは、村長《むらおさ》殿から、そなたをもらい受けました。そなたの才能と勇気を、高く買うたのです。……よいかえ。ただいまから、そなたは、わたくしの命令にしたがわなければなりませぬ。拒むことは、ゆるされませせぬ」

「はい――」

「氏素姓のない土民の生れであるそなたは、風魔一族となるためには、風魔の血をもらわなければなりませぬ。……わたくしの命令のままに、ふるまうがよい」

女は、かさねて命じておいて、しずかに、枕《まくら》もとの懐剣を把《と》りあげると、なんのためらいもなく、切先を、おのが小指に、ぷすりと刺したのでございます。

それから、胸をくつろげると、白桃にも似た、ふっくらと盛りあがった乳房を、あらわにして、したたる血潮を、双の乳首へ、塗りつけたではありませぬか。

褥の上へ仰臥《ぎょうが》して、

「素裸になって、吸うがよい」

冷たくひびく口調で、命じたのでございます。

少年は、ちょっと、ためらって居りましたが、命令に服従することを誓った以上、覚悟をきめて、立ち上がると、袴をぬぎ、衣服をすてました。

並みの少年とはくらべものにならぬ、逞《たくま》しい筋肉をもった、たのもしくひきしまった四肢でございましたが、やはり、まだ青年には程遠い優しい骨ぐみは、あらそえませぬ。

怯《お》ず怯ずと、顔を乳房へ寄せるのを、薄目で見た女は、手馴《てな》れた動作で、双手をさしのべて、稚《おさな》さのぬけぬそのからだを抱き寄せると、わが身の上へ、乗せたことでございます。

……てまえの動悸《どうき》は、もうその前から、早鐘のように、はげしく鳴って居りました。

これは、どう眺めても、神聖な行事とは申せませぬ。いえ、色情に燃える年増女《としま》の、最も狡猾《こうかつ》な、淫靡《いんび》な、そして露骨な誘惑でしかありませんでした。

左様、事実、少年が夢中で、乳房をむさぼるにつれて、女の寝顔は、しだいに、恍惚《うっとり》と、官能の疼《うず》きにひたる表情を泛べたではありませぬか。それのみか、その疼きに堪えられなくなると、蛇のように身もだえて、下肢を大きくひらき、少年の腰を、すっぽりと容《い》れるや、きつく、胴を抱き締めたものでございました。

……てまえが、ふらふらと、座敷に戻って参りますと、いつの間にか、ご浪人さんは、ご自身の席で、盃を眺《なが》め把《と》っていらっしゃいました。

お笑いになり乍ら、

「見たか、薬屋」

と、仰言いました。

「旦那様も！」

「うむ。お前のうしろから、ちょっと、覗《のぞ》いてみた。予感がしていたが、その通りであった」

五

翌朝――まだ、屋敷内が、森《しん》と寝しずまっている頃あい、狂四郎と松次郎は、つれ立って、その村を出た。

村境に来て、松次郎は、ふりかえって、

「わけのわからぬ出来事ばかり、見せつけられましたわい」

と、いまいましく、言った。

「殊に、あの女めの料簡《りようけん》は、いったい、なんでございましょうかね」

「おのれの一族に加える若者は、ことごとく、おのれによって童貞をすてさせる、と誓いでもたてているのだろう」

狂四郎は、言いすてた。

「なんという誓いを！　本当の魔性は、やはり、女の方に、巣喰うて居りますな」

「お互いに、女の数は知っているが、正直なものだ、と言えるか」

狂四郎は、朝の涼気に、ひくい笑い声をまいた。

「いっそ、旦那様が、あの女を、もてあそんでやればおよろしゅうございました」

「それは、すでに済んでいる」

「え——」

松次郎は、狂四郎の冷たい横顔を見た。

「あの女、おれに覗き見させることも計算に入れていたかも知れぬ。そうだとすれば、まんまと、手に乗ったことになる。男の方が、正直である証拠だ。そうではないか、薬屋」
そう言って、再び、狂四郎は、愉快そうに、笑い声をたてたことだった。

（下巻に続く）

本作品には、一部不適切と思われる表現や用語が含まれておりますが、故人である作家独自の世界観や作品が発表された時代性を重視し、原文のままといたしました。これらの表現にみられるような差別や偏見が過去にあったことを真摯に受け止め、今日そして未来における人権問題を考える一助としたいと存じます。

（集英社　文庫編集部）

本書は、一九六一年十二月、新潮社より単行本として刊行され、
一九六八年六月に新潮文庫として文庫化されました。

初出　「週刊新潮」一九六一年一月九日号～十二月十八日号

柴田錬三郎の本

眠狂四郎 異端状

異人の占星術師に導かれ、眠狂四郎は清国へ。隠密との闘い、嵐、海賊……。南支那海での危機を描くシリーズ最終作にして最高傑作（解説／伊集院静）。

集英社文庫